天

전상국 소설집

굿

펴낸날   2023년 6월 7일

지은이   전상국
펴낸이   이광호
주간   이근혜
편집   이주이 김필균 허단 방원경 윤소진 유하은
마케팅   이가은 허황 최지애 남미리 맹정현
제작   강병석
펴낸곳   ㈜문학과지성사
등록번호   제1993-000098호
주소   04034 서울 마포구 잔다리로7길 18(서교동 377-20)
전화   02) 338-7224
팩스   02) 323-4180(편집) / 02) 338-7221(영업)
대표메일   moonji@moonji.com
저작권 문의 copyright@moonji.com
홈페이지   www.moonji.com

© 전상국, 2023. Printed in Seoul, Korea
ISBN 978-89-320-4158-2 03810

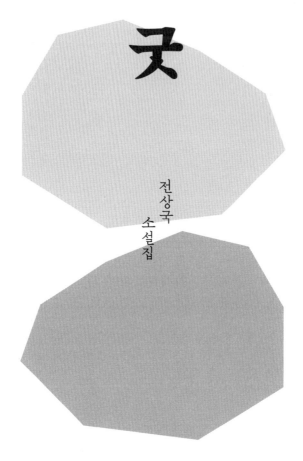

굿

전상국 소설집

문학과
지성사

차례

춘천 아리랑

―「동백꽃」 오마주

삐, 삐리, 삐, 빼에—

나, 점순이가 부는 호들기¹ 소리다. 수아리골 개울에서 파릇하니 물오른 갯버들을 잘라 그 껍질로 손가락만 하게 작게 만든 거라 소리가 좀 까불대긴 하지만 자우룩 가라앉은 산속을 깨우기엔 썩 그만이다.

빼에엥, 삐리리 삐—

금병산 어디선가 낭구²하고 있을 춘배 들으라고 부는 호들기다. 우리 수탉을 때려죽인 뒤로 춘밴 내가 부는 호들기 소리만 들으면 득달같이 달려오기로 나하고 새끼손가락을 걸었다. 하지만 뭐 둘이 그렇게 만난다고 해서 시시덕대며 좋아할 그런 별일은 즘³부터 글렀다. 춘배가 본디 그런 애다. 내 호들기 소릴 듣고 와선 기껏 한다는 말이, 너 호들기 불면 뱀 나온다거나, 낭구 팔러 읍에 가야 한다, 며 부리나케 내빼기 일쑤다. 하긴 내 호들기 소리에 장단 맞춘답시고, 아주까리 동백아 열지를 마라 산골의 큰애기 떼난봉난다, 이렇게 「강원도 아리랑」 한 구절을 흥얼거린 적이 딱 한 번 있긴 하다.

아무튼 난 춘배 개 상판때기[4]만 쳐다봐두 되우 좋다. 근데 증말 이상한 건 춘배만 보면 그리 절로 흥이 솟으면서도 괜히 맘 한구석이 짠하다는 거다. 그건 울 아부지가 나 시집갈 때 됐단 얘길 할 때마다 「춘천 아리랑」 그 서러운 한 대목을 흥얼거리게 되는 거와도 같다.

— 춘천아 봉의산아 너 잘 있거라 신연강 뱃터가 하직일세 아리랑 아리랑 아라리요 아리랑 고래로 넘어간다.

"점순아, 점순아! 이 지즈배[5]가 어디 간 거야?"

오늘이야말로 춘배를 만나 긴히 할 말이 있어 싸리 다래끼를 허리에 차는데 어머이가 날 찾는다. 아부지 앞에서는 풀 죽은 개마냥 목을 폭 움츠려 기신대면서도 나한텐 늘 저런다. 집에 중신애비가 드나들면서부터 부썩 여자는 조신해야 시집을 잘 갈 수 있다면서 저래 들볶는다.

"어머이, 나 뒷간에 있는데 왜 자꾸 그래유?"

전상국 소설집

"이년아, 똥은 나중에 싸구 닭 새끼들부터 가둬."

오늘도 또 닭 타령이다. 하긴 울 아부지가 알면 큰일이다. 우리 수탉이 죽은 뒤로 암탉 네 마리가 춘배네 집을 제 집으로 알고 아예 거기서 산다. 실은 춘배네 수탉이 구구구 우리 암탉들을 꿰 들인다. 춘배네 수탉 놈이 자기네 암탉까지 모두 여섯 마리를 거느리고 다니는 꼴이라니! 죽은 우리 수탉 앞에서는 쪽도 못 쓰던 것이 목을 한껏 치켜들고 기세 좋게 우리 암탉 등허리에 올라타 껍죽대는 꼴은 증말 보기에도 썩 쟁그랍다.

물론 우리 암탉들을 닭장에 가둬놓기만 하면 별일은 읎다. 그러나 시골에서 닭을 닭장에 가두는 일은 밤에 내려오는 살쾡이나 오소리 때문이고 해가 뜨는 즉시 밖에 내놔 키워야 한다. 집 밖에 나가야 풀씨는 물론 온갖 벌거지[6]를 잡아먹으면서 배를 채운다. 그래야 따로 모이 줄 걱정이 읎어서다. 그렇게 즈집을 찾아들어야 할 우리 암탉들이 해만 떨어지면 뽀르르 춘배네 집으로 들어가는 데다가 달걀도 아예 그 집 울 밑에다 내지르니 이걸 어쩌난 거다.

"마님!"

이 사실을 우리한테 알려준 게 바로 춘배 어머이다. 춘배 어머이는 울 어머이보다 더 젊은 데다 얼굴도(춘배가 즈 어무이 닮았나?) 마을에서 젤루 곱상하게 생겼다.

"마님, (춘배 어머이는 자기네가 우리 아부지한테 땅을 배제해서 부친다고 해서, 김 참봉 댁에서만 쓰는 마님이란 말을 울 어머이한테도 쓴다) 저걸 어쩐대유. 마님 댁 닭이 우리 집에다 알을 낳네유."

이때부터 울 어머이가 저래 닭 타령이다. 울 아부지가 이걸 알면 우리 수탉 없어진 일도 알게 될 거구 그러면 예펜네가 집에서 닭 하나 건사 못 하고 뭐 하냐며 어머일 된통 나무라칠 게 뻔하다.

사실은 울 어머이두 우리 수탉이 벌건 대낮에 춘배가 내려친 지게 작대기에 맞아 죽은 걸 깜깜 모른다. 밤에 살쾡이가 내려와 물어 갔다고 내가 그즛말[7]을 해서다.

그러니 춘배가 우리 집 수탉을 때려죽인 일로 기가 푹 죽어 있을 수밖에 읎다. 나, 점순이가 안 이를 테니 닭 죽은 건 걱정 말라고 했는데도 그게 영 못미더운 그런 낯짝으로 늘 내 눈칠 살살 보는 게 맘이 좀 그렇다.

춘배네 수탉이 우리 암탉 등에 올라타 껍죽댄 뒤 시치미 뚝 떼고 모이를 좌 먹고 있다. 뒷간 똥거름을 밭으로 내고 있는 춘배를 내가 불러 세웠다.

"춘배야, 너 왜 우리 닭 느 집에 가뒀니?"

"내가 은제[8]……"

"니가 우리 닭한테 옥시기[9]를 주니까 자꾸 글루 가잖아."

"우린 옥시기 다 먹어서 읂거든."

"느 수탉이 자꾸 우리 암탉을 꼬시니까 그렇잖아. 이 바보야!"

아무튼 춘배가 그날부터 우리 암탉이 즈네 집으로 못 오게 막았기 땜에 그 일루다 울 어머이가 날 찾는 일은 읂게 됐다.

그런데 그날 우리 암탉들을 죄다 우리 집 닭장에 몰아넣은 춘배가 나를 향해 무슨 말인가 끙끙 더듬는다.

"저,점순아. 지,지금 저기 장수바위 밑에서 마,만남 안 돼?"

별꼴이다. 지가 먼저 저리 벌벌거리면서 날 만나자고 하는 건 증말 츰이니까 말이다.

"돼!"

그렇게 해서 금병산 자락 옛날 아기장수 얘기가 전해지고 있는 장수바위 절벽 밑에서 춘배와 만났다. 노란 동백꽃도 개나리도 참꽃[10]도 다 지면서 산천이 온통 싱숭생숭 봄기운으로 들썩인다. 춘배가 자꾸 내 눈을 피하면서 이런다.

"점순아. 너, 나 자꾸 바보라구 하지 마."

"그러면 왜 안 되는데?"

"나 바보 아니거든!"

그러더니 뜬금없이 이런 말까지 한다.

"너, 그리구 울 아부지 고자라는, 그런 말두 하지 마."

그러면서 얼굴이 빨개진다.

"다들 그러던데. 느 아부지 고자라구."

"아니야. 울 아부지 고자 아니다. 내가 봐서 알아."

"그럼 니가 한들 이 주사 어른 아들이란 얘긴 뭐야?"

"것두 아니야. 그 소문 땜에 울 어머이가 을매나 속상해 한다구."

춘배 아부지가 고자라는 말이 마을에 떠돌고 있는 건 춘배가 한들 부자 이 주사를 닮았다는 소문에서 시작됐을 거다. 즈 어머니 닮아 얼굴이 오종종하면서도 콧날이 반듯한 춘배가 배불뚝이 한들 이 주사를 닮았다는 건 말도 안 되지만 사람들은 그런 거 아랑곳없이 자꾸 이상한 소문을 퍼뜨리고 다닌다.

춘배네가 실레마을로 이살 온 건 3년 전이니까 춘배 어머이가 이 주사와 어쩌고저쩌고해서 춘배를 낳았다는 건 증말 아니다. 그게 다 마을에 든 들병이며 마을의 얼굴 반반한 젊은 아낙만 보면 침을 껄떡대는 한들 이 주사의 못된 짓으로 인해서 그렇다는 걸 나는 안다.

쇠돌 엄마가 자긴 속곳이 세 개구 버선이 네 벌이나 된다고 자랑하는 소릴 듣곤(그게 다 이 주사 집을 드나들어 생겼다는 자랑) 춘호네가 남편 노름빚 2원을 얻기 위해 소

전상국 소설집

낙비 오는 날 이 주사집에서 지랄 중에 가장 몹쓸 지랄 봉변을 당한 일도 마을 사람들은 다 알고 있다.

이 주사가 춘배 아부지한테 수작골 논 네 마지기를 농사짓게 한 것도 다 그런 꿍꿍이가 있어서란 소문이 마을에 파다하니 왜 춘배 어머이가 속상하지 않겠는가. 그 소문 땜에 춘배 어머이가 춘배 아부지 얼굴도 제대로 못 쳐다본다는 소문이 돌고 있다.

호오오, 호오이! 꾀꼬리 한 쌍이 산속 숲을 헤집어 솟구치며 짝짓기를 하는 광경이 참 귀엽고도 얄밉다. 그러나 지금 내 앞에 풀 죽은 낯짝으로 서 있는 춘배 보기가 좀 그렇다. 그래서,

"느 아부지가 증말 고자 아니라구?"

내 말에 춘배가 고갤 크게 끄덕인다.

"그럼 넌?"

춘배가 내 말을 못 들은 척 꽃 지고 잎이 돋기 시작한 동백낭구[11] 밑을 손으로 가리킨다.

"저거 느네 주려구 저 아래 밭 가생이[12]서 오늘 캤다."

땅속에서 겨울을 난 울퉁불퉁 제멋대로 생긴 뚱딴지가 소쿠리에 그득하다.

여름에 노란 꽃이 피는 뚱딴지를 보는 순간 내 주둥어서 그만 뚱딴지같은 말이 툭 나오고 말았다. 사실은 춘배를

만나 이 말을 꼭 하리라 별러 오긴 했다. 나, 점순이의 앞날이, 아니 춘배와 내 일생이 걸린 일이다.

"야, 나 시집간다."

잽싸게 이 말을 내뱉고 춘배 낯짝을 살핀다. 근데 한참 있다가 춘배가 이런다.

"왜?"

왜라니, 이런 바보. 나 시집간다는데 고작 한다는 소리가.

"울 아부지가 나 시집가야 한대."

"왜?"

"나 시집간다구!"

"어디루?"

"어디긴, 서울 부잣집이다."

"……"

춘배, 갑자기 꿀 먹은 벙어리다. 춘배가 아무 소리 못 하니 내가 또 말해야 한다.

"우리 도망갈래?"

"도망, 왜?"

"바보 멍청이! 너한테 시집가구 싶으니까 그렇지!"

춘배한테 시집가려면 둘이서 도망치는 수밖에 없다는 걸 어떻게 얘기해야 할는지 생각이 안 나 그렇게 말한 거다. 근데 춘배가 도망가자는 내 말이 되우 어려운지 아직

16   전상국 소설집

도 저래 벙벙한 낯짝으로 눈만 멀뚱거린다.

"흥, 도망 못 가겠다 그거지?"

내 다그침에 춘배가 한참 뒤에 뭐라 웅얼거린다.

"그러믄 울 아부지 울 어머이 징역 간다. 너 데리구 도망 갔다구."

효자 났다. 더 웃긴 건 내가 절 데리고 가지, 지가 날 데리고 도망간다니 그게 말이 되냐.

실은 나도 달리 할 말이 없다. 나도 울 어머이 울 아부지 내버리고 도망은 증말 못 간다. 춘배와 도망을 가는 게 재민 있겠지만 어디서 뭘 어떻게 먹고 살는지 덜컥 겁부터 난다. 맨발로 마을에 들어와 거지꼴로 마을을 떠돌다 팔미천 건너 사라지던, 송곳 모로 꽂을 땅뙈기 하나 없이 사는 사람들의 그 딱한 모습을 너무 많이 봐서다.

내가 증말 춘배한테 시집을 간다구? 맘속으루 그렇게 묻는다. 그래서 쟤하고 도망을 가야 한다구? 그런 생각을 하면서 춘배를 쳐다본다. 아니, 춘배 쟤 키가 왜 저리 작지? 낯판대기도 꾀죄죄하니 꽤 못생겼다.

그래, 지난해 이른 봄날 바위틈 노란 동백꽃 덤불에서 춘배 어깨를 짚은 채 그대로 둘이 한 몸뚱이가 됐을 때, 그 때 이미 알아봤다. 수작골 이쁜이와 도련님이 그랬다는 그게 뭔지는 모르지만 그때 춘배 뺨따귀에 내 주둥일 대봤는

데 찝찔하니 어이구 그 땀 냄새 하구…… 그때 증말 우스운 건 춘배 낯짝이 벌게가지고 숨소리까지 이상했지 뭐냐. 그때 울 어머이가 날 불렀으니 망정이지 하마터면 춘배하고 밸 맞췄을 거고 그러면 꼼짝없이 어디론가 도망칠 수밖에 없었는지 모른다. 그때 증말 배가 맞았음 지금쯤,

— 네 팔짜나 내 팔짜나 잘 먹구 잘 입구 소라반자 미닫이 각장장판 샛별 같은 놋요강 원앙금침 잔모벼개에 깔꾸덮구 잠자기는 삶은 개다리 뒤틀리듯 뒤틀렸으니, 웅틀붕틀 멍석자리에 깊은 정이나 들이세.

어디서 이런 강원도 아리랑이나 흥얼거리고 자빠졌을는지도 모른다.

그런데 시상[13]에 별꼴이다. 춘배 쟤가 울고 있지 뭐냐. 벌써 전부터 금병산 장수바위 쪽으로 몸을 돌려 절벽에 환하게 핀 철쭉꽃을 쳐다본다 싶었는데 춘배가 콧물까지 훌쩍이며 끅끅 울고 있다.

뭐야, 너? 나 시집간다고 그래서 우는 거야? 아니믄, 우리 도망간 뒤 징역 살 느 아부지 어머이 생각해서, 그게 불쌍해서 벌써부터 우는 거냐구?

그래, 나 너하구 도망 안 가, 도망 못 간다고! 그렇게 얘기할 참인데 끅끅 울던 춘배가 느닷없이 장수바위 절벽 밑으로 치뛴다. 절벽 밑에까지 올라간 춘배가 애들 대가리만

전상국 소설집

한 돌멩일 하나 주워 들더니 뻔쩍 위로 쳐든다.

　그로부터 6년 후, 서기 1939년 서울에서 춘천 가는 경춘
선 기찻길이 뚫린 그 이듬해인 1940년 4월 초하룻날 스물
여섯 조점순은 기차에 오르기 전부터 가슴이 두근댄다. 서
울로 시집간, 아니 서울이 아니라 서울에서 가까운 양주
로 시집간 뒤 두번째 춘천 실레마을 친정집으로 내려가는
길이다. 시집간 지 3년 만에 친정에 한 번 다녀오긴 했어도
그때는 고된 시집살이 3년 한풀이로 사흘 밤낮을 내리 잠
만 자느라 집 밖 나들이는 아예 꿈도 못 꿨다.
　그러나 이번 3년 만에 다시 가는 친정 나들이는 그동안
보고 싶던 실레마을 사람들과 만나 희희낙락 질펀하게 즐
기고 싶다. 물론 곁에 네 살배기 지즈배 하나와 젖먹이 언
내[14]가 또 하나 있긴 하지만 연초 조합에 다니는 남편이 직
장 일로 장인 환갑 그 전날에나 내려올 수 있다고 해 그나
마 숨이 트인다.
　경춘선 3번 객차 중간쯤 바른쪽 창가에 앉은 점순은 창
밖으로 빠르게 흘러가는 바깥 풍경에 눈을 떼지 못한다.
봄이라곤 하지만 보리밭 말고는 산과 들이 아직 칙칙하다.
　아, 근데 봄은 봄이다. 양지 바른 철둑 밑으로 봄에 가장
먼저 꽃이 피는 꽃다지가 무더기 무더기 노랗다. 그러고

보니 허리에 종댕이[15]를 찬 아낙네들이 고들빼기나 달래를 캐다가 달려가는 기차를 향해 하염없이 손을 내젓고 있는 모습도 보인다. 이와는 달리 밭에 두엄을 내는 농부들은 기차 같은 건 아랑곳없이 쇠스랑으로 땅고르기에 여념이 없다.

대성리를 지나면서 바른쪽으로 북한강 물줄기가 눈에 훤하게 터진다. 그런데 청평 조금 못 미쳐 강 꼭대기에 사람들이 떼로 몰려 일을 하고 있다. 홍천에서 내려오는 물과 춘천 북한강을 높은 뚝[16]으로 막아 가둔 물로 전깃불을 만든다는 소문의 그 일판인 모양이다.

청평역을 거쳐 가평역에 섰던 기차가 가평철교를 철거덩철거덩 건너 경강역을 향하면서 예서부터가 춘천이다. 강을 낀 산자락이 드믄드믄 샛노랗다.

동백꽃이다. 점순은 잎이 나기 전 꽃부터 피는 저 동백 열매로 짠 참동백기름을 머리에 바르고 시집을 갔다. 점순의 푸석거리는 머릿결이 동백기름을 바르자 잘잘 윤이 나고 그 알싸한 냄새 때문인가 그 징그런 머릿니도 서캐도 언제 있었나 싶게 없어졌다.

점순이 시집간 양주 산자락에도 지천인 동백나무 잎을 따다 찹쌀 풀에 묻혀 튀각을 해 어른들 상에 올렸더니 깻잎 튀각을 저리 밀어놓으면서 동백잎이 젤이다 했다. 시할아버지

　　　　　　　　　　전상국 소설집

는 점순이가 노란 동백꽃을 따 말렸다가 차로 끓여 내오자 이걸 먹으니 입안에 군내가 안 난다며 수시로 홀짝인다.

점순은 동백꽃 때문에 남편하고 몇 번 말싸움을 벌인 적도 있다. 남편은 동백꽃이 저 남쪽 바닷가에나 피는 빨간 동백꽃이 아닌, 천 년도 훨씬 넘는 오래전부터 강원도 아리랑에 나오는 그 동백이라는 걸 모르는 맹추라서 그렇다. 바닷가 그 동백은 꽃냄새가 없지만 강원도 아리랑에 나오는 동백은 알싸한 냄새가 난다고, 그걸 말할 때마다 점순은 맘이 쬐끔 야릇했다.

이제 쫌 있으면 도착할 실레마을의 금병산이 눈에 선하다. 이쁜이와 금병의숙 야학당 다니며 글 배우던 생각도 새롭다. 도련님과 그랬다는 소문 뒤, 이쁜이는 도련님이 홀쩍 마을을 떠나자 도련님이 보낸다는 편지 약조에 답장하기 위해 글을 열심히 배웠기 때문에 비록 글씨는 삐뚤삐뚤이지만 점순이한테 보내는 편지 속에 할 말은 다 한다. 홀쩍 떠나간 뒤 두 번 다시 볼 수 없는 도련님이 그동안 편지 한 장도 안 보내온 게 괘씸하고 괘씸해 그동안 징징 울며 따라다니던 석숭이한테 시집을 갔다는 얘기도 눈물 콧물 섞어 썼다. 벌써 애가 셋이라는 얘기 끝에 그 애들 중 한 애의 귓바퀴가 도련님하고 닮았다는 얘기도 그 편지에 살짝.

점순은 그렇게 이쁜이의 편지로 고향 실레마을 소식을

듣는 게 증말 재미있었다. 덕돌이가 홍천에서 온 열아홉 살 먹은 계집한테 홀려 결혼까지 했다가 그 계집이 신랑 바지저고릴 훔쳐가지곤 물레방앗간에 숨겨났던 병든 남편한테 입혀 서울로 도망친 뒤 실성을 했다는 얘기다. 그렇게 실성을 했던 덕돌이가 이제 맘 잡고 잘 살게 된 건 지난해 겨울 자기 집 싸리문 앞에 포대기에 싸서 버린 언내가 있어 그걸 들여 키우면서부터라고.

　—덕돌이가 그 언내 이름을 뭐라고 지었게? 히힛, 홍돌이야. 홍천 할 때 그 홍.

　점순은 덕돌이 얘기 끝에 이쁜이가 전한 또 다른 소식에 박수까지 짝짝 치면서 키득거렸다.

　한들 이 주사가 돌쇠 아버지한테 당한 이야기다. 돌쇠 엄마가 이 주사 집에 드나들면서 남들은 입어볼 수 없는 속곳이며 버선까지 신고 다니면서 자랑했는데 그거야 돌쇠 엄마 좋으니까 좋은 거지만 돌쇠 아버지로서 정말 참을 수 없는 일이었을 게다. 게다가 돌쇠가 자기 씨라고 이 주사가 동네방네 소문을 내고 다녔다니 돌쇠 아버지 속이 어떠했겠는가 말이다.

　어느 날 이 주사 머리통에 돌쇠 엄마가 입고 다니던 속곳이 씌워졌다. 그 우스운 꼬락서닐 한 이 주살 누가 번쩍 쳐들어 한들 논바닥에 집어 던졌게?

　　　　　　　　　　　　　　전상국 소설집

—히히, 인젠 이 주사가 허리두 못 쓰는 병신이 됐단다.

점순은 어서 빨리 신남역에 마중 나온다는 이쁜일 만나고 싶었다.

그리고 춘배, 이 대목에서 점순은 생각을 멈춘다. 점순이 무릎에 코를 박고 자던 네 살배기가 눈을 떠 칭얼거리기 시작한 것이다. 마침 기차도 백양역을 지나면서 강쪽으로 훤하게 뚫린 굴속을 빠져나가느라 꽤나 시끄러웠다.

밑으로 북한강이 굽이쳐 흐르는 강촌역에 기차가 서자 칼봉바위 절벽이 눈앞에 펼쳐졌다. 점순은 병풍처럼 솟은 칼봉바위 절벽을 후딱 훑어본다. 가슴까지 달달 떨면서. 그러나 곧 웃고 만다. 칼봉이 아니라 금병산 장수바위 절벽이라고 쓴 이쁜이의 편지가 생각난 것이다.

—점순아, 너두 거기서 춘배하구 그랬니?

망측하게도 이쁜이가 편지에 그렇게 썼다. 점순이 니가 그랬으니까 춘배가 거기다 그렇게 썼을 거 아니냔 거다.

장수바위 절벽에 춘배가 뭔 글자인가를 새겨놨다는 그런 얘기다. 점순이 서울로 시집간 뒤 춘배가 한동안 실성을 해 거의 매일 금병산 장수바위에 올라가 벌인 일이라고 했다.

춘배가 장수바위 절벽에 돌멩이를 내려쳐 새겨놓은 그

흔적을 이쁜이 신랑 석숭이가 발견한 것은 춘배네 식구 다섯이 멀리 만주 땅으로 줄레줄레 떠난 그 얼마 뒤였다.

춘배가 바위절벽을 돌멩이로 내리쳐 새겼다는 그 흔적은,

—점순아……

읽을 수 있는 글씨는 고작 고거였다고, 점순이 니가 고향 오면 우리 금병산 올라가 고거 함께 보자고, 그러면 그 뒤엣것이 뭔지 넌 읽을 수 있을 거 아니냐고, 낄낄거리는 말투로 쓴 이쁜이의 삐뚤빼뚤한 편지는 끝.

1) '호드기'의 강원 방언.
2) '나무'의 강원 방언.
3) '처음'의 강원 방언.
4) '얼굴'을 속되게 이르는 말인 '상판대기'의 방언.
5) '계집애'의 강원 방언.
6) '벌레'의 강원 방언.
7) '거짓말'의 강원 방언.
8) '언제'의 강원 방언.
9) '옥수수'의 강원 방언.
10) '진달래'의 다른 말.
11) 생강나무. 산동백, 개동백이라고도 부른다.
12) '가장자리'의 방언.
13) '세상'의 강원 방언.
14) '젖먹이'의 강원 방언.
15) '종다래끼'의 방언.
16) '둑'의 센말. 1944년 준공된 지금의 청평댐.

봄봄하다

—「봄·봄」 오마주

점순이 갸가 시집 안 간다네.

거 먼 소리야? 즈 아버이가 정해 들인 데릴사위[1] 칠보는 으쩌구?

칠보가 즈 아버이 거시길 할아버지! 소리 나게 움켜잡았다니 그 딸루서 그럴 만두 하지.

아니, 즈 아버이 거시기하구 지 시집가는 거하구 뭐가 어때서?

허긴, 둘이서 거시기 잡구 쌈한 일만 해두 그래. 욕필이 영감이 먼저 칠보 거시길 잡았다는 게야. 그러니까루 영감이 칠보한테 내 거시기 움켜쥔 거 다 용서하구 성례시켜줄 테니 일이나 잘하라구 했다잖아.

까탄[2]은 밤낮 일만 하다 말 테냐며 칠보 꼬드겨 쌈 붙인 점순이 고것에 있다니까.

뭬라구, 열여섯밖에 안 된 것이 사낼 꼬드겼다구?

칠보가 뭉태 찾아와 그러더래. 점순이 고것이, 성례 안 시켜주면 즈 아버이 쇰[3]이라두 잡아채랬다구. 이 바보야, 그러면서.

머여, 그래놓구선 고것이 이제 와서 성례 안 허겠다? 시상에, 우트게 그런 일이.

점순이, 내 얘기가 그렇게 동네방네 떠돈다는 거 다 알구 있다. 날개 읊어두 퍼지는 게 소문이다. 야학당 부녀회 여자들두 내 얘길 하다가 내가 들어서니까 모두 입을 꽉 다물고 딴청을 피운다. 사람들은 열여섯 살이 어떻게 부녀회 회원이냐구 그런 걸루두 수군거린다. 그건 야학당 선상님이 내가 성례는 안 했지만 집안에 신랑 될 사람과 함께 살고 있으니 부녀회 회원이 분명하다구 그랬다는 걸 몰라서들 하는 얘기다. 난 야학당 부녀회두 나가지만 기에 리를 하면 길, 하고 글 배우는 야학에두 나가는 학생이기두 하다. 부녀회든 야학이든 난 금병의숙[4] 나가는 게 젤루 좋다. 야학당에선 배우는 것두 많지만 마을 사람들이 살아가는 이런저런 얘길 들을 수 있는 게 증말 좋다. 수아리골 근

식이가 즈네 집 솥 빼들구 들병이[5] 따라 서울 갔단 얘기두,
실레말 만복이가 소 장수한테 계약서 쓰구 마누라 팔어먹
은 얘기며 마을에 든 들병이가 뭔 짓을 하고 돌아다녔다는
것두, 음짓말 춘호 처가 한들 이 주사한테 몸 팔아 남편 노
름빚 갚았다는 그런 소문두 야학당에서 다 들었다. 모두
가 집 읎구 땅 읎어 똥꾸멍 째지게 못사는 사람들이 입에
풀칠하기 위해 사람이 해서는 안 되는 짓을 엄벙덤벙 저지
른 그런 얘기들이다. 그런 얘길 하다 보면 울 아부지 욕하
는 사람들두 많다. 울 아부지가 김 도사집 마름[6]이라 울 아
부지헌테 땅 뗴인 사람들은 입만 열면 울 아부지 욕이다.
딸만 넷인 울 아부지가 데릴사위 여럿 갈아 들여 골 빼먹
는다는 얘길 하다보니까 욕을 안 할 수 읎을 게다. 그렇게
욕을 많이 먹어서 그런지 울 아부지가 마을에서 욕을 젤루
잘한다. 그날, 칠보가 울 아부지하구 거시기 움켜잡구 싸
우던 날두 야학당 선상님이 실실 웃으면서 울 아부지 욕하
는 걸 먼 종이에다 적는 걸 내가 울 넘어루 다 봤다. 을마 전
에 내가 신상님, 그때 울 아버지 욕하는 거 머 하러 적었어
유? 그렇게 물으니까 선상님이, 재밌잖아요, 그랬다. 욕이
머가 재미있어유? 그러니까 이번엔 선상님이 글쎄 내 말
엔 대꾸두 않구 생뚱하니 이런 걸 물었다.

점순 씨, 국수 언제 먹을 수 있어요?

선상님은 야학당 아이들한테는 언제나 애, 쟤를 하면서 열여섯 살 나한테는 꼭 점순 씨 점순 씨 한다. 그래서 내가 점순 씨 그렇게 부르면 부끄럽다구 하니까 선상님이 그랬다. 점순 씬 부녀회 회원이잖아요. 부녀회 회원들은 모두 어른입니다. 그러니까 합쇼를 해야 맞습니다.

선상님은 은젠간 나한테, 점순 씨, 이름이 왜 점순입니까? 얼굴에 점도 없는데…… 했다.

그때 난 낯짝이 뜨거워 혼났다. 가슴까지 팡팡 뛰면서 선상님 얼굴두 쳐다볼 수가 없었다. 그런 걸 나헌테 물어본 사람은 데련님(우린 선상님을 데련님이라구 부르는 걸 더 좋아한다)이 츰이다. 허지만 난 그때 데련님 말에 아무 말도 할 수가 없었다. 왜냐면 낯짝엔 없는 점이 내 옹데이[7]에 아주 크다랗게 있기 때문이다. 그래서 울 아부지가 내 이름을 점순이라구 지었다구 한다. 그래야 담에 아들을 낳을 수 있다구 했지만서두 우리 집 대문 새끼줄엔 여태꺼정 빨간 고추는 한 번두 안 걸렸다. 아이고, 얘기가 딴 데루 흘러가구 말았다. 데련님이 국시[8] 언제 먹을 거냔 말에 내 주둥이에서 쏙 튀어나온 고 눔에 고 말.

나 시집 안 갈 테야유!

전상국 소설집

내가 한 말에 내가 더 놀랐다. 시집 안 간단 생각을 지금 꺼정 단 한 번두 해본 적이 읊으니까 말이다. 근데 내가 왜 그런 말을 했는지 진짜루 모르겠다. 그냥 여자애들한테 은 제 시집가냐구 하면 시집 안 간다고 하는 그런 걸루 한 말 인지두 모른다. 근데 데련님이 시집 안 간다는 내 말에 깜짝 놀라는 거였다. 야학당에 있던 다른 사람들두 어머 어머 무슨 일이야? 하며 모두 내 입을 쳐다보는 거였다. 그때 나 두 내가 한 말에 다시 놀랐다. 그렇게 놀란 바람에 또 엉뚱 한 소릴 해버렸지 뭐냐. 그땐 증말루 내가 미쳤었나 부다.

이뿐이두 죽을 때까지 시집 안 간다던데유.

수작골 사는 이뿐이가 자긴 절대루 시집 안 간 말을 나 한테 한 적이 있다. 이뿐이는 요즘 야학당에 공부하러 잘 나오지두 않는다. 맨날 혼자 산속을 헤매고 다니고 있다는 거 나는 잘 안다. 데련님하구 그랬대는 소문 땜에 이뿐이 가 요즘 많이 힘들어서 그런 거다. 그 일루 도사댁 마님이 데련님 서울 올라가라구 했다는 얘기두 들었다. 나두 사람 들 그 귓속 얘기가 맞는가 싶어 은젠가 이뿐이한테 곧바루 물어봤다.

너 데련님하구 그랬대지?[9]

근데 내가 뭐, 왜 그랬냐구 따져 물은 것두 아닌데 이뿐이가 갑자기 잉잉 울음을 터뜨리는 거다. 그러더니, 나 죽을 때까지 시집 안 간다, 그랬다. 데련님과 그랬다면 데련님한테 시집가야 하는데 이뿐이는 데련님네 종이라 그게 안 되니까 그런 말을 했을 거다. 이뿐이가 데련님과 그랜 일로 즈 어머이한테 매두 엄청 맞았다는 거 나는 다 알구 있다. 이뿐이가 너무 불쌍하다. 그래서 이날은 내가 일부러 데련님한테 이뿐이 맘을 요맨큼이라두 전해주구 싶어 시집 안 간단 말을 했는지두 모른다. 데련님 땜에 이뿐이가 얼마나 힘들어 하구 있는지 알구나 있느냐구, 그렇게 막 퍼대구 싶었으니까 말이다.

"아니, 점순 씨 왜 울어요?"

근데 데련님은 이뿐이가 시집 안 간다는 내 말엔 대꾸도 않구 오히려 나한테 왜 우느냐고 물었다. 나는 사실 그때 이뿐이가 시집 안 간다는 말을 하면서 왈칵 눈물이 쏟아졌다. 이뿐이 처지가 불쌍해서 그런 거지만 사실은 나두 이뿐이처럼 데련님을 좋아하고 있는 건 아닌가 그런 생각이 살짝 들었던 거다. 난 이뿐이처럼 키두 크지 않구 이뿌지두 않지만 데련님을 속으루 되우 좋아했다. 그러니까 괜히 데련님이 야속하고 미울 수밖에. 그래서 나두 모르게 눈물이 쿡 났을 거다. 내가 데련님 앞에서 시집 안 가겠다고 한

전상국 소설집

거두 나두 잘 모르는 그런 맘이 홀라당 튀어나왔는지두 모르겠다.

말 속에 뼈[10] 있다구 했다. 데련님이 야학당 부녀회에서 우리한테 이런 얘길 한 적이 있다. 앞으룬 시상이 많이 바뀔 거라구. 결혼두 아부지 어머이들이 정해놓은 대루 하는 게 아니라 남자 여자가 서루 좋아서, 서루가 연모(사랑과 같은 말이랬다)해서 신랑 각시가 되는 그런 세월이 금방 올 거라구 했다. 서울에선 실지루 양반 쌍껏 가리지 않구 사랑을 하구 그렇게 좋아하는 사람들끼리 신랑 각시가 된다구 말이다. 데련님이 이뿐이한테두 그런 얘길 했으니까 이뿐이가 데련님과 그랬을 게 틀림이 읎다. 그래서 나두 그렇게 존 시상[11]이 올 때까지 시집 안 갈 거라고, 아마 그런 내 맘을 한번 얘기하구 싶었던 게 아닌가 싶기두 하다.

근데 일이 크게 나구 말았다. 말은 혯바닥 베는 칼이라지만, 내가 데련님 앞에서 무심코 한, 나 시집 안 간단 그 말이 그렇게 새낄 무섭게 칠 줄 나는 증말 몰랐다. 마을 어른들은 나만 보면 코를 헹 풀어제치거나 어허 참 시상에! 이러면서 아주 벌레 씹은 낯이다. 덕돌 어머이두 나를 보더니 뭔 혼잣소릴 하며 쌩하니 지나간다. 저눔의 지즈배[12] 가 사내놈 하나 또 잡아 처먹겠구나. 덕돌 어머이가 뭔 얘길 하는지 나는 알구 있다. 을마 전 있던 일이다. 어느 날 저녁 늙은 총각 덕돌네 집에 열아홉 살 먹은 나그네가 하나 들었다. 덕돌 어머이는 이게 웬 떡인가 싶어 나그넬 살살 꽤[13] 덕돌이 하구 결혼을 시킨 것까지는 증말 잘한 일이다. 근데 글쎄 고것이 신랑 덕돌이 바지저고리만 달랑 훔쳐가지구 도망을 쳤다지 뭐냐. 낭중에 알구 보니까 글쎄 고것이 한들 물레방앗간에 즈 병든 남편을 숨겨놓고 와 그 짓[14] 결혼을 한 거였다. 그러니 장가갔다고 좋아하던 덕돌이 닭 쫓던 똥개 상이 될 수밖에. 그날 뒤루 덕돌이 즈집 방구석에 이불 뒤집어쓰구 자빠졌으니 즈 어머이 속이 으떻겠는가 그 말이다.

덕돌이두 덕돌이지만 나야말루 증말 큰일 났다. 내가 시집 안 간다고 한 그 말이 산 넘구 산 넘어 실성한 사람처럼 맨날 산속을 허매구 쏘다니는 이뿐이한테까지 들어간 모양이다. 이뿐이가 날 찾아와 도끼눈을 하구 따졌다.

점순아, 너두 데련님하구 그랬지? 대뜸 이러는 거다. 내가 데련님하구 뭘? 하니까, 데련님하구 그러지 않구서 으떻게 데련님한테 시집 안 갈 거라고 그런 말을 했느냐구? 그거다. 내가 언제 데련님한테 시집 안 간다구 했느냐, 그냥 나 칠보한테 시집 안 간다구 했다니까 이뿐이가 또 이러는 거다. 바루 그거라구, 너 여섯 살 때 들인 데릴사위한테 시집 안 간다구 한 건 데련님하고 그랬기 때문에 그러는 거 아니냐며 더 매섭게 따졌다.

난 증말 데련님이 내 뺨따귀 물어뜯은 적 읎다구, 죽어두 그런 일이 읎다구 했더니, 그제서야 이뿐이가 안심한 낯으루 돌아갔다.

봄 꿩이 지 울음에 죽는다는 으른들 말처럼 드디어 내가 한 말이 울 어머이 귀까지 들어가구 만 거다. 울 어머이가 내 등짝을 후려치며 말했다. 이년아, 너 시집 안 간단 그 말, 느 아부지 들으면 너 죽어, 그러는 울 어머이 된통 겁난 낯판이다. 증말 울 아부지 알면 나 죽는다. 우리 언니들두 그전에 시집 안 간다구 그랬다가 아부지한테 매 맞는 거 내가 많이 봤다. 우리 큰 언닌 아부지한테 귀때기를 을마나 맞았는지 지금꺼정두 두 쪽 귀가 다 잘 안 들린다.

그렇지만 나 울 아부지가 그 말 들었어두 벨루 겁나지 않는다. 너 이년, 시집 안 간다니 그게 뭔 소리냐? 그러면 나 이럴 거니까 말이다. 아부지 거시기 움켜잡은 그런 만무방[15]한테 내가 으떻게 시집을 가란 말이에유, 이러면 울 아부지가 어흠어흠 계면쩍어하면서 이럴 거다. 이년아, 칠보, 갸 사람이 좀 미욱하긴 해두 그만한 신랑감은 읎다 읎어.

그리구 칠보가 나 시집 안 간단 그 소문 들었어두 나 하나두 겁나지 않는다. 그런 얘길 들어야 지두 정신 바싹 차리구 빨랑 성례시켜달라구 울 아버지한테 조를 거 아닌가 그런 말이다. 히히, 또 모른다. 칠보가 이제 와서 시집 안 온다니 거 뭔 소리냐구 벼락같이 화를 내면서 그 큰 두 팔루다 날 번쩍 들어올려(아부지들이 애기가 귀여우면 하늘 높이 쳐들어 올리는 그런 거 말이다) 주장질을 시킬는지두. 그럼 난 간지러워 막 웃으면서 갈래유, 시집 간다니까유, 그러면 칠보가 헤벌쭉 웃으면서 나를 내려놓을 게 틀림이 없다.

근데 그건 내 생각이구, 칠보 그 멍청이가 나 시집 안 간다는 말에 그만 풀이 죽어 즈 홀어머이 사는 두룸실루 돌아갈지두 모른다. 그건 증말 안 되는 얘기다. 아니, 그래두 좋다. 그래두 나는 자신 있다. 내가 두룸실 모래재 서낭당까지 가서 호이호 호오이! 하구 입으루 꾀꼬리 소릴 내면 칠보가 금방 알아채구 나올 거니 말이다. 칠보가 나 쳐다보는 게게 풀린 그 눈만 봐두 나는 안다. 칠보가 날 을마나 좋아하는지.

그러니까 난 아무 걱정이 없다. 사람들두 다 그런다. 성례는 안 했어두 10년째 데릴사위면 칠보는 이미 내 신랑이라구. 신랑 각시루 우리 둘이 잘 맞는다는 얘기들두 많이 한다. 칠보가 좀 미욱해두 내가 잘 맞춰 살 거라구.

전상국 소설집

근데 칠보하구 나하구 신랑 각시란 소릴 듣기엔 뭔가 좀 그런 게 있긴 하다. 칠보가 내 뺨따귀를 물어뜯는 그런 일이 아직 없었으니까 하는 얘기다. 데련님과 이뿐이가 그랬다는 것두 데련님이 이뿐이 뺨따귀를 잘근잘근 물어뜯은 그 일을 두구 하는 얘기라는 거 나는 다 안다. 성례는 그렇구 그런 걸 하는 총각하구 색시가 즈덜이 그랬다는 걸 남들한테 대놓구 알리기 위해 하는 거라는데 우린 아직 그런 일이 요맨큼두 없었으니까 그게 좀 그렇다는 거다.

그래서 그날 내가 새고개 맞은 봉우리 화전밭에서 혼자 밭을 갈구 있는 칠보한테 눈 딱 감고 그런 말을 했던 거다. 동백꽃[16] 꽃내가 환장하게 나던 그날은 이상하게 가슴이 할랑할랑, 맘두 싱숭생숭, 뺨까지 화끈화끈, 에라 모르겠다 하고, 맨날 일만 하다 말테냐!구, 칠보를 꼬신 건데 그 바보가 것두 모르구 울 아버지 거시기는 왜 잡아나꿨느냐 그 말이다.

근데 증말 큰일 났다. 요 메칠 새 칠보 거동이 되우 수상쩍다. 먼 소리를 어떻게 들었는지 몰라두 며칠째 행랑방에 처박혀 일절 낯판대기를 안 내민다. 새벽에 끓여야 하는 쇠죽두 안 끓이구 잎 피기 전에 산에 올라가 낭구두 해와야 하는데 노란 동백꽃이 다 지구 삐쭉하니 잎이 올라오는 데두 기척을 안 한다. 울 아부지두 거시기 일 뒤루는 칠보 대하기를 상전 모시듯 슬슬 눈치를 보느라 칠보가 방에 처박혀 나오지 않아두 아뭇소릴 안 한다. 일만 잘 하면 성례시켜준다고 했는데두 저 멍텅구리가 방에 처박혀 안 나오니 지금 울 아부지두 애가 많이 탈 거다. 그렇다고, 저년이 철읎어 그런 소릴 떠들고 다녔다고 나를 나무라치며 올 봄 넘어가기 전에 성례를 치러주겠다고 할 울 아부지가 아니라는 거두 나는 잘 안다. 그러기는커녕 울 아부지가 더 참지 못하구 이놈의 새끼, 새경[17] 쳐줄 거니 느 집에 가라고 하면 그땐 일이 좀 이상하게 벙그러질 수도 있다, 그런 말이다.

메칠이 지났다. 근데 그 메칠이 드럽게 길다. 그렇다고 내가 헛소리했다구, 나 시집 갈 거라구 하면서 나설 수는 읎잖은가 그 말이다. 나 그렇게 시집가면 울 어머이처럼 아부지한테 끽소리 못 하고 쥐여 살아야 한다는 거 잘 안다. 난 그게 증말 싫다. 신랑이랑 색시는 서루 눈을 맞추구 알콩달콩 얘길 나누면서 살아야 한다구 야학당 선상님이 그랬는데 울 어머이 울 아부지 사는 거 보면 그게 영 아니니까 이참에 칠보 씰 우리 집 워리[18]처럼 내 옆에서 살랑거리게 길들이지 않으면 안 된다,는 걸 다부지게 맘먹고 있는 중이다.

아, 존 생각이 하나 났다. 야학당 선상님, 아니 데련님을 찾아가 이 일을 으떻게 해야 좋으냐구 물어보면 좋겠다는 생각이 난 거다. 데련님 땜에 생긴 일이니까 데련님이 칠보 만나 잘 얘기하면 그까짓 거 아무것두 아니게 풀릴 수 있을 거 아닌가 말이다.

근데 일이 이상하게 꼬인다. 데련님이 어제 서울루 갔다지 뭔가. 다시는 데련님이 마을에 안 돌아올 거라는 얘기두 들린다.

그런데 데련님이 서울 올라가니까 증말루 존 사람이 하나 있다. 이뿐일 진짜루 좋아하는 석숭이다. 이참에 석숭이가 이뿐일 자기 색시 만들기 위해 가만히 있지 않을 거란 생각이다. 저번 때 이뿐이가 나한테 왜 시집 안 간다는 말했느냐고 따지러 왔다가 돌아갈 때 한숨을 폭폭 내쉬면서 한 말이 있다. 아무래두 송충이는 솔잎 먹고 살아야 할 거 같다구.

오늘두 칠보는 문밖에 얼씬두 안 한다. 건승으루 그러는 게 아니라 증말 무슨 병이 난 게 틀림없다. 어흠 허흠, 하며 울 아부지 담뱃대 탁탁 터는 소리만 들어두 덜컥 겁시 난다.

아이고!

일이 별나게 터지고 말았다. 온수뜰 덕돌이가 미친 거다. 그깃 결혼한 색시가 도망간 뒤 집밖에 얼씬두 안 하던 덕돌이가 동네방네 돌아다니면서 우리 색시 여기 왔나유. 우리 이쁜 색시 어디 있는지 가르쳐줘유. 이 정도면 정말 되우 실성을 한 거다. 덕돌네 어무이두 그런 아들 뒤를 따라다니면서 얘 덕돌아, 이눔아, 왜 이래, 왜 이러느냐구, 이눔아 제발…… 하면서 징징 울고 다닌다.

가슴이 덜컥 내려앉는다. 우리 집 칠보 생각을 한 거다. 칠보가 덕돌이마냥 마을 집집을 돌아다니면서 우리 점순이 어딨지유? 점순이 키 안 커두 좋아유. 나 점순이한테 장가갈래유. 그러면서 다닌다는 생각만 해두 아이구 진짜루 웃긴다. 칠보가 잠깐 뒷간 갈 때 보니까 눈빛이 좀 이상한 것두 같았다. 아무래두 안 되겠다. 소 잃구 외양간 고쳐서 뭐 하느냐, 그 말이다.

편지를 썼다. 치 자에 리을 허면 칠, 비읍에 오 허면 보. 야학당에서 배운 대루 썼다. 글씨 쓰기가 너무 어려워 한 줄밖엔 못 썼지만 할 말은 다 했다.

—칠보 씨, 우리 빨랑 봄봄해유.

봄봄하자구 썼다. 봄봄, 야학당 데련님하구 우리하구만 통하는 말이다. 데련님은 날씨가 좋아두 아, 봄봄하다, 노란 동백꽃 냄샐 맡으면서두 봄봄하다, 어떤 애가 뒷간에 갈 때두 너 지금 봄봄하러 가는구나, 그래두 우린 다 알아듣구 키득키득 웃었다.

근데 우리 칠보 씨가 그런 걸 알 리가 읎다. 봄봄은커녕 아예 글씨두 한 줄 못 읽으니까 뭉태를 찾아가 머라구 쓴 건지 읽어달라구 할 게 뻔하다. 허지만 뭉태두 '봄봄해유'가 먼지 알 수가 읎을 거다. 히힛. 그럼 낭중에 칠보 씨가 물동이 이구 가는 내 뒤에까지 따라와서 이렇게 물을 거다. 그거 뭔 소리유? 봄봄하자는 거.

그럼 난 물동일 길바닥에 내려놓구, 바보 바보! 그러면서 칠보 씨 가슴에 낯을 폭 묻을 거다. 이런 게 봄봄하는 거에유, 하면서.

1) 처가에서 데리고 사는 사위.
2) '까닭'의 강원 방언.
3) '수염'의 강원 방언.
4) 1930년 김유정이 실레마을에 세운 야학당 이름.
5) 들병장수. 병에다 술을 가지고 다니면서 파는 사람.
6) 지주를 대리하여 소작권을 관리하는 사람.
7) '엉덩이'의 강원 방언.
8) '국수'의 강원 방언.
9) 김유정의 「산골」에 나오는 말.
10) 뼈.
11) 좋은 세상.
12) '계집애'의 강원 방언.
13) 피어.
14) 거짓.
15) 염치가 없이 막된 사람.
16) 생강나무. 잎이 나기 전 노란 꽃이 피는, 「강원도 아리랑」에 나오
   는 '동박'.
17) 머슴이 주인에게서 한 해 동안 일한 대가로 받는 돈이나 물건.
18) 시골에서 개를 부르거나 일컫는 말.

가을하다

— 「소나기」 오마주

쪽빛 하늘, 오늘도 티 없이 쨍쨍 가을하다. 2년 전 그 하늘처럼.

소녀가 갈대숲 한가운데 갈대꽃으로 피어 있다. 현수는 우우 떼 지어 우거진 갈대꽃을 꺾는다.

'저 산 밑에 있는 갈대꽃은 이것보다 꽃 색깔이 더 흰 것 같아.'

현수가 건넨 갈대 꽃다발을 받아들며 소녀가 말한다. 소녀의 눈길이 산자락 햇살 자오록한 억새밭에 가 있다.

'저건 갈대가 아니라 억새야.'

'같아 보이는데 갈대랑 억새는 어떻게 달라?'

'이 갈대보다 저기 있는 억새꽃이 더 희게 보인다고 말했잖아. 그거야, 갈대꽃은 이렇게 갈색으로 좀 엉성하지만 억새는 꽃이 은색 아니면 흰색이라 이것보다 더 가을해 보이는 거야.'

현수는 중학교에 들어간 뒤 가정방문을 왔던 담임선생님한테 갈대와 억새가 어떻게 다른지를 들어서 알고 있다.

'갈대와 억새가 다른 게 또 있어. 갈대는 마디가 있고 억새는 그게 없다는 거. 그리고 억새보다는 갈대 키가 이만큼 더 크게 자라.'

현수는 발돋움으로 키를 부쩍 키운 뒤 머리 위로 손까지 높이 쳐들어 보였다.

ㅎ ㅎ ㅎ……

소녀의 웃음소리가 가을 하늘에 탱글탱글 굴러 퍼진다.

'나는 오빠보다 키가 작으니까 억새 할래. 오빠는 갈대고.'

현수는 억새밭의 억새꽃으로 눈부시게 피어난 소녀를 어떻게 불러야 할까를 잠깐 생각한다. 2년 전 그때 소녀의 이름을 알아두지 못한 것이 늘 마음에 걸렸다.

그러나 현수의 입속에 낱말 하나가 고인다. 가을하다. 가정방문을 왔던 담임선생님이 마을 앞산을 바라보며 한 말이다. 아, 가을하구나!

가을. 그 가을날 소나기 맞은 것 때문에 소녀가 많이 아팠다. 그리고 그 가을을 마지막으로 소녀를 더 이상 볼 수 없다.

그러나 지금 소녀는 자줏빛 칡꽃을 한 아름 안고 현수 옆에 서 있다. 소녀의 단발머리 목덜미가 멀끔하니 가을하다. 그때처럼 여전히 분홍 스웨터 차림이다. 현수는 소녀의 분홍 스웨터 앞자락의 얼룩진 붉은 무늬를 찾는다. 그러나 현수는 분홍 스웨터가 아닌, 가정방문을 왔던 담임선생님의 흰색 블라우스를 생각하고 있다. 그때 선생님의 흰색 블라우스 앞가슴에 달린 푸른색 브로치가 매우 가을했다.

'현수 오빠, 오늘도 소나기가 왔음 좋겠다.'

'소나기가 와도 너는 안 올 거잖아.'

현수의 목소리가 불퉁스럽다. 담임선생님이 가정방문을 왔을 때도 소나기는 오지 않았다.

현수는 개울둑을 내려가 개울 폭이 넓은 물가 자갈밭에서 되도록 얇고 둥근 조약돌을 주워 든다. 항상 주머니에 넣고 다니는 하얀 조약돌 말고도 지금 현수의 책가방 속에는 스무 개도 넘는 조약돌이 들어 있다. 징검다리를 건널 때 무심코 주워 집에 숨겨놨던 것들이다. 오늘은 그 조약돌 모두를 버릴 생각으로 가방에 넣고 나온 것이다.

'가을아, 이거 봐라.'

현수는 방금 물가 자갈밭에서 주운 조약돌을 수면에 스치듯 힘껏 물수제비를 뜬다. 하나 둘 셋 넷…… 퐁 퐁, 퐁, 퐁

퐁……퐁…… 조약돌은 수면을 여섯 번이나 튀긴 뒤 물속으로 사라진다.

사라진 것은 보이지 않는다. 그러나 보이지 않는다고 없는 것은 아니다. 현수는 서둘러 다시 개울둑으로 올라선다.

'우와!'

소녀의 탄성이다. 소녀가 들꽃 사이로 뛰어다닌다.

'오빠, 나도 이제 이 꽃 이름을 안다. 이게 들국화, 이게 싸리꽃, 이게 도라지꽃……'

현수는 길가 묵밭에 피어 있는 쑥부쟁이를 꺾는다. 그리고 산비탈까지 올라가 쑥부쟁이처럼 짙은 연보라빛 벌개미취도, 개울가 둑에 샛노랗게 작은 꽃망울을 터뜨리기 시작한 산국도 꺾었다.

'이건 쑥부쟁이, 이건 개미취야. 그리고 이건 산국. 사람들은 이것들을 그냥 들국화라고 부른단다.'

현수는 가정방문을 왔던 담임선생님의 목소리로 말한다. 그러나 현수는 선생님이 들국화의 여왕이라고 말한 구절초란 들꽃 이름을 입에 올리지 않는다. 학교를 오가는 20리 산길에 띄엄띄엄 피어 있는 구절초를 볼 때마다 이상하게 그 꽃을 혼자 보는 것이 힘들었던 것이다. 구절초는 정말 가을하다!

낱말은 그 안에 품고 있는 뜻이 넓고 깊을수록 잘 옮는다.

　　　　　　　　　　　　　전상국 소설집

'우와, 이 냄새, 정말 가을하다.'

소녀는 자신의 가슴에 안긴 쑥부쟁이와 개미취 그리고 산국에 코를 대고 냄새를 맡는다.

'오빠, 저기 노란 꽃, 저것도 산국이야?'

현수는 고개를 가로저으며 기다린다. 가을이도 저 노란 꽃의 이름을 알고 있다.

'아, 맞다. 오빠가 저건 마타리라고 했지. 마타리, 이름이 참 예쁘다.'

마타리, 현수는 마타리를 보면 선생님한테 들었던 마타하리란 이름의 미녀 스파이 생각이 났다. 젊은 나이에 프랑스군에 잡혀 총살당했다는, 독일과 프랑스를 오간 이중 스파이 마타하리.

현수는 건너편 강둑의 마타리를 보면서 그날 선생님한테 하려다 만 질문을 생각하고 얼굴이 붉어진다.

'마타하리, 그 스파이도 선생님처럼 예뻤어요?'

현수는 머릿속의 가을한 생각을 지우기라도 하듯 큰 소리로 소녀를 부른다.

'가을아, 아……'

산울림은 애틋하다.

현수는 누렇게 익어 꼬투리가 툭툭 터지기 시작한 콩밭 한가운데 서 있는 허수아비를 바라본다. 봄날 아버지가 나

무 작대기로 밭에 구멍을 뚫으면 자신은 그 속에 두서너
개의 콩을 넣고 흙을 덮었다. 다음 날 와 보면 땅속의 콩알
이 없다. 산비둘기들이 나뭇가지에 숨어 콩 심은 걸 잘 봐
뒀다가 새벽에 내려와 파 먹는다고 했다. 콩 싹이 나오고
줄기에 잎이 돋기 시작하면 산에서 고라니가 내려와 농사
를 망쳐놓는다. 그래서 사람들은 새나 짐승의 피해를 막는
방법으로 허수아비를 만들어 세우는 것이다.

"선생님, 저 허수아비 아들 이름이 뭐게요?"

그날 현수는 가정방문을 온 담임선생님한테 이런 우스
개 말놀이 질문을 했다. 담임선생님이 들꽃 이름을 가르쳐
주시는 것이 고맙고 재미있어 그런 용기가 생겼던 것이다.

'현수! …… ㅎㅎㅎㅎ.'

담임선생님의 목소리가 아닌 소녀의 웃음소리를 듣는
다. 소녀와 선생님의 모습이 겹쳐 몹시 혼란스럽다. 그 눈
치를 챈 것인가. 소녀의 목소리다.

'오빠, 왜 자꾸 선생님 생각만 해?'

'으응, 그건 선생님 생각이 가을이 생각이니까.'

'ㅎㅎ, 오빠, 그 말 참 가을하다.'

현수는 햇살 속에 반짝이는 개울물을 내려다보며 담임
선생님이 가정방문을 왔던 날을 생각한다. 짙은 감색 스커
트에 흰색 블라우스를 받쳐 입은 선생님이 마을에 나타나

전상국 소설집

자 갑자기 마을 전체가 환해졌다. 마을 꼬마 아이들이 누런 콧물을 훌쩍이며 선생님 뒤를 졸졸 따라다녔다. 문호리에서 양평읍 중학교에 다니는 아이는 현수 한 사람뿐이라 현수 담임선생님이 마을에 나타난 것은 마을 사람들 모두에게 큰 사건이었다.

가지울 입구 참외와 수박을 심었던 덕쇠 할아버지네 밭이 보인다. 현수는 올여름에도 마을 아이들과 참외 서리를 했다. 그러나 몸이 아픈 덕쇠 할아버지가 원두막을 지키지 않아 참외 서리는 처음부터 재미가 없었다.

덕쇠 할아버지네는 호두나무도 많이 심어 서울 동대문시장 사람들이 호두를 사러 왔다. 현수는 2년 전 소녀에게 주기 위해 호두를 따던 생각을 하며 호두나무밭을 지나간다. 길가 여기저기에 호두 껍데기가 널려 있다. 다람쥐는 나무 열매 중에서 호두를 가장 좋아해 호두가 누렇게 익는 초가을이면 다람쥐들이 많이 바쁘다. 나무에서 직접 호두를 따 탁탁탁 이빨로 깨 먹는다.

'가을아, 다람쥐와 호두 얘기 해줄까?'

'다람쥐와 호두 얘기, 그깃두 선생님이 해준 거야?'

'아아니, 우리 할아버지한테 들은 얘기야.'

다람쥐는 겨울 양식을 위해 호두를 산기슭 여기저기에 묻어 저장한다. 호두를 땅에 묻을 때면 다람쥐는 머리를 들어 하늘을 쳐다본다. 저렇게 생긴 구름 아래에다 호두를 묻었다는 것을 기억하기 위해서다. 그러나 하늘의 구름은 수시로 모양이 바뀌거나 사라져버린다.

"그게 뭔 얘긴지 알겠느냐? 짐승은 자기가 먹은 만큼 종자를 퍼뜨린다는 그런 뜻이니라."

사람들이 심지 않았는데도 산 여기저기에 밤나무며 호두나무가 자라는 이유를 일깨워주던 할아버지의 목소리가 귀에 쟁쟁하다.

현수는 하늘을 쳐다본다. 아까까지 없던 구름이 하늘에 빠르게 몰려들기 시작한다. 소나기라도 내리려는 것인가, 바람기마저 가을하다.

현수는 밭 가장자리에 떨어져 있는 호두 열매를 발로 툭 걸어찬다. 호두 껍데기가 사람 뇌처럼 생겨 호두를 먹으면 머리가 좋아진다는 어른들의 말을 듣고 호두를 열심히 까먹던 생각이 난 것이다.

'가을아, 넌 머리가 좋을 것 같아.'

'오빠가 나 머리 좋은 걸 어떻게 알아?'

'알아. 네 눈을 보면 그게 다 보여.'

현수는 눈을 감는다. 눈을 감으면 보고 싶은 것이 보인다. 감은 눈 속에 소녀의 가을가을한 눈이 보인다.

현수는 메밀밭을 지나가고 있다. 주로 산비탈 거친 밭에

전상국 소설집

많이 심는 메밀은 여름에 씨를 뿌려 가을에 거두는데 열매가 모가 져 원래 이름이 모밀이었다고 선생님이 말했다. 선생님이 숙제를 냈다. 이효석의 「메밀꽃 필 무렵」이란 소설을 다음 시간까지 읽어오라고.

'오빠, 그 소설 읽어봤어?'

'아니, 아직.'

'그거 슬픈 얘기는 아닐 거야. 꽃이 폈을 때는 슬픈 일이 안 일어날 거니까.'

현수는 숨을 깊이 들이마신다. 아름다운 꽃이 폈을 때도 슬픈 일이 일어난다. 개울가 갈꽃은 물론 산기슭 산국이 유난히 흐드러지게 핀 그날 밤 아버지와 어머니가 나누던 이야기를 들었다.

……글쎄 죽기 전에 이런 말을 했다지 않어? 자기가 죽거든 자기 입든 옷을 꼭 그대로 입혀서 묻어달라구.

현수는 메밀밭에 들어가지 않고도 메밀꽃 냄새를 맡는다. 개울물이 불어 소녀를 업고 개울을 건널 때 소녀에게서 나던 냄새처럼 메밀꽃 향기 가을하다.

현수는 호두밭 언저리 무밭에서 무 하나를 뽑을까 하다가 그만둔다.

'아, 맵고 지려.'

무를 뽑지도 않았는데 소녀가 진저리를 친다.

2년 전 수숫단이 있던 밭에 아무것도 없다. 지난해 겨울에 수숫단 속에서 사람 하나가 죽은 뒤 수수 농사를 그만 뒀기 때문이다. 마을에 가끔 나타나 집집을 돌며 '여기 영식이 왔나유?' 이렇게 묻고 다니던 실성한 여자가 어느 날 수숫단 속에서 주검으로 발견됐던 것이다. 마을 사람들은 그 여자가 어떤 남자한테 버림을 받아 그렇게 미쳤다고 했다. 자기를 버린 영식이란 그 남자를 잊지 못해 그처럼 마을을 떠돌다 죽었다는 얘기였다.

'그 여자 진짜 바보다. 왜 미쳐, 영식이만 사람인가?'

현수가 혼잣소리로 중얼거린다. 곧바로 소녀의 목소리다.

'치, 오빠 웃긴다. 그럼 다른 사람이 영식이가 될 수 있다는 거야?'

현수가 담임선생님의 목소리로 대답한다.

'그래, 영원한 건 없단다.'

음머어—

어디선가 소 울음소리가 들린다. 산비탈에 송아지 아닌 어미 암소가 가을 풀을 뜯고 있다.

현수는 송아지가 있어도 이제 다시는 송아지 등에 오르

전상국 소설집

지 않겠다고 속으로 다짐한다. 2년 전 소녀 앞에서 송아지 등에 올라탔던 생각이 난다. 무서웠다. 위에 탄 사람을 떼어버리려고 몸부림하며 경중경중 뛰던 송아지 위에서 얼마나 무서웠는지 모른다.

현수는 어젯밤에도 송아지 등에 올라탄 꿈을 꿨다. 꿈을 꾸면서도 이게 꿈이라는 생각을 했다. 꿈을 깨지 말아야 소녀를 볼 수 있다는 생각을 하면서 쇠등에 올라탔다. 아직 코뚜레도 뚫지 않은 어린 송아지라 사람이 자기 등에 올라탄 것이 무섭다는 듯 날뛰면서 맴을 돌았다. 어느 순간 송아지 등에 올라탄 것이 자기가 아니라 분홍 스웨터를 입은 소녀였다. 그런데 이게 어쩐 일인가. 쇠등에 올라탄 것이 소녀가 아니라 담임선생님이다. 선생님이 올라탄 송아지가 갑자기 커다란 황소가 됐다. 황소는 선생님이 등에 올라탄 것도 아랑곳없이 쉬엄쉬엄 풀을 뜯어 먹고 있었다. 현수도 황소처럼 풀을 뜯어 먹기 시작했다. 그렇게 해야 소가 된다고 했다. 소가 돼야 선생님을 등에 태울 수 있다. 선생님, 제 등에 타세요. 선생님이 등에 올라타야 소나기로 불어난 개울물을 건너갈 수 있었다. 그러나 선생님은 이쪽을 거들떠보지도 않았다. 열 마리도 넘는 황소들이 선생님 앞에 나타나 등을 들이밀었다. 선생님이 자기를 쳐다보지도 않는 것이 슬펐다. 슬프다고 생각하는 순간 오줌이 마려웠다. 아니 오줌이 아닌 뭔가 다른 것이 몸속에서 솟아오르는 느낌이었다. 가끔 어른들만 보는 영화를 볼 때 몸 어딘가가 근지러운 그런 증세의 오줌 마려움. 다른 황소들처럼 땅바닥에 오줌을 솰솰 누고 싶었다. 그러나 오줌이 나오지 않아 애를 먹다가 잠을 깨자 고추가 탱탱 곤두서 있었다.

드디어 윤 초시네가 양평읍으로 이사 가기 전 살던 서당골로 올라가는 길목의 징검다리까지 왔다. 현수는 그날 소녀가 앉았던 그 징검다리 돌 위에 자리를 잡고 가방을 내려놓았다.

현수는 가방 속에서 수제비처럼 둥글고 납작한 조약돌을 꺼내 징검다리 돌 위에 올려놓는다. 하나, 둘, 셋, 넷…… 모두 스물다섯 개의 고마고마한 조약돌이 징검다리 돌 위에 놓였다. 바로 이곳 징검다리를 건널 때 소녀 생각을 하며 물속에서 건져낸 것들이다.

'가을아, 울 엄마가 많이 아파.'

현수는 한참 뜸을 들였다가 다시 중얼거린다.

'울 엄마가 아픈 건 내가 집에 강돌을 너무 많이 주워 왔기 때문이래. 그래서 오늘은……'

현수는 징검다리 돌 위에 놓인 스무 개도 넘는 조약돌

하나하나를 주워 물수제비를 뜬다. 퐁퐁퐁퐁퐁 벙 벙……
어떤 조약돌은 열두 개의 물수제비를 뜨면서 사라지고 어
떤 것은 단 한 번으로 끝이다. 퐁, 사라진다.

스무 개도 넘는 조약돌이 개울물에 모습을 감췄다. 가을
하다. 이제 아무것도 없다. 콩밭의 허수아비로 서 있던 가
을이도, 갈대밭에 갈대꽃으로 하얗게 웃고 있던 5학년 단
발머리 소녀도, 하늘 닮은 자줏빛 쑥부쟁이와 개미취가 새
겨 있는 분홍 스웨터도 이제 보이지 않는다. 퐁퐁퐁, ㅎㅎ.
물제비로 웃어대던 조약돌도 이제 더 이상 보이지 않는다.

'오빠, 그런데 왜 조약돌 한 개는 안 버리는 거야?'

가을이다!

현수 주머니 속 하얀 조약돌이 '뚝딱, 가을아!' 그런 주문
이라도 왼 것인가. 징검다리 그 자리에 소녀가 앉아 있다.

현수는 주머니 속 그 하얀 조약돌을 손에 쥔 채 꺼내지
않는다. 하얀 조약돌을 집에 들이지 않고 감춰둘 집 앞 느
티나무 고목에 구멍 하나를 봐뒀던 것이다.

'오빠, 그 조약돌도 버려야 해!'

현수의 주머니 속 조약돌은 5학년 단발머리 소녀의 목
소리만 기억하고 있다.

'안 버려. 이건 네가 나한테 던진 거라 절대 안 버린다고!'

양평중학교 2학년 현수의 목소리가 씩씩하다.

그날 소나기는 오지 않았다. 그러나 징검다리 사이사이로 빠져 흐르는 물소리가 꽤나 가을하다.

오래된 나무는
나무가 아니다

떠나자. 마음을 다잡는 순간 문서 세단기가 생각났다. 윙— 트드드드드드…… 동료들은 퇴근을 앞두고 자신이 사용한 파지를 세단기에 넣고 파쇄한 뒤 손바닥을 탁탁 털었다. 하루 종일 매달렸던 일의 흔적들을 털어버린 그 개운한 여운이 그들이 떠난 사무실 안에 오래 남았다. 잘들 버렸다. 잘 버리는 그들이 부러우면서도 나는 내 손에 들어온 것은 종이 한 장도 쉽게 버리지 못했다.

버리는 것을 시점으로 하라. 떠나기 위해 지닌 것 모두를 버리기로 마음먹기까지 갈등도 없지 않았다. 떠나면서 떠난 뒤 남겨진 것들을 생각한다는 것 자체가 우스웠다. 사실 남길 것도 없었다. 모든 것을 다 버리고 산 그네가 떠난 마당에 무엇이 더 남아 있겠는가. 그네는, 아버지를 알 수 없는 자는 어머니의 성과 본을 따른다는 민법 제781조 규정에 의한, 딸의 존재마저 부정하며 살았다. 그 딸이 소중히 끌어안고 사는 일기장은 물론 낙서로 가득한 스케치북만 봐도 치를 떨었다. 세상에 존재하는 모든 기록들이 자신을 저주하기 위해 존재한다고 생각하는 것 같았다.

그래, 그것들을 버려야 한다. 내가 가진 것의 전부인, 수십 권의 일기장과 여러 개의 박스 안에 들어 있는 스케치북, 그리고…… 이제까지 떠나는 일을 미적거리고 있었던 것이 그런 것들에 대한 미련이었다는 생각에 이른 순간 아, 재미있겠다. 윙— 트드드드드드…… ㅎㅎ. 문서 세단기 작동 소리가 머리에 떠오르면서 웃음이 났다. 트드드드드드……

그네가 이미 이 세상 사람이 아니라는 연락을 받고 가장 먼저 달려간 곳이 미장원이었다. 좋은 일이 있으신가 봐요. 커팅 가위를 골라 든 미용사의 물음에 내가 무슨 대답을 했는가는 기억나지 않는다. 다만 미장원 거울 속의 내가 웃고 있던 것만은 분명했다.

세단기를 사러 시내로 나가는 발걸음이 가벼웠다. 울긋불긋한 간판 아래로 사람들이 떼를 지어 드나들었다. '내일 또'라는 이름의 카페에서 한 쌍의 남녀가 서로 어깨를 부여안은 채 나온다. 한눈을 판 것인가, 야, 쌍! 경적을 울린 자동차 앞 유리가 내려가면서 운전자가 욕설을 내지른다. 하마터면 모든 것이 일시에 앞당겨질 수도 있었다. 그럴 수도 있겠지만 지금은 그것을 원하지 않는다. 되도록 천천히 즐길 생각이다. 세단기를 사듯, 떠나는 일에 앞서 있을 수 있는 의식들을 야금야금 즐기고 싶은 것이다.

문서 세단기를 사는 일부터 그랬다. 한 번 쓰고 버릴 것이지만 구석구석을 낱낱이 살핀다. 종이뿐 아니라 CD나 카드까지 파쇄할 수 있는 일체형 칼날에 파지 함 용량까지 넉넉한 좋은 성능의 세단기를 고른다. 골라낸 제품 중 절전형은 어떤 것이고 어느 것이 더 소리가 작은 것인가를 따진다. 습관의 무서움이다.

여기로 보내주세요. 물건 배송은 어렵다는 말에 택배를 부탁하며 주소와 함께 택배비까지 내준다.

시간을 번 것이다. 문서 세단기를 사듯 떠나기 전, 떠나는 일이 즐겁다는 것을 보여줄 그럴듯한 의식을 찾는다. 즐기고 싶었다. 그러나 떠나기로 한 뒤 이제까지 있었던 일들은 그렇지 못했다. 누군가 미련의 그 치기로 거의 쓰지 않는 내 휴대폰에 남긴 문자메시지나, 역시 잘 쓰지 않는 컴퓨터 안의 모든 흔적을 지워버리는 일이 결코 재미있는 일은 아니었다. 하긴 놀람도 즐김의 하나일 터, 그 모두가 소중하다고 끌어안고 산 것들에 대한 아무런 미련도 없이 홀홀 지워버릴 수 있다는 사실에 놀랐다. 그네를 떠나보내는 일도 그랬다. 배신하듯 서둘러 떠난 이의 시신을 불태워 그 뼛가루를 당신과 함께 걷던 산길 아무 데나, 아무렇지 않게 휘휘 뿌릴 때의 그 가벼움이란!

세단기를 사놓고 집으로 돌아오던 중 친구에게 전화를 걸었다. 마침 친구도 내 생각을 하고 있었다고 했다. 아이가 둘인 친구는 삶에 지쳐 있었다. 카페에서 만난 친구는 아이들 이야기를 했다. 큰애가 머리가 좋아 특수학교에 보내라는 주위의 권고도 있지만 경제 사정이 안 따른다고 했다. 남편이 직장에서 인정을 받아 곧 승진할 거라는 얘기를 하면서도 얼굴은 어두웠다. 그네는 자꾸 빈 커피 잔을 들었다 놨다 했다. 리필을 부탁하자 종업원이 다가와 친구에게 여기는 금연 구역이라고 야멸치게 나무랐다. 친구가 담배를 신경질적으로 비벼 끄면서 내게 물었다.

지금도 그 사람 만나?

그 사람? 친구는 그의 존재를 인지할 뿐 그에 대해 아는 것이 없다. 언젠가 만나는 사람 있느냐는 친구의 물음에 그냥 있다고 대답한, 그런 그이기 때문이다. 그리하여 그는 내가 만났던 몇 사람의 그들 중 하나일 뿐 실제의 그가 누구인지는 나도 모른다.

전상국 소설집

어떤 사람이야?

우정에 적의는 없다. 친구는 그저 나이 찬 친구의 근황이 궁금한 것이다.

비행기 타고 떠났어.

아, 그래서 너는 같이 못 갔구나!

같이 가고 싶지 않았어.

너 비행기 못 타잖아?

지금은 탈 수 있어.

세단기로 갈아 없앨 목록에 거짓말도 넣기로 한다.

정말?

친구는 내가 자동차를 못 타는 특이 체질이라는 것을 알고 나서 그게 사실이냐며 열 번도 넘게 정말, 정말, 놀라고 놀라던 사람이다. 하긴, 탈것을 못 타니 허니문도 못 갈 거 아니냐며 크게 낙담해 소식을 끊은 그런 그도 있긴 했다.

사실은 그, 아니 그들을 만나는 순간 정리하는 일부터 했다.

뭘 그렇게 적어요?

그늘은 어디엔가 마주 앉으면서 내가 수첩을 꺼내 뭔가를 메모하는 습관을 신기해하면서도 자기에게 집중하지 않는 것으로 생각해 매우 못마땅한 기색을 감추지 않았다. 어릴 때부터의 습관이라는 것을 그들은 이해하지 못했다.

그들이 중요하게 생각하는 것은 자기들이 하는 말이다. 자기가 하는 말이 상대를 압도하지 못한다는 것을 그들은 견디기 힘들어 했다.

뭡니까? 그들은 내가 메모지에 습관처럼 끼적인 것을 궁금해했다. 언젠가 그들 중 누군가 내 수첩을 낚아챘다.

새로운 프로그램을 찾아야 한다. 쓰레기가 아닌.

만나고 또다시 만나는 사랑놀이, 그 역학적 질량이 같을 수 없음에도 같다고, 반드시 같아야 한다고 들이미는 그 육질의 열정은 아니다. 사랑한다. 섹스는 사랑의 본능, 고로 섹스는 무죄다. 섹스의 아나키스트들은 자신의 정자 그 무례한 꼬리 속에 유전자를 남긴 채 나 몰라라 떠난다.

내가 만난 또 다른 그는 잘 우는 시인이었다. 눈물이 그렁그렁 고인 그의 시어들은 울음을 통해 모든 것을 이야기하고 울음으로 모든 것을 비껴갔다. 하늘의 별을 구름의 이불로 덮어 토닥토닥 잠재운다는 그의 시어들은 읽어도 들어도 수상했다. 빨간 넥타이를 매고 매끈한 얼굴로 울고 우는 그의 시어들은 이놈의 나쁜 세상에 쉽게 항복하고 쉽게 몸을 버리는 여자에게 바치는 느끼한 찬사였다.

시인의 눈으로 보면 모든 것이 아름답지요. 이렇게 시작

전상국 소설집

하는 그의 이야기는 그가 본 동유럽 어느 도시의 해변 풍경을 눈물 그렁그렁한 목소리로 이야기하고 있었다. 그때 그는 자기가 그려내는, 결코 내가 그 현장에 가볼 수 없는, 그 동유럽 어느 도시 해변의 강렬한 햇빛이나 저녁노을이 내 스케치북에 그려지고 있다고 믿었을 터이다. 물론 나는 그때 그의 이야기를 듣고 있었다. 그러나 그가 말하는 동유럽 그 도시의 황금빛 노을은 내가 무의식적으로 휘갈기는 연필 스케치 속에는 존재하지 않았다.

드로잉은 무의식의 의식이다. 나는 그때도 그녀가 가슴 깊이 처박고 산, 단 한 번도 그네의 입에 오르지 않은 내 출생 비밀을 즐겨 드로잉하고 있었다. 암유로 시퍼렇게 날을 세운 연필심이 여체의 그 아래 골짜기 음험한 숲에서 질탕치는.

그동안 고마웠어. ㅎㅎ.

카페에서 담배가 고픈 친구한테 내가 떠난다는 말을 가볍게 던진다.

어딜 가는데, 왜, 무슨 일이야? 친구가 다그친다. 또 산에 들어가는 거야?

내가 집을 떠나 산길을 꽤 여러 날 걸었다는 얘길 그 친구에게 말한 적이 있다. 친구는 내가 여러 날 걸었다는 그 산길이 스페인 북서부 갈리시아 지방에 있다는 산티아고 순례길 정도로 생각하고 있었는지 모른다. 그래도 뭔가 미심쩍은지, 너한테 엄마가 어떤 존재였는지 알아, 그러면서, 그래도 그래서는 안 되지, 입속말로 얼버무린다. 그네를 뼛가루로 만드는 화장장에 함께 있었던 그 친구는 내가 떠난 일의 전말을 전할 몇 안 되는 사람 중의 하나다. 내가 그네로 해서 떠났다는 확실한 알리바이가 친구에 의해 만들어지는 셈이다. 어쩌면 한 편의 치정 드라마가 엮어질 수도 있다. 떠나지 않은 사람들의 몫이다.

그네도 내가 언젠가 훌쩍 가뭇없이 떠나리라는 것을 알고 있었는지 모른다. 그네가 어느 날 문득 입을 열었다. 썩을 년, 네가 무섭다. 넌 죽을 때도 웃을 거다. 그네는 내가 웃는 얼굴일 때만 아주 잠깐 동안이나마 얼굴에 생기가 돌았다. 그래서일까. 나는 잘 웃었다. 아주 곤란한 처지에 놓였을 때 웃음이 더 잘 나왔다. 자동차를 못 탄다고요? 사람들이 그렇게 물을 때마다 나는 웃음이 터졌다. 나도 알지 못하는 상태에서의 웃음. 그냥 쑥스러워서 웃는 그런 것이 아니라 내가 다른 사람들이 다 타는 자동차를 탈 수 없다는 것이 정말 우스웠다. 내가 차를 못 탄다는 그 사정을 아는 사람이 그게 딱해 흘리는 그 애매한 웃음을 내가 먼저 웃었던 것이다.

전상국 소설집

떠나기로 한다. 더 이상 이곳에 머물지 않는다. ㅎㅎ, 벗어남이고 넘어섬이다. 재밌다. 여기 아닌 거기로 떠난다는 일.

여기 아닌, 어디 좋은 데 생겼어요? 회사를 그만둔다는 말에 팀장이 묻는다. 팀장은, 아니 동료들 모두는 내가 자기들 속에서 벗어나고 싶어 한다는 것을 일찍부터 알고 있었을 것이다. 그들과의 관계가 나쁠 것도 없었지만 그들 속에 내가 끼어 있는 것이 늘 우스웠다. 우리 얘기가 그렇게 우스워요? 그들은 언제부터인가 우리로 결속된 채 자기들과 함께 이동하지 못하는 내가 감히 자기들을 비웃는다고 생각하고 있었다. 그래, 그들로부터 떠난다. 여기보다 더 좋은 데가 어딜까? 팀장의 말에 나는 소리까지 내 웃는다. 우리가 정말 우스워서 떠나는 겁니까? 회사의 팀원 중 나한테 호감을 가진 신입 사원이 그렇게 물었다. 우습다. 신입 사원에게 내 부재증명은 자기들이 우습기 때문에 떠났다는 것이 될 터이다.

팀장에게 회사를 그만두겠다는 말을 하면서도 나는 사무실 이모저모를 스케치하고 있었다. 그들이 볼 때 내가 지금까지 함께했던 모든 것과의 별리 그 감회에 깊이 빠져 있다 싶게 사무실 구석구석을 눈여겨보았다. 사실은 사무실 그 어느 구석도 내 스케치북에 옮겨지지 않았다.

그만둘 사람이 뭔 일을 그렇게 열심히 해요. 팀장도 컴퓨터에서 몸을 돌리지 않은 채 말했다. 팀장뿐 아니라 팀원들은 커피를 마시면서도 일거리에서 눈을 떼지 않는다. 스마트폰 앱이나 멀티 태블릿피시가 그들의 일상 에너지다. 그런 면에서 나는 자연인이다. 참 오랜 세월 종이만을 써왔다. 하루 일정 체크나 상대의 전화번호를 적기 위해 동료들은 스마트폰을 열지만 나는 언제나 수첩을 꺼낸다. 몸에 지니고 있는 작은 수첩도 몇 개 있지만 더 많은 스케치북이, 일과 관련된 수첩은 가방 속에 들어 있다. 동료들은 그 종이 수첩을 틈틈이 염탐한다. 그 속에 담긴 것이 내 개인사를 푸는 열쇠이거나 모종의 비밀을 가두고 있는 암호라고 생각한다. 때로 그들은 그 수첩을 내가 뭔가를 형상화하기 위한 기초 스케치 정도로 알고 있다. 스케치를 넘어 드로잉 작업쯤으로 봐주는 이도 없지 않았다.

그래, 드로잉이다. 그러나 한때 문학소녀이기는 했지만 감히 화가를 꿈꾸지는 않았다. 색에 대한 두려움 때문이었다. 색맹은 아니지만 색 구별이 힘들었다. 꽃 색깔을 말로 형용하기 위해 낱말을 찾다 보면 현기증이 일었다. 그럴 때 드로잉이 유효했다. 그림을 생각하는, 그리하여 그림에 묻혀버리는 스케치가 아니라 끝까지 끝을 보이지 않는, 형상 없는 형상으로 버티는 가식 없는 선 긋기.

전상국 소설집

그렇게 연필 쓰기를 좋아했다. 흑연과 점토의 혼합 정도에 따른 연필심의 강도나 색의 짙고 옅음의 다름에 대한 느낌이 그렇게 좋았다. 연필심을 완강하게 감고 있는 치밀한 조직의 옹이 없는 부드러운 나무 냄새도 좋았다. 칼로 직접 연필 깎기를 좋아하고 그 깎인 나무 냄새를 좋아하는 나를 두고 사람들은 내가 중세기쯤에 태어났으면 정말 행복하게 살았을 것이라고 했다. 내가 자동차를 타지 못하는 중증 멀미 환자에 연필이라는 구식 필기도구만을 고집하는 것을 두고 한 말일 것이다.

내 연필 쓰기는 단순하면서도 지리멸렬했다. 어떤 형상을 지향한 둥근 선이나 평면 혹은 각을 낀 직선보다는 햇살 혹은 빗줄기 같은, 빗금 긋기를 좋아했다. 수백 수천 개의 빗금이 형상을 갖기까지 선이 겹치고 또 겹쳤다. 여러 개의 선을 긋고 그것을 몇 겹으로 덧칠하면 먼저의 선은 사라지고 그 겹친 선의 농담에 의해 원근이 드러났다. 세월의 두께이기도 한 그 선 겹치기를, 황금빛 저녁노을을 피워놓고 어디론가 흔적 없이 떠나버린 그 울음의 시인은 내 무의식의 발로, 또 다른 욕망 에너지라고 했다. 지랄.

시인이 보지 못한, 내 드로잉의 오브제는 숲이다. 아니 나무들이 무성하게 우거진 숲속의 오래된 나무다.

깊은 산 울울한 숲속의 나무가 보인다. 굳이 따지자면

태어나서 각인된 최초의 기억이다. 여자가 보인다. 나무를 쳐다보고 있다. 그렇게 여자의 머리가 나무 꼭대기를 향해 들려 있다. 아니, 나무라고 부를 수 없을 만큼 무시무시하게 커다란 나무들이 여자를 둘러싸고 있다. 그 커다란 나무들이 일제히 가지를 뻗어 여자를 들어 올린다. 아니, 처음부터 여자가 나뭇가지에 높이 걸려 있었는지도 모른다. 아이의 자지러진 울음소리가 들린다. 아니, 아랫도리를 적시던 축축한 오줌발을 기억하고 있다. 바닥에 주저앉아 발버둥질 치며 우는 여자아이의 그 아득한 절규가 아주 드물게 가위눌림으로 왔다.

가위눌림이 잠자는 동안에 오는 수면 장애 현상이라면 나는 잠을 자지 않는 상태에서 몸을 움직일 수 없는, 죽음과 질식의 공포를 체험하는 중증 멀미 환자다. 차에 오르는 순간 어지러움을 동반한 구역질과 토악질이 시작된다.

그네가 전한 내 최초의 멀미 사건은 어딘가 가기 위해 버스를 탔을 때다. 등에 업힌 애가 차가 출발하기 전부터 토악질을 하면서 얼굴이 시퍼렇게 죽었다. 얼마나 상태가 여북하면 차가 출발한 지 얼마 안 돼 차를 세웠을까. 거의 죽었던 애가 차에서 내려 온전한 상태가 된 것은 그다음 날 아침이었다.

이와는 달리 내가 기억하는 내 최초의 멀미 사건은 그네가 무엇인가와 멀어지는 장면에서 시작된다. 잡히는 형상이 때마다 헷갈리는 것으로 보아 매우 어렸을 때의 기억인 것은 분명하다. 바뀌지 않는 것은 벌어진 일의 배경이다. 높은 산이 보인다. 아니 깊은 숲일 수도 있다. 높은 산, 아니 깊은 숲 쪽으로 누군가 빠르게 가고 있다. 사실은 움직이는 것이 사람인지 아니면 어떤 탈것이었는지 그것마저 분명하지 않다. 지금도 눈에 선한 것은 빠르게 움직이는 그것을 향해 까무러치게 울며 뛰어가던 어린 계집애의 모습이다. 어쩌면 그것이 내가 아니라 빠르게 사라지는 무엇을 향해 그네가 달려가고 있는 장면일 수도 있다. 분명한 것은 그 무엇인가와 멀어지는 장면인데 그네, 아니 우리로부터 멀어지는 그것이 너무 빠르게 그리고 단호하게, 단 한 번의 멈춤도 없이 사라졌다는 애틋함이다. 그 장면의 연속이다. 그네가 무엇인가 빠르게 사라진 높은 산, 깊은 숲을 향해 속수무책으로 허물어지는 모습이 보인다. 땅바닥에 퍼더버리고 앉은 그네의 창백한 얼굴이 보인다. 그것이 그네의 절박한 울음으로 생각되는 그 장면에서 지금도 생생히 기억하는 것은 누군가의 토악질이다. 더 분명한 기억은 땅바닥에 퍼더버리고 앉은 그네를 기를 써 부둥켜안은 채 토악질을 하는, 내 콧구멍을 찌르던 그 역한 냄새다.

그러나 그네는 내가 어렵게 재생해낸 내 최초의 기억을

부정했다. 기억의 왜곡이라는 것이었다. 내 기억 속의 그 일을 부정하듯 그네는 죽는 날까지 내 출생 비밀이 담겼을 당신 인생의 그 가탈 많은 사연을 결단코 입에 올리지 않았다.

　내가 잘 웃는 것 말고 그네와 나는 닮은 데가 많다. 판박이 생김새는 말할 것도 없고 그 일그러진 인생 구렁만 조금 더듬어도 DNA의 일치를 찾기가 쉬울 것이다. 그러나 그네는 당신의 출생 비밀이 그러했듯 무방비의 당신 난자를 뚫고 들어온 정자핵의 주인이 누구인지에 대해 그 어떤 유전정보도 전하기를 거부했다. 뒤늦게 얻어낸, 전신 무력의 혼몽 속에서 힘들게 얻어낸 유일한 정보라는 게 당신도 내 아버지가 누군지 모른다는 것, 그리하여 아주 어렸을 때부터 아버지란 말은 그네와 나 사이의 금기어였다. 가끔 그 금기의 봇물이 그네의 입을 통해 터질 때가 있었다. 썩을 년, 태어나지 말았어야 할 인간에 대한 저주와 회한. 그리고 아주 길고 질긴 침묵.

　그래, 그럴 수밖에. 아빠, 아빠란 그 달큰하고 쟁그라운 말을 입에 올려본 적이 없다. 입에 올리기는커녕 아버지란 존재를 생각만 해도 속이 메슥거렸다. 그냥 느낌뿐인 구역증세라 별것은 아니었지만 그 증세가 속도를 가진 기계 앞에서는 대책 없는 멀미로 혼절했다. 사람들은 나의 대책 없는 어지럼증, 가위눌림의 그것보다 큰 공포의 멀미 현상 그 주범으로 속귀 속 전정기관을 지목했다.

정말이요, 정말 비행기를 못 타봤어요? 뭐요, 전동 스쿠터도, 전동 휠체어까지 못 탄다?

섹스의 아나키스트도 울음의 시인도 내가 중증 멀미 장애인이라는 사실을 처음 안 순간 기겁했다. 빌어먹을! 섹스의 아나키스트는 멀미하는 여자를 보면 성적 충동을 받는다고 흠흠, 헛기침. 자칭 울음의 시인은 멀미는 따라붙을 수 없는 세상의 가속이 문제라며 「영원히 돌지 않는 지구」라는 제목의 시를 울음 섞어 읊었다.

이 세상의 모든 탈것에 오르는 일을 포기했다. 탈것이 움직이지 않는 상태에서도 멀미로 온몸이 자지러지니 가속도병이란 말도 맞지 않는다. 사람들은 자기의 정상을 기준으로 남의 장애 현상에 대해 갖가지 판단을 내린다. 고집센 사람이 멀미가 심하다고 했다. 고집은 고정관념의 집착이다. 이제까지의 일상 감각이 다른 시가 정보를 받아들이는 유연성 부족에 그 원인이 있다는 것. 즉 감각의 불일치를 그 원인으로 이야기한다. 문제는 체질이에요. 백만 명, 아니 어쩌면 몇천만 명에 한 명 있을까 한 희귀한 체질이라는 것이 그 방면 전문의의 자신이 밝힐 수 없는 병의 원인 비껴가기였다. 즉 내가 다른 사람들보다 예민한 신경을 가졌기 때문이라는 것이었다. 그들은 과학의 눈으로도 풀어낼 수 없는 내 속귀 속 전정기관을 이야기하면서도 내가 멀미로 인해 겪어야 하는 공포에 대해서는 알지 못했다.

정말 차를 못 탄단 말이에요? 그들의 호기심은 어느 순간 연민의 눈길로 바뀌면서 멀미에 좋은 백 가지 임시변통의 대증요법을 열거한다. 휘발유 냄새엔 레몬이 좋다. 차에 오르기 전 일체의 음식을 먹지 말라. 멀미약도 안 된다면 차 타기 전 몸을 좌우로 흔들며 노래를 하라. 반고리관의 선형 가속의 자극을 미리 차단하라는 것. 눈 가까이 있는 모든 것을 무시하라, 저 멀리 바라보기. 그러나 멀리 바라보기 전에 증세가 왔다. 손에 쥔 스마트폰이나 컴퓨터 모니터의 껌벅이는 커서만 봐도 속이 메슥거렸다. 그럴 때마다 웃음이 나왔다. ㅎㅎ, 말도 안 돼. 그 웃음이 또한 멀미의 한 증세였다. ㅎㅎ, 정말 자전거도 못 탄단 말이에요? ㅎㅎ. 자전거에도 못 오르는 내가 정말 우스웠다.

중학교 때였던가, 죽기 아니면 살기로 탈것에 올라 한 시간 거리를 버텨본 적이 있다. 버틴 것이 아니라 죽었다. 며칠 만에 살아나면서 그네의 목소리를 들었다.

그래, 걷자. 걸어서도 어디든 갈 수 있다.

전상국 소설집

불편하면 편하게 하기. 걸었다. 학교에 갈 때도, 귀가할 때도, 시장에 갈 때도, 시 중심에서 꽤 멀리 떨어져 있는 친구의 집에 갈 때도 걸었다. 그네가 함께 걸었다. 그네는 십자가를 메고 골고다의 언덕을 오르는 예수였다. 그렇게 내 곁에서 묵묵히 걸었다. 그 예수가 그렇게 싫었다. 그네와 함께 걷기는 고등학교를 졸업할 때까지 계속되었지만 나는 단 한 번도 그네한테 고맙다는 말을 하지 않았다. 다른 아이들이 자가용이나 스쿨버스를 기다릴 때 나는 그네의 눈에 띄지 않기 위해 멀리 숨어 있곤 했다. 그네는 먼저 기다리던 곳에서 한 발짝도 떼지 않고 장승처럼 서서 내가 슬그머니 나타나 불량한 걸음으로 앞서 걸을 때까지 오래오래 기다렸다. 그네는 길 아닌 길로 달아나는 나를 뒤쫓다가 길을 잃고 나보다 두어 시간 늦게 집에 들어서는 때도 있었다. 그럴 때마다 나는 그네를 향해 ㅎㅎ, 웃는 일로 사태를 얼버무리곤 했다.

직장 생활을 시작했을 때 그네가 다시 호위 무사를 자원하고 나섰지만 나는 거부했다. 그네와 함께 걷지 않기 위해 독립 선언을 했다. 그네를 버린 것이다. 나와 함께 걸을 수 없는 그네가 무기력증에 빠져 입을 더욱 굳게 닫았을 때도, 요양원에 갇혀 요양원에서 멀리 보이는 높은 산만 멍하니 쳐다보던 그네를 몰래 훔쳐보면서도 나는 그네와 함께 걷기를 거부했다.

　그네도 내가 당신과 함께 걷기를 단호하게 거부한 이유를 알았다. 그네의 실수였다. 아니 그것을 문제 삼아 그네를 단죄한 내가 더 문제였다. 고등학교를 졸업할 무렵이다. 산속의 숲이 아닌, 도심을 벗어난 공원을 그네와 함께 걷고 있었다. 함께 걷던 그네가 걸음을 멈춘 곳은 큰 나무 밑 나무 의자였다. 그네는 그 나무 의자에 걸터앉아 조금 떨어져 있는 나무를 무연한 눈길로 쳐다보고 있었다. 오래된 나무이긴 해도 공원에 흔한 단풍나무였다. 한겨울인데도 다른 나무와 달리 그 단풍나무는 잎을 거의 떨어뜨리지 않고 있어 그 풍경이 조금 침침했다. 나무 의자에서 몸을 일으키는 그네의 자세부터 뭔가 수상쩍었다. 아기처럼 뒤뚱거리는 걸음으로 그 단풍나무에 다가선 그네가 단풍나무를 향해 뭔가를 중얼거렸다. 그 중얼거림이 세찬 질타의 억양으로 바뀐 것은 단풍나무 줄기를 끌어안으면서부터였다. 단풍나무를 끌어안고 아직도 잎이 그대로 매달려 있는 단풍나무 꼭대기를 쳐다보며 뭔가를 쏟아내는 그네의 그 말을 나는 한마디도 알아들을 수가 없었다. 세찬 억양과 단풍나무를 쳐다보는 그네의 그 눈빛으로 보아 그것이 저주의 욕설인 것만은 분명했다. 광신자의 기도 방언처럼, 굿판 무녀의 넋타령처럼 한껏 치닫던 그 신명이 그친 것

　　　　　　　　　　　　전상국 소설집

은 그네가 당신이 신고 있던 털가죽 보온 신발을 벗어던지면서였다. 미쳤구나. 모여든 사람들이 웅성거렸다. 미친 여자가, 끌어안고 쳐다보던 그 단풍나무를 기어오르기 시작한 것이다. 우와! 둘러선 사람들이 소리를 내질렀다. 미친 여자가 나무 중동까지 치오른 것이다. 미친 여자는 나무 중동쯤에서 다른 나뭇가지를 휘어잡기 위해 몸을 날릴 자세였다. 둘러선 사람들 중 몇이 외마디 소리를 내지르며 단풍나무 밑으로 달려갔다. 그러나 미친 여자가 치오른 나무에서 떨어지는 것을 어찌하기에는 이미 늦었다.

혼자 걸었다. 회사 출퇴근도, 업무로 다른 곳을 찾을 때도, 저녁 회식 자리에 갈 때도 혼자 걸어서 갔다. 처음에는 탈것을 타지 못하는 나를 생각해 동료들이 회식 장소 등을 회사에서 가까운 데로 잡았다. 차로 출발하는 그들보다 한 시간쯤 먼저 죽어라 걸어 그 장소에 도착하면 이미 회식이 끝날 무렵이었다. ㅎㅎ. 먹기 위해 거기까지 허덕허덕 걸어간 꼴이 되곤 했다. 그런저런 상황을 생각해 이모저모를 챙겨주는 남들의 배려가 싫었다. 약속 장소 앞에서 기다려주는 사람들, 좀 걷자며 나와 함께 걷기를 원하던 그 사람들의 그 선심이 개떡 같았다.

ㅎㅎ. 나는 거기 없다. 회식 자리에 더 이상 가지 않음으

로써 내가 언제 어떻게 올 것인가를 놓고 게임을 벌이는 그들의 호기심을 엿 먹이기 위해 아예 그런 장소에 나가지 않았다. 어쩌면 그들이 먼저 슬그머니 나한테 자기들의 모임이 언제 어디에서 있다는 것을 알리지 않았는지 모른다.

언젠가 몇 안 되는 친구들이 동해안 여행을 제의했을 때 나는 그 유혹을 물리치지 못했다. 나는 친구들보다 사흘 앞서 동해안으로 출발했고 친구들이 차를 타고 도착할 때 까지 홀로 거기에 남겨졌고 또 혼자서 사흘이나 걸려 집으로 돌아왔다. 친구들과 함께 바다를 본 것은 한 시간이었다. 걸어서 혼자 돌아오는 길에 많이 웃었다.

혼자 걷기, 그 범위가 점점 넓어졌다. 차가 다니지 않는 길을 찾아 걸었다. 도심을 벗어나 야외로 나간 발길이 아예 인적이 없는 숲으로 이어졌다. 도심 인근 숲에서 멀리 떨어진 산속 깊은 숲을 찾아 걷기 시작했다. 한나절을 걸어 산 입구에 이르고 서너 시간 숲을 걸은 뒤 집에 돌아가면 하루가 갔다. 연휴 때는 하루를 걸어 산 입구에 이르고 산속에 들어가 며칠을 머물렀다. 산행에 필요한 차림이나 짊어지고 다니는 배낭에 들어갈 내용물들을 채우는 일이 꽤 재미있었다. 산속 숲에서 열흘을 나오지 않은 적이 있다. 그렇게 오랜 시간을 산속에서 버틸 수 있었다는 것이

전상국 소설집

신기하다. 산에서 혼자 버틴 만큼 집으로 돌아가는 일이 즐거웠다. 시치미 뚝 따고 일상 속으로 들어가면 그동안 남들이 잘도 다녀오는 해외에 나갔다 온 것처럼 마음이 뿌듯했다. 어떤 때는 내가 산속에서 지낸 그 일들이 믿기지 않았다. 세상에 이런 일이, 티브이 프로그램에나 나옴 직한 일들을 내가 겪어냈다는 것이 놀라웠다.

더 놀라운 것은 산속에서의 그 일을 내가 누구에게도 이야기하지 않았다는 것이다. 특히 내가 산에서 만난 산사람들 이야기를 집에 돌아오는 순간 까맣게 잊고 만다는 사실이다. 산속에서 내가 정말 산사람들을 만나기나 한 것인가. 내가 만난 산속의 산사람들은 산을 정복하기 위해 하나, 둘, 셋 구령을 붙여 산길을 힘차게 걷는 그런 사람들이 아니다. 산이 품고 있는, 너무 귀해 얻기 어려운 것들을 훔쳐내기 위해 로프나 조립형 사다리를 들고 절벽이나 까마득한 나무 위로 기어오르는 그런 사람들도 아니다. 아리송한 절간의 말씀으로 사람 마음을 후리는 산속의 땡중은 더욱 아니다.

내가 산속에서 만난 산사람들은 놀아올 수 없는 숲을 찾아 산에 들어온 사람들이다. 내가 산에서 만난 또 다른 산사람들은 이미 돌아올 수 없는 숲을 찾아 그 숲에서 오래된 나무와 서로 더불어 사는 사람들이다. ㅎㅎ. 누가 이걸 믿어. 산에서 돌아온 순간 내가 만난 산 사람들 이야기를 그냥 까맣게 잊을 수밖에 없었던 사연이다.

떠나기 위해 일기장을 파쇄한다. 일기. 남들과 다르거나 남보다 못한 내가 그 다름과 남보다 못함에 대한 내 생각을 통해서 남들 속에 아무렇지 않게 머물고 싶었다. 남들처럼 차를 타지 못하는 내가 차를 타는 대신 발로 걸으면서 생각했던 일들을 전리품처럼 일기장에 챙긴다.

또 다른 형식의 일기인 수십 개의 수첩도 세단기의 파쇄 투입구에 집어넣는다. 일기장과 수첩보다 더 큰 스케치북을 대여섯 장 정도의 분량으로 찢어 파쇄한다.

떠나기 위해 버린다. 떠나서 돌아오지 않기 위해 모두 버린다. 문서 세단기가 씹을 수 있는 만큼의 두께로 일기장을 파쇄한다. 본디의 모습 없애기, 그것이 버리는 것이다. 윙—트드드드드…… 종이에 갇혀 있던 생각들이 전혀 다른 흔적으로 갈린다. 탈것을 타지 못한 그 지랄 같은 열패를 조각조각 자른다. 버려지지 않고 어느 구석엔가 끼어 있는 있는 그네의 흔적을 버린다. **사랑, 알아서 불행. 유치찬란한 내 아포리즘을 버린다. 보고 싶은 것은 욕심, 그리움은 본능.** 그 본능으로 산속을 헤매던 모습이 담긴 CD가 산산이 부서진다. 윙—드구드구 트트트트…… 오랜 날

전상국 소설집

들 이름을 알아 눈에 띄던 수리취 은난초 오리방풀 민백미
꽃 눈빛승마 은꿩의다리 그늘돌쩌귀 등 그 들꽃들의 기억
을 버린다. **보고 싶다, 그것은 그 옆에 있는 나를 보고 싶은 것
이다.** 그 옆에 있을 수 없는 나를 버린다. **말이 다다. 아이들
은 느낌이 커서 말이 많다.** 그네는 느낌이 X어서 말을 잃었
다. **침묵은 자학.** 그네의 침묵을 갈기갈기 찢는다. **나쁜 유
전자 종식시키기, 행복하게 XX 위해서 모든 방법을 동원하
라.** 내가 선택한 프로그램이 위대하다고 생각한 그 오만을
파쇄한다. 일기장 속에 갇혀 있던 말들이, 아니 그냥 아무
것도 아니라니까, 하면서 트드드드드드…… 사·라·진·다.

느낌이 넘칠 때 손에 연필이 잡혔다. 쓰고 싶었다. 이야
기하고 싶었다. 말하고 싶은 것을 연필로 끼적였다. 내가
바라보는 저 색이 저 색이 아닐 것이라고 생각하면 속이
메슥거렸다. 그리하여 내가 그린, 아니 그림이 아닌 내 그
림에는 색이 없다. 탈것 앞에서, 껌벅이는 모니터의 커서
앞에서 속이 메슥거릴 때 눈앞이 아득하다. 그 아득함 속
에 내가 찾고 있는 형상이 보인다. 그 형상을 드로잉했다.
연필로 시작해서 연필로 끝나는 내 드로잉은 그림에 묻히
지 않고 그냥 드로잉으로 남았다.
ㅎㅎ. 드로잉이 욕망의 재라고? 너무 단순하여 가식 없

는 선이 겹치고 또 겹친다. 생각 없음의 흐름이며 생각으로의 얽힘이다. 트드드드드드…… 생각도, 생각 없음도 모두 세단기를 통해 사라진다. 수십 권의 낙서 노트, 스케치북이 세단기로 갈기갈기 갈린다.

윙—트드드드드드…… 윙—드구드구 트트트트……
꼬박 이틀이 걸려서야 세단기 전원을 끌 수 있었다. ㅎㅎ. 스케치북이 사라지자 무수한 선으로 얼버무렸던 형상의 실체가 비로소 눈앞에 파노라마처럼 드러났다. 연필 아닌 물감으로 그 형상을 그려낸 듯 색감까지 잡혔다. 숲이다. 숲속의 나무다. 오래된 나무의 뿌리와 꿋꿋한 몸통, 얼기설기 얽혀 뻗은 나뭇가지들이 그동안 내가 연필로 휘갈겼던 그림의 형상 그 정체였다.

그림을 나와 비로소 숲이 된, 거기 어딘가 있는 돌아올 수 없는 숲을 향해 떠난다. 참 많이 걸었다. 길 끝에 다른 길이 있다고 믿었다. 사실은 걸으면서 아무것도 생각하지 않았다. 그냥 웃으면서 걸었다. 걷다 보면 보이는 것이 생각이고 생각이 보였다. 그럴 때 웃음이 나온다. 보이는 것 들리는 소리에 의해 생각이 보이고 생각이 들리는 것이 신기해 웃는다. 깊은 산속에 들어가 내가 만난 산 사람들은 나처럼 잘 웃었다. 그러나 산속의 오래된 뽕나무에서 수백

전상국 소설집

년 묵은 상황버섯을 뜯거나 오래된 소나무 꼭대기에 자라
는 겨우살이 송라를 뜯은 사람들은 그들이 산에서 훔친 귀
물의 무게에 질려 산 사람들처럼 웃지 못한다. 정복했다는
산 이름을 줄줄이 엮어대며 빠른 걸음으로 산을 치닫는 사
람들도 그들이 정복한 산 이름을 잊을 것이 겁이 나 급히
산을 내려간다. 산 사람이 아닌 사람들은 숲이 단호하게
밀어내는 거대한 자력, 그 어둠이 무서워 허둥지둥 사라진
다. 그들처럼 산사람이 아닌 나 역시 그 숲의 어둠이 얼마
나 무서웠던가. 그러나 지금 나는 산사람이 되어 돌아올
수 없는 숲의 오래된 나무와 서로 더불어 살기 위해 그 어
둠의 공포를 한 켜 한 켜 밀어내며 저 어둠 속 어딘가에 있
는 돌아올 수 없는 숲을 찾아 걷는다.

봄의 숲은 물오르는 소리로 아우성이고 여름 숲은 너무
꽉 차서 대책 없이 적요하다. 가을 숲 바닥에는 잎 가장자
리가 쭈글쭈글 말려 있는 상수리나무 낙엽이 쌓이고, 떨어
져서도 꽤 오래 본디의 모습으로 붉은 단풍잎은 단풍나무
아래 떨어져 쌓인다. 떨어진 잎만 봐도 그 숲에 어떤 나무
들이 살고 있는지 알 수 있는 것처럼 떡갈나무 밑에는 떡
갈나무 도토리가, 졸참나무와 갈참나무 밑에는 졸참나무
도토리와 갈참나무 도토리가 떨어진다. 잎이 떨어져 쌓이

고 쌓인 겨울 숲은 새로운 생명으로 거듭나기를 바라는 것들을 위한 분해와 부식의 냄새로 가득하다.

끌리듯 그 숲에 발을 들이는 순간 그곳이 돌아갈 수 없는 숲이라는 것을 알았다. 깊은 산속 돌아올 수 없는 숲을 찾은 산 사람들만이 숲의 나무들과 서로 더불어 살 수 있다는 돌아갈 수 없는 숲을 찾았다. 전해지는 이야기대로 숲에서 잠을 깬 새들이 서둘러 아침 햇살을 타고 화살처럼 숲을 떠나는 바로 그 아침에 돌아갈 수 없는 숲의 자장이 가장 강력한 자력으로 나를 끌어당겼다. 드디어 그 오래된 숲, 돌아갈 수 없는 숲에 들었다.

이제 돌아갈 수 없는 숲의 한 그루 나무의 선택만 남았다. 돌아갈 수 없는 숲 저쪽에 머문 세월의 번뇌. 그 더께만큼의 육질. 그 냄새로 썩어 세월을 초월한, 숲에서 영원히 서로 더불어 살 그 한 그루의 나무를 찾는다.

돌아갈 수 없는 숲의 나무에는 새도 살고 새를 무서워하는 벌레들도 산다. 모여서 숲이 된 숲의 나무들 밑에는 멧돼지도 살고 노루도 살고 쥐도 살고 쥐며느리도 살고 두더지도 굼벵이도 지렁이도 산다. 나무 밑의 숨탄것들은 모두 돌아갈 수 없는 숲에 들어와 나무와 서로 더불어 사는 산 사람들처럼 나무와 서로 더불어 산다.

전상국 소설집

돌아갈 수 없는 숲에는 오래된 나무들이 많다. 오래된 숲에 오래된 나무가 많은 것은 사람들이 그곳에 쉽게 발을 들일 수 없는 그 숲의 지형지세 때문이다. 까마득한 낭떠러지 그 안쪽으로 깊숙이 숨은 구름.

그 숲의 구름에서 오래된 나무를 찾는다. 오래된 나무, 오랜 세월을 돌아갈 수 없는 숲에 뿌리를 박고 아직도 살아 있다는 것에 대한 경외의 말이다. 더 놀라운 것은 오늘 눈에 보이는 오래된 나무는 오래전의 그 오래된 나무가 숲 바닥에 부드러운 흙으로 누운 뒤 아주 처언천히 그 흙 속에서 다시 싹이 터 여기에 또 오랜 나무로 서 있다는 것이다.

오래된 굴참나무 밑에서 걷기를 멈춘다. 오래된 굴참나무는 표피의 골이 깊고 두꺼워 옛날엔 그 굴피를 벗겨 지붕에 올렸다. 이제는 그런 쓰임마저 없어 어쩌면 지금까지 견뎌낸 세월보다 더 긴 세월을 여기 이 자리에 있을 것이다.

오래된 굴참나무 줄기에 다가선다. 한 개의 줄기가 아닌 두 개, 아니 서너 개의 줄기가 따로 나와 오랜 세월 하나의 줄기로 높이 굵었다.

오른다. 여러 개의 골을 이룬 오래된 굴참나무 가지 위로 가분하게 날아오른다.

ㅎㅎ, ㅎㅎㅎㅎㅎㅎㅎ. 오래된 굴참나무 큰 줄기 깊은 데

서 나는 울림이다. 돌아갈 수 없는 숲에 들어와 오래된 나무와 서로 더불어 사는 산 사람들이 나무의 깊은 데서 나는 그 웃음소리를 말로 옮긴다. 그네가 말 못한 사연이다. 썩을 년, 기어코…… 여북하면 그 인간이 그렇게 갔겠냐.

돌아갈 수 없는 숲의 오래된 나무는 나무가 아니다.

집을 떠나
집에 가다

미쳤다. 뭔가에 씐 것이 아니고는 저럴 수가 없다고, 가뭇없이 사라진 사람의 행방을 찾아 밤낮없이 산속을 헤집고 다니는 내가 남들 눈에 어떻게 보일지 뻔했다. 유인수의 생사 확인을 위해 모든 것을 던진 나를 남들이 이해하지 못하듯 나도 내가 왜 그런 일에 미쳤는지 알 수가 없었다. 그 일이 좋았다. 그냥, 그냥 좋은 것도 있다. 한때 그네가 죽도록 좋았듯.

　한 가닥 두려움도 없지 않았다. 어느 날 유인수의 가출 사유는 물론 그 결말이 별것 아니게 드러나지 않을까 하는 우려 같은 것. 어쩌면 나는 유인수의 행방을 찾는 일보다 그 자취의 미궁에서 게임을 벌이고 있는지도 몰랐다. 그 행방이 결코 드러나지 않을 것이란 쪽에 패를 던진 절박한 게임이다. 그것은 내가 하고 있는 일에 대한 방어기제와 다르지 않았다.

중학교 동창회 명단에 나와 있는 유인수의 휴대폰 번호를 누른 것이 일의 빌미가 됐다. 휴대폰에서 그의 것이 아닌 여자의 목소리가 튀어나왔다.

"누구세요?"

그네의 목소리가 맑았다. 유 교수 핸드폰이 맞느냐는 것도 묻지 않은 채 중학교 동창회 총무 아무개라며 유 교수를 바꿔달라고 했다.

"집을 떠났어요."

집을 나갔다, 아니 집을 떠났다고 했다. 앞뒤 자른, 그 말이 단순히 그의 부재를 뜻하는 것이 아님이 그네의 목소리에 묻어났다. 맑고 명료한 그 목소리를 듣는 순간 뭔가 막연하게 기다리고 있던 무엇인가와 느닷없이 마주치기라도 한 듯 가슴이 먹먹했다. 마법에라도 걸린 것일까. 나는 단 한 번도 방문한 적이 없는 유인수의 집, 그네에게 단숨에 달려갔다.

유인수가 읍내 중학교 졸업생 중 유일하게 서울로 진학을 했을 때 내 심기가 크게 뒤틀렸던 일을 잊지 않고 있다. 그런 마음 불편은 유인수 아버지가 내가 근무하는 중학교

의 교장으로 부임해 오면서 절정을 이뤘다. 별로 친하지
도 않은 유인수를 중학교 동창이라고 먼저 들먹인 내 잘못
이었다. 유 교장은 어느 날 나를 교장실에 불러 거의 한 시
간 넘게 자기 아들이 외국에서 학위를 하고 돌아와 곧바로
지방 국립대학 교수가 되기까지의 과정을 전범 삼아 꼬질
꼬질한 내 인생을 속속들이 까뒤집었다. 직장에서의 내 처
신의 부실함까지 들춰낸 뒤 사람이 사람 구실을 하고 살기
위해서는 가정을 가져야 한다는 말로 홀로 사는 내 썰렁한
인생에 결정적 스트레이트를 먹였던 것이다.

　집 나간 지, 아니, 집을 떠난 지 사흘째라고 했다. 떠났
다, 나갔다는 말과 말맛이 사뭇 다르다는 느낌으로 그네의
얼굴을 쳐다봤다. 원하지도 않은 방문을 해 설레발치는 나
와는 딴판으로 그네의 표정은 서늘했다.

　"집을 나갔다구요?"

　"네, 떠났어요."

　"언제 들어옵니까?"

　"집 떠난 사람이 왜 돌아오겠어요?"

　나갔으면 언제 들어올 것이냔 물음에 떠난 사람이 왜 돌
아오겠느냔, 말의 꼬투리를 집어 무지르는 그 가탈이 귀에
거슬렸다.

　"유 교수가 집 나간 걸 부모님께서도 알고 계시겠지요?"

"잘 아시잖아요. 집하고도 연락을 안 하고 산 사람이라는 거."

알고 있지 않느냐, 내가 그에 대해 잘 알면서 무슨 딴청이냔 꾸지람처럼 들렸다.

"그렇다고 자식 집 나간 걸 모르고 계실 순 없잖아요."

일의 경우가 그게 아니라는 내 말에 그네가 침묵했다. 잘난 아들 자랑으로 걸음걸이까지 거오스럽던 유 교장 얼굴이 떠올랐다.

"현 선생이 웬일로 전화를 다 해?"

"교장 선생님, 별일 없으시죠?"

"별일은 뭔. 자식 놈 대학교수 그만둔 것도 그렇지만 현 선생까지 학교 그만뒀다는 얘기 듣고 놀랐네. 두 사람이 그렇게 하기로 약속이라도 했는가?"

그런 일로 서로 이야기를 나눌 만큼 가까운 사이가 아니었다는 것을 유 교장은 모른다. 중학교 동기 동문회 총무 일을 맡으면서 동문들 경조사를 알리기 위해 통화를 할 때도 유인수와 사적인 이야기를 나눈 적이 없었다. 그러나 가까이 지내지 않는다고 그의 근황까지 모르지 않았다. 그는 나와는 한 차원 다른 세계에서 늘 한 수 앞서 걸었다. 정년을 10여 년 앞두고 대학을 떠났다는 소식을 듣는 순간 속에서 뭔가가 치밀었다. 나 역시 학교를 그만둘 준비를

전상국 소설집

하고 있었던 것이다. 그가 간 길을 내가 따라갔다. 늘 한발 뒤진 걸음. 아니 그가 늘 한발 앞서 내 것을 훔쳤다. 훔치고도 훔친 것을 모르는 그가 정말 싫었다.

"거 뭔 소리여?"

아들의 가출 소식에 다혈성의 유 교장 목소리가 심하게 떨리고 있었다.

"그러고, 그놈 집 나갔다는 걸 어떻게 현 선생이 나보다 먼저 안 거야?"

이런저런 까탈까지 덤으로 뒤집어쓴 그네가 시부모한 테 당할 시달림은 보지 않아도 뻔했다. 유인수의 가출 동기로 얼핏 짚이는 우울증 원인에 대한 덤터기를 쓸 것은 물론 아들의 학교 퇴직에서부터 부모와의 불화에 대한 모든 책임이 그네에게 돌아갈 것이 분명했다.

며칠 뒤 유인수의 모친이 쓰러졌다는 소식을 들었다. 파장이 컸다. 고부간의 갈등을 모티브로 시작된 드라마는 순애보의 감동을 담보로 하여 치정 살인극으로 치달았다. 그 여자가 정말 남편을 죽인 거야? 어떻게 죽인 거래? 술 취해 잠든 남자 얼굴에 이불을 덮어 눌렀다던데. 아니야, 소양 호에서 그 시신을 건져 올렸대. 그게 아니고 삼악산 좌봉 절벽 밑에서 유 교수 시신이 발견됐다니까. 그렇다면, 여자가 죽인 게 아니구먼. 아니긴, 꼭 목 졸라 죽여야 죽인 건가, 여자가 죽이고 싶으면, 남자는 다 죽어…… 이야기의 진화와 번짐은 그 사건 엽기와 시간의 흐름에 비례한다.

유인수가 집을 나갔다, 아니 집을 떠났다. 왜 집을 나갔는지, 아니 왜 집을 떠난 것인지 누구도 몰랐다. 그럴 때 사람들은 보이는 대로 말한다. 아니다. 보지 않고도 보았다고 믿는다. 보이지 않지만, 보이지 않기 때문에 짙은 안개 속에서 더 많은 이야기가 우우거리며 피어오른다.

경찰은 자진 가출보다는 실종 쪽에 무게를 두고 수사를 벌였다. 그네의 속내가 잘 잡히지 않는, 버릇처럼 굳어진 그 얼굴 표정과 단정적 말투와도 무관하지 않았을 것이다. 유인수의 집 안 수색은 물론 그다지 넓지 않은 정원 여러 곳을 파헤쳐 확인하는 최악의 상황 속에서도 그네의 표정은 흐트러지지 않았다.

보통 여자 같으면 남편의 실종이 확인된 순간부터 앞이 캄캄 안절부절 급기야는 혼절에 이를 터이지만 그네의 경우 전혀 그런 내색이 없다는 것. 일주일에 한 번씩 가는 뷰티 숍 출입도 여전했고 대학 평생교육원의 플루트 중급반 강좌도 한 번도 빠지지 않는 등 평소 생활에 변함이 없었다. 어떻게 그럴 수가 있느냐는, 그네의 그 무심을 트집 잡는 이웃도 없지 않았다. 그럴 때 그네가 내놓은 말에 일관성이 있었다.

"집 떠난 사람이에요!"

다 버리고 집 떠난 사람을 무엇 때문에 애면글면 기다릴 필요가 있느냐는, 그네의 외통수 결기가 사뭇 차가웠다. 그렇다고 그네가 남편이 스스로 집을 나갈 만한 어떤 증거나 정황을 제시한 것은 없었다.

유인수가 집을 나갈 때, 아니 집을 떠날 때 등산 장비를 제대로 갖췄다는 것만으로 그것이 자진 가출, 아니 출가의 증거가 될 수는 없었다. 다만 늦은 봄 날씨에 방한용 등산복은 물론 몇 벌 있는 등산복 모두와 평소 잘 쓰지 않던 플래시와 헤드 랜턴 등 본격적인 등산 장비를 갖춘 정황으로 보아 그것이 그의 자진 가출, 아니 출가의 가능성으로 충분하긴 했다. 그러나 평소 산을 좋아하는 사람이라 그 정도의 장비를 갖췄다고 해서 그것에서 어떤 빌미를 찾기는 어려웠다. 산행도 꼭 혼자만 다니던 사람이라 그쯤의 준비성은 당연하다는 것이 산행을 즐기는 사람들의 말이었다.

빌미가 잡히는 결정적인 것이 하나 있긴 했다. 유인수가 집을 나간 뒤, 아니 집을 떠난 뒤 집에서 발견된 그의 휴대폰이다. 그네는 남편이 오래전부터 승용차는 물론 방전된 휴대폰을 충전하지 않은 채 책상 서랍에 넣어두고 있었다는 것을 상기시켰다. 유인수가 오래전부터 세상과의 소통을 끊고 살았다는 이야기다.

"원래 그런 사람이라는 거 잘 아시잖아요. 그래도 혹시나 해서 휴대폰을 충전한 지 얼마 안 돼 전화를 주셨던 거예요."

유인수를 잘 알지 못하면서 잘 아는 사람일 수밖에 없는 내가 그의 가출 소식을, 아니 출가 소식을 누구보다 먼저 알게 된 경위다. 어둡고 혼미했다. 유인수의 가출을, 아니 출가를 내가 예견이라도 하고 있었던 것은 아닌가 싶었다. 중학교 동창회 모임에 거의 나오지 않는 그에게 그날따라 연락을 했다는 것부터가 이상했다.

어쩌면 나는 유인수의 가출, 아니 출가 동기와 그 행방을 밝히라는, 거역할 수 없는 어떤 힘에 의해 조종당하고 있는지도 몰랐다. 그것이 문제였다. 내가 왜 직장을 그만두었고 바로 때를 맞춰 집을 나간, 아니 집을 떠난 유인수를 찾아 산속을 헤매고 다니는가 하는 그 이유를 설명할 수 없는 것처럼 그의 가출, 아니 출가 동기는 누구도 몰랐다.

"저도 정말 이해가 안 돼요. 그리고 어머닌 집에 아버지의 사진을 한 장도 남기지 않으셨어요."

카이스트를 나와 남쪽 지방 방위산업체에서 일한다는 그네의 아들도 아버지의 가출은 물론 그것에 대응하는 자기 어머니를 이해하기 힘들다고 했다.

"물론 그렇게라도 하지 않으면 당신이 살 수 없다는 걸

전상국 소설집

아시기 때문일 거예요."

남편이 벌인 그 별난 별리의 배신감을 감당하기 위한 그네 나름의 대응 권리일 수도 있다는 아들의 말에 내가 고개를 주억거리자 그가 잠시 뜸을 들인 뒤 혼잣소리하듯 말했다.

"어머닌 각오하고 계셨던 것 같아요. 오래전에 들은 건데요, 아버지가 언젠가 그러셨대요. 딱 30년만 함께 살자고. 30년 뒤엔 졸업을 할 거라고."

졸업이라, 학위까지 따 누릴 것 가질 것 다 가지고 산 사람이 결혼 날짜를 따져 졸업을 한다고 했다. 졸업과 함께 그는 집을, 그래, 이 대목에서는 나갔다는 말보다는 떠났다는 표현이 더 어울렸다.

경찰이 집 안팎을 뒤집어놓고 간 뒤 거실 한구석에서 두 손으로 양 무릎을 감아쥔 채 자그마한 모습으로 굳어 있는 그네를 향해 물었다.

"정말 어떻게 된 겁니까?"

물론 그네는 대답하지 않았다. 대답할 말이 없을 수도 있었다. 정말 아무것도 모르니까. 가까운 사이일수록 비밀의 벽은 두껍다. 가까움, 그 믿음이, 그 사랑이 깨질까 두려운 것일까. 비밀의 벽은 더 높이 깊이 쌓이게 마련이다. 남녀, 아니 부부 사이가 특히 그렇다.

"도대체 이해가 안 돼요. 가질 것 다 가진 사람이……"

유인수가 버리고 간, 아니 두고 간 그네가 비로소 내 쪽으로 시선을 옮겼다. 그네가 그때 내 쪽으로 던진, 비로소 내 눈길을 피하지 않은, 그네의 그 서늘한 눈길을 잊을 수가 없다. 그 눈길을 통해 나는 유인수가 결코 살아 있는 모습으로는 집에 돌아오지 않으리란 확신을 갖기 시작했다.

그 확신이 그를 찾아 산속을 헤매는 일에 나를 미치게 했다. 이 대목이 내가 유인수를 찾아 집을 나간 가장 확실한 설명일 수도 있다. 남편의 실종을 당연한 것으로 받아들이는, 처음부터 끝까지 하나도 흐트러짐을 보이지 않는 그네의 그 단호함이 여기 아닌 거기 어딘가에 있을 유인수의 생사 확인을 위해 내가 모든 것을 던진 이유가 될 수도 있다.

도대체 어떻게 된 거야? 사람들은 무엇을 잊기 전 자신이 무엇을 잊게 될 것인가를 잠깐 돌아본다. 정치학과 교수가 무슨 일로 학교를 떠났는지, 학교를 그만뒀다는 그것으로 가출 사유가 될 수 있는 것인지, 왈가불가, 그에게 별로 관심이 없던 사람들까지 그 전말을 알고 싶어 전전긍긍했다. 유인수가 사라지면서 비로소 유인수의 정체에 대해, 그의 행방에 대해 궁금증을 가진 사람들이 쏟아져 나오기 시작했다. 그가 무심코 흘린 말 한마디, 별것 아닌 행동거지 하나가 날줄 씨줄로 얽혔다가 그것을 전하는 사람에 따

전상국 소설집

라 그 마법의 보자기 속에서 비둘기가 날아오르기도 하고 어느 순간 장미 다발로 바뀌기도 했다. 유 교수는 학과 교수들 하고도 말을 잘 안 하고 살았어요. 그의 동료 교수들은 유인수의 사람 혐오증에 대해 그가 오래전 치러낸 제자 성추행 혐의와 무관하지 않다는 것을 강조했다. 과제를 제출하러 연구실에 들어온 남자 제자의 혁대를 풀려다가 성추행으로 몰린 사건으로, 그것이 학생의 혁대가 풀려 있다는 것을 지적해준 일이 그렇게 크게 번졌다는 것쯤으로 정리가 된 뒤에도 이야기가 진화를 계속하면서 사람 기피증이 생겼다는 것이다.

물론 오래전의 그 일 때문에 학교를 떠난 건 아닐 거예요. 그거 말고 짚이는 게 하나 있긴 해요. 학생들한테 무능 교수로 몰렸다 그겁니다. 그렇지요. 국제정치학, 그 분야에서 그만큼 실력 탄탄한 사람 드물 겁니다. 그런데 엉뚱한 덫에 걸린 거지요. 유 교수가 자기 전공이 아닌 분야에선 영 맹물이라는 걸 학생들이 알았다 그거예요. 우리나라 사람 국내 정치에 대해선 모두 빠삭하잖아요. 그런데 유 교수는 그게 아니었어요. 짓궂은 학생 한 놈이 그걸 알고 일부러 유신시대 정치꾼 이름을 몇 거론하며 맞짱 토론을 시도했다지 뭡니까. 헌데 유 교수가 과거는 물론 현재의 야당 여당 지도자들 이름 하나 제대로 모르더라 그거 아닙니까. 그건 말이 안 돼. 아무리 국내 정치에 관심이 없다 해도 어떻게 정치학 교수가 그럴 수는 없지. 그럴 수도 있어, 그게 사실이라면 그럴 수 있는 무슨 이유가 있을 거라고. 굳이 이유를 찾자면 이거 아닐까. 유 교수가 우리나라 정치판, 아니 정치꾼을 싫어했다는 거 아는 사람은 다 알아요. 그 혐오증이 얼마나 심하면 성공한 악이 바로 우리나라 정치꾼이라고 말했겠느냐 그거예요. 그렇군. 그런 사람이니 성공한 악 이름을 몰랐기보다 그 이름 자체를 입에 올리기 싫었던 거구먼. 아, 그거였어. 유인수가 집을 나간 이유가 바로 그거였어. 우리나라 정치판 정치꾼에 대한 혐오. 그건 말두 안 돼, 그런 게 정말 이유라면 우리나라 사람 반은 더 죽었을 거다. 그건 그렇고 그때 그 학생 놈이 강의실을 뛰쳐나가며 던진 말이 그 학과 학생들의 유행어가 됐다 그거야. 교수님, 왜 살지요? 허허, 바로 그걸지도 모르겠군, 왜 사느냐?

유인수 이야기에 내 것이 덤으로 붙었다. 별 탈이 없는 한 철밥통인 교육공무원이 느닷없이 유 교수를 따라, 따라, 얼마나 모멸감을 안기는 말인가, 학교를 떠난 일, 오십이 넘도록 결혼을 하지 않고 혼자 산 그 궁상이 어쩐 일로 친하지도 않은 유인수를 찾는 일에 그렇게 목을 매고 있다는 것인가. 뒤통수에 귀가 있어 그네들 이야기가 들렸다.

원래 그런 사람이라구. 선생을 하면서도 늘 붕 떠서 산 사람이라니까. 며칠 출근을 하지 않아 찾아봤더니, 양구 소양호에서 낚시를 하고 있더래. 한때는 주식에 미쳐 돈을 좀 모았다고 하더니 결국에는 조상이 물려준 땅까지 다 날려버렸다니까. 정말 웃겨. 혼자 사는 게 좋아 결혼을 안 하고 살았다, 말은 그렇지만 사실은 깨졌는지 당했는지, 아니면 죽었는지 그건 모르지만 좌우지간 그 두번째 사랑인가 세번째 사랑인가 뭔가를 잊지 못해 그렇게 혼자 사는 거다, 그런 얘기가 있어야. 벼엉신.

맞는 얘기도 없지 않았다. 뭔가 신중하게 생각하고 한 군데 눌러앉아 이게 낙이야 하고 안주하는 일이 어려웠다. 그렇다고 여기저기 떠돌며 사는 역마살 인생도 아닌 것이 태어난 데서 한 번도 벗어나지 못했다. 벗어나는 일이 싫었다. 내일, 그리고 새로운 것에 대한 기대가 없었다. 매사가 허망. 사는 일이 너절하고 따분했다. 중학교 동창 하나가 내게 동창회 총무 일을 맡긴 것도 사람들과의 관계를 통해 내 별종 티가 무뎌질 수 있지 않겠는가 하는 배려가 없지 않았을 것이다. 그리고 두번째, 세번째 사랑? 두번째 세번째 여자란 말은 있을 수 있지만 두번째, 세번째 사랑이란 말은 내 생에 없다. 그 지랄 같은, 첫번째, 그 한 번이라면 몰라도.

유인수의 가뭇없는 실종, 그 미로에서 벌이는 게임의 룰은 그 행방이 밝혀지기까지 최선을 다한다는 것. 이때 이미 그가 왜 집을 나왔는가, 아니 집을 떠났는가 하는 이유 같은 것은 관심 밖이었다. 내가 왜 그를 찾아 나섰는가 하는 것도 이미 생각 밖이었다. 오직 그를 만나야 한다는 밝고 분명한 선택, 그 집착의 합리화가 내 길 찾기였다. 그 길 위에서 늘 가슴이 설렜다. 이를테면 그의 실종이 외계에서 온 비행체와 무관하지 않다는 것이 확인되는 순간을 현실로 받아들이는 상황이나 암 말기의 그가 산속에서 생식만으로 건강을 찾은 뒤 신선이 되어 바위 위에 정좌하고 있는 광경을 떠올리곤 했다. 아무튼 유진수가 여기 아닌 거기, 아니 거기 아닌 여기 어딘가에 있다는 믿음 아닌 믿음이 나를 질질 끌고 다녔다.

"산에 있을 거예요."

사라진 유인수의 행방 찾기는 그네가 주위의 추궁에 못 이겨 내던진 그 말에서 시작됐다. 그가 산에 있다. 우울증 자각이 산을 자주 오르게 했을 것이란 동료 교수들의 이야기가 그것을 뒷받침했다. 답의 귀띔 같은 그네의 가정법 한 마디가 더 붙었다.

"…… 살아 있을 거예요."

그네가 집 나간, 아니 집 떠난 남편의 흔적을 집 안에서 완전히 지워낼 때는 언제고 그가 살아 있을 것이란 이 불가사의한 믿음의 정체는 도대체 무엇인가. 어쩌면 그것은 희망의 메시지였는지도 모른다. 그것이 믿음이든 부질없는 희망이든 그가 살아 있을 것이란 그네의 말이, 아니 그 중얼거림이 내 뇌파에 진동을 일으켰다. 그래, 죽어 있는 사람이 아니라 아직까지 살아 있는, 아니 죽어서도 아직 살아 있는 유인수를 찾자는 다짐으로 온 것이다.

혼자 웃음. 그 일이 좋았다. 그 몰입의 즐거움이 내가 그를 찾아 나선 나에 대해, 나를 설득할 수 있는 유일한 설명이다. 산에 들기 전 산행 장비를 갖추는 일부터가 즐거웠다. 유인수가 산행 장비를 갖추는 일에 전문 산악인 못지않았다는 주위 사람들의 말을 귀담아들었던 것. 여러 날에 대비한 여벌의 방한용 옷 몇 가지를 갖추는 것은 물론 텐트 및 침낭과 코펠과 식기류, 그리고 즉석식품도 넉넉히 준비했다. 산에 대한 경외감이다. 신성한 전당, 산이 이제 내 집이니까.

이보다 오래전 산이 집인 그런 때가 있었다. 산에서 그네를 만났다. 날렵한 걸음으로 혼자 산을 타는 여자의 뒷모습이 좋았다. 10월이었던가, 굴참나무 울울한 숲을 벗어나면서 우와 탄성이 터졌다. 나 혼자 본 것이 아니었다. 우거진 녹음, 한낮의 햇살, 너무 붉어 숨이 막히는 계곡의

적단풍 군락. 한숨같이 깊은 탄성, 그네는 옆모습도 앞모습도 좋았다. 한눈에 서로를 알아본, 서른을 막 넘긴, 치기의 그 만남은 오직 산에서만, 산그늘에서만 자라는 사랑이었다. 함께 좋은 것을 봤을 때, 함께 몸을 섞는 환락의 그 정점에서 이제 그만 죽고 싶다,는 내 말을 그네가 받았다. 죽고 싶다, 그게 아니라 죽이고 싶은 거 아니에요? 죽이고 싶었다. 아름다운 풍경에 숨이 막힐 때, 더 이상 너를 볼 수 없다는 절망으로 눈이 아득할 때 죽이고 싶었다. 싹싹 다 지워버리고 싶었다.

　유인수가 산을 무척 두려워했다는 얘기를 들었다. 산이 그렇게 싫었을 수도 있다. 산에 가기로 한 그 전날부터 그 산 높이가 얼마나 되는지 암릉 지역이 몇 군데나 되는지 사람들한테 전화를 걸어 확인하는 과정에 불안한 기색을 감추지 못했다. 어떤 때는 몸이 좋지 않다는 평계로 약속한 산행에서 빠졌다. 산 정상에서 아래를 굽어보는 과정에 오줌까지 지렸다는 일화로 보아 고소공포증이 있었을 것이란 이야기도 있었지만 확인된 사실은 아니다. 분명한 사실 하나는 그가 언제부터인가 혼자 산행을 했다는 것. 근래 4, 5년 동안 그와 산행을 했다는 사람이 없다는 것이 그것을 증명했다. 그가 혼자 하는 산행에 대해 사람들이 툭 내던지는 말이 있었다. 도망친 거지 뭐. 도피, 도찬. 좀 그

　　　　　　　　　　　　　　전상국 소설집

럴싸한 말도 없지 않았다. 왜 산에 갔겠어. 그 친구 고행을 하고 있는 거라구. 고행, 그것이 해탈이든 허탈이든 육신 안의 뜨거운 열기의, 뭔가 지독히 더러운 기억을 잊기 위해 묵묵히 산길을 걷고 있는 유인수의 모습이 보였다. 사람 흔적 없는 외딴길. 외물을 외면하지 않으면 넘볼 수 없는 법열의 길. 여기 아닌 거기, 아니 거기 아닌 여기에 그가 있다.

사라진 사람을 산에서 찾는 일은 검불 더미에서 바늘 찾기, 그처럼 황당하다는 것을 산속에서 확인한다. 산은 깊고 커다랗다. 보이는 것, 귀에 들리는 것이 전부가 아니다. 산속에는 겉에서 쉽게 보이지 않는 굴이 많았다. 그럴싸한 바위굴에는 오랜 세월 구도의 길을 찾아 나선 이들이 머문 흔적이 있었다. 석회암층의 종유석이 돋는 그런 알려진 동굴이나 사람 발길이 닿지 않은 사암층 암벽에 저절로 생긴 굴 말고도 땅속에 묻힌 광물을 캐내다 그만둔 광산 굴도 많았다. 광산골이란 이름을 가진 산들머리 마을에서부터 가슴이 뛰었다. 광산 굴은 세월 따라 뚫리고 막히는 과정을 거치면서 이야기가 번식했다. 굴은 굴 아랫마을 사람들 냉동고였다. 큰 변란 때는 쫓기는 사람의 은신처였다. 이젠 누구도 그 속에 안 들어가. 겨울 난리 때 되놈 수천 명이 그 굴속에 있다가 유엔군이 입구를 폭파하는 바람에 싹 죽은 거 아는 사람은 다 알아. 밖에 변을 보러 나왔다가 변을 면한 조선말 통역 하나가 마을에 두고 간 이야기가 다량의 엽록소를 지닌 침수식물처럼 줄기를 깊이깊이 뻗었다.

광산 굴 주변을 돌아온 날 밤 꿈속에서 나는 결가부좌 자세의 유인수를 만났다. 짙은 어둠이었지만 유인수의 형상은 전자기파의 에너지가 사라진 뒤에도 뿜어내는 인광으로 빛을 냈다. 그가 당연히 거기 아닌 여기 있을 자리에 앉아 있다는 안도감으로 그를 오래오래 바라보았다. 어쩌면 유인수가 광산 굴속 어딘가에서 반세기를 넘게 아직도 살아 있는 중공군들과 마작을 벌이는 장면을 보았을 수도 있다.

어느 날 나는 꿈 아닌 실재의 유인수를 만났다. 내가 꿈 아닌 실재로, 거기 아닌 여기 있다고 생각하는 순간 유인수가 눈앞에 보인 것이다. 햇살 좋은 가을날 골짜기를 꽤 깊이 오른 지점에서 숨을 고르며 머리를 쳐든 순간 누군가 나를 내려다보고 있는 느낌이었다. 깎아지른 절벽을 광배처럼 등진 사람 하나가 나를 내려다보고 있었다. 그가 유인수라는 것을 확인하는 데 많은 시간이 걸리지 않았다. 거리로 보자면 30여 미터 절벽 꼭대기, 동창회 모임 때 누군가의 농담에 싱그레 웃던 그 웃음만 봐도 그가 그임을 금방 알아볼 수 있었다. 꿈 아닌 실재의, 거기 아닌 여기에,

분명히 거기 아닌 여기에 그가 웃고 있었다. 거기가 그렇게 좋아? 내 입에서 생뚱하게 나온 그 말에 떨떨하여 혼미한 사이에 그가 사라졌다. 헛것이 보인 그 한낮의 환시가 너무 강해 나는 그날 그 절벽 밑에서 한동안 몸을 움직일 수가 없었다. 군대 시절 완전무장을 한 상태에서의 긴 시간 행군 도중 깜박 잠이 든 순간에 본 어릴 때 죽어 그 얼굴도 모르는 생모의 모습처럼, 5월의 뭉글뭉글한 신록 속 개복숭아꽃이 그네의 얼굴로 안겨오는 낮술의 그런 몽환의 환시는 기억에 오래 남았다.

벌건 대낮의 산속에서 유인수와 자주 만났다. 산행의 내리막길이나 가파른 계단을 치오를 때 생기는 현기증으로 잠시 눈을 감는 순간 내가 거기 아닌 여기 있다! 거기 아닌 여기 있다는 안도감으로 눈을 뜨는 순간 유인수의 웃는 얼굴이 보였다. 거기가 그렇게 좋아? 여기 아닌 거기에 있는 그에 대한 선망의 질시, 아니 연민의 비애였는지도 모른다.

산을 벗어나 마을로 내려오는 일이 차츰 줄었다. 산속 생활에 그만큼 익숙해졌음이다. 그네가 없는 여기서만 거기 있는 그네를 만날 수 있었음이다. 인간은 때로 자신도 납득하기 어려운 일에 매달린다. 이제까지의 한 생이 길들여진 길에서 벗어나는 일은 천문학자들이 새로이 발견한 우주의 또 다른 별 하나를 좇는 일과 다르지 않다는 것. 유인수가 다 버리고 떠난! 그 길을 따라 내가 거기 아닌 여기에서 그네를 만나고 있었다.

미쳤다. 가끔 호기심에서 내 근황을 체크하고 있을 몇되지 않은 사람들의 소식이 바람처럼 스쳐갔다. 집을 나가실성한 나, 아니 실성해서 집을 떠난 나에 대한 몇 되지 않은 사람들의 관심마저 사라질 무렵 여기 아닌 거기로 돌아갈 생각이 점점 엷어져가고 있었다. 떠난 데로 돌아가기어렵다는 생각. 거기에 있는 그네를 거기 아닌 여기에서만만날 수 있다고 믿는 나를 어떻게 설명해야 할 것인가.

거기 아닌 여기에 있는 나에 대해, 실재의 내가 본 것에대해 설명할 것이 하나 있긴 했다. 유인수의 행방 찾기는처음부터 그 죽음을 확인하는 과정이었는지 모른다. 그동안 많은 주검을 만났다. 내 눈으로 직접 확인한 변사체만해도 여럿이었다. 경찰은 변사체가 발견된 현장에 그 신원확인을 위해 실종 신고자를 부르는 경우가 많았다. 나는가출인 유인수의 후견자였던 것이다.

변사체는 멀리 남해라든가 제주도 등 전국의 여러 곳에서 하루에도 수십 건이나 경찰에 접수되었다. 한 시간 안에 달려갈 수 있는 인근의 변사체 발견만 해도 여러 건이었다. 죽음도 삶의 한 현상이다. 죽음은 그 주검의 부패 냄

전상국 소설집

새처럼 삶의 이야기로 장식된다. 누구야, 왜, 어떻게 죽은 거야? 죽음에 따른 그 이야기 냄새를 맡기 위해 사람들이 코를 킁킁거린다. 사람이 죽은 뒤 그 주검을 놓고 벌어지는 이야기가 죽은 이의 또 다른 생이 된다.

소양강 다리 밑에서 두 구의 익사체를 건져 올렸다. 남녀가 서로 다리 한 짝을 함께 묶은 뒤 뛰어내린 두 주검의 얼굴은 풍선처럼 부풀어 있었다. 또 한 건의 동반 자살은 의암호 깊숙이 빠진 승용차 속에서 여자와 함께 죽은 사십 대 남자였다. 남자는 안전벨트를 맨 자세에서 옆에 앉은 여자의 왼손을 힘껏 쥐고 있었다. 다른 두 구의 시신은 승용차에 연탄불을 피워놓고 함께 눈을 감았다. 동반 자살의 그 현장에 종이쪽지 하나가 있었다.

이제 우리는 영원히 헤어지지 않을 길을 간다.

내가 가장 긴장한 상태에서 확인한 시신은 산에서 발견된 네 구의 죽음이었다. 두 사람은 절벽에서 떨어져 죽은 뒤 몇 년간 방치된 상태로 그 신원 확인이 어려웠고 나머지 두 사람의 주검은 나무에 목을 맨 채 죽은 것으로 절벽 밑에서 발견된 시신과 달리 스스로 목숨을 끊은 것이 확인되었다. 실족 등 사고사가 아닌 경우 그들의 주검은 거기 아닌 여기를 선택해 스스로 목숨을 거뒀다는 당당한 시위, 아니 절절한 고백의 언어였다. 그네들이 목숨을 끊기까지 의 사연 같은 것은 추려 맞춰지는 뼈다귀 앞에서 아무 의 미도 없었다. 거기 있으면서 여기에도 있는, 그러나 다시 만날 수 있으리란 기대가 없는 것, 그것이 죽음이다.

변사체를 확인하는 중에도 살아 있는 유인수와 만나는 환시 현상이 있었다. 그것은 환시라기보다 그 주검이 발견 되지 않은 한 영원히 실종자로 남게 되는 그 실정성에 대 한 도덕적 미련, 즉 유인수가 산속 어딘가에, 거기 아닌 여 기에, 내 생각을 훔쳐 도망친 허상 아닌 실재의 그로 남아 있으리란 믿음이었을 것이다.

산속에 또 다른 답이 있었다. 유인수가 집을 나간, 아니 집을 떠난 이유라든가, 그네가 거기 있으면서 여기에도 있 음을 몸으로 보여주는 사람들이다. 산속에 머물면서 그 가 족들에게는 이미 죽은 사람이 분명할 사람들이었다. 그네 들은 환시의 유인수처럼 느닷없이 내 앞에 나타내곤 했다. 그네들의 걸음은 쉬엄쉬엄 느렸다. 그네가 여기 있으면서 아득한 존재이듯 그네들은 내 가까이 서 있으면서도 항상 비현실감이었다. 나는 정말 그런 사람들을 만났는가.

어느 날 산속에서 행색이 남루한 오십대 남자를 만났다. 산속 생활이 덕지덕지 몸에 밴 차림이다. 그래도 어디론가 향한 걸음이라 수인사로 행선지를 물었다. 어디로 가는 길입니까? 어디로 가는 길이냐, 북쪽으로 나가는 길을 찾고 있소. 북쪽이라니요? 여기가 남쪽이니 저기가 북쪽 아니겠소. 그때 우리는 비무장지대 남쪽 최전방 초소를 멀리 굽어보는 능선에 서 있었다. 그때 불현듯, 아니 수도 없이 여러 번 유인수가 북쪽으로 넘어간 것은 아닌가 하는 생각을 했다. 남쪽 실종자의 마지막 희망 알리바이가 북쪽이기 때문이었다. 그 문제를 조심스럽게 내비쳤을 때 누군가 그 사람은 그럴 용기가 없다고 잘라 말했다. 그게 어디 용기의 문제일 것인가. 그러나 그때 함께 있던 사람 모두는 누군가의 그 말에 침묵으로 대답했다. 여기 아닌 거기, 거기 아닌 여기의 지뢰밭에 들어서고 싶지 않았던 것이다. 그러나 내 앞에 북쪽 운운하는 용기의 누추객이 서 있었다. 혹시 저 북쪽으로 들어갈 길을 찾고 있다는 겁니까? 들어가는 게 아니라 그쪽으로 나갈 구멍을 찾고 있다니까. 말이 막힐 때는 더 묻지 않고 기다리면 된다. …… 10년째 거기로 나갈 구멍을 찾고 있소. 중국 땅에서 북쪽으로 나가는 건 너무 쉬워. 두만강을 건너 두 번 나갔는데 미친놈이라면서 받아들이질 않데. 조선족으로 위장해 물건을 갖고 기차를 탄 적도 있어. 허지만 그건 물건을 팔면 다시 들어와야 해. 나간 게 아니니까 그건 자미가 없더라니까. 자미가

있어서 하는 일인데 자미가 없으니까 자미없었어. 어려워
야 자미있어. 그래서 나가기 어렵다는 여기로 장소를 옮긴
거지. 임진강도 여러 번 갔는데 거기선 나갈 방법을 못 찾
았어. 그래, 여길 뚫고 나가자. 벌써 2년째 저 철조망 근처
를 헤매고 있어. 그거 자미있어. 여기 절단기도 있고 비상
식량도 넉넉해. 미친 사람이다. 눈빛으로 미친 사람을 안
다. 미친 사람치곤 눈빛이 멀쩡했다. 유인수의 눈빛이다.
왜 거기로 가려는 거야? 유인수한테 물었다. 왜 가긴, 북
쪽이 거기 있으니까 그리로 나가려는 거지. 여기서 거기
로 나갈 거야. 언제부터 거기로 나갈 생각을 한 거야? 안에
갇혀 있어서는 자미가 없어. 자미가 없다니까. 유인수 아닌
행색 누추의 대답이다. 북쪽이 아닌 다른 곳으로 나갈 수도
있잖습니까. 나갈 수 있는 데로 나가는 건 자미없다니까,
ㅎㅎ. 그는 지뢰밭을 뛰어다니며 재미있게 웃고 있었다.

산속을 홀로 떠도는 여자를 만났다. 여자는 묻는 말에
계속 머리만 가로저었다. 산에 언제 왜 들어왔는지 기억이
없다고 했다. 자기가 누구고 어디서 왔는지도 몰랐다. 남
장을 하고 있어 남장을 하게 된 동기가 궁금했지만 그마저
모른다고 했다. 과거로 이어진 기억의 회로가 완전히 끊긴
여자를 만나는 순간 기억의 그물 속에 뭔가 번득이는 게
있었다. 죽고 싶고 죽이고 싶었던 그네를 지워버리기 위해

미치게 술을 마시던 나날, 싹 지워버리지 않으면 죽을 것 같아 수면 위의 찌만 노려보던 그 여러 날의 소양호 밤낚시. 어느 순간 찌에 홀려 몸을 던진 그 물속에서 더 격렬한 체위로 숨 가쁘게 몰아치던 그네의 자궁처럼 물은 깊고 따뜻했다. 두번째 여자도, 세번째 여자도 아닌, 단 한 번의 그네가 거기 아닌 여기 내 앞에 있었다. 기억상실증의 여자가 말했다. 눈에 보이는 것만 보고 들리는 소리만 들으며 걷고 또 걷는다고 했다. 여자가 노송에 등을 기대고 쉰다. 그게 무슨 나무인지 나무 이름을 아느냐고 물었다. 실없는 호기심이다. 자기가 기대고 선 그 나무의 이름이 소나무라는 것을 기억한다면 그 기억이 바로 그네의 과거일 것이다. 여자는 고개를 가로저었다. 여자의 과거가 여자의 기억 속에 없음이다. 여자에겐 눈에 보이는 것 들리는 것 만져지는 것만이 존재했다. 그냥 보고, 들려오는 새소리, 물소리를 들으며 걷는다고 했다. 좋아요. 걷는 게 좋아요. 좋다는 것은 좋지 않은 것을 기억하고 있다는 것이다. 여자는 기억하고 싶지 않은 것을 기억하지 않기 위해 걷고 또 걷는다고 했다. 뒤에서 살펴보니 여자는 걷는 것이 아니라 그 자리에 멈춰 서서 산꽃에 코를 가까이해 냄새를 맡고 있었다. 냄새는 어떤 기억에 이르는 통로다. 여자는 기억을 찾아가는 그 냄새 앞에서 오래오래 머물렀다. 멈춰 서 있는 그 자세로 아주 천천히 걷고 있었다.

돌아갈 수 없는 숲을 찾고 있는 사람을 만났다. 죽을 자리를 찾아 산에 들어왔다는 사람이다. 그 역시 산냄새가 몸에 배었다. 수염과 머리털이나 제멋대로 자란 육십대 후반 사내는 췌장암 말기 진단을 받고 곧바로 강원도 어딘가 있다는 돌아갈 수 없는 산을 찾아 3년 이상을 산속에 살고 있다고 했다. 마지막 자리를 찾기가 생각했던 것보다 쉽지 않다며 히죽 웃는 그 눈과 얼굴 표정이 해맑았다. 돌아갈 수 없는 산이라니, 그런 게 어디 있기나 한 겁니까? 있으니까 있다고 하는 거 아닌가요. 거기 들어가 돌아오지 않은 사람들이 많다는 얘기를 못 들었어요? 내 무지를 나무라는 그 목소리마저 밝고 맑았다. 생각해보니 그런 얘기를 들은 적이 있었다. 죽기 위해 찾아간다는 그런 숲이 일본 어딘가에 있다는. 매년 사람이 50명 이상 찾아가 죽는다는, 돌아갈 수 없는 숲 얘기다. 모두 같은 목적을 이루기 위한 사람들이 작정하고 그곳을 찾아 들어간다. 일본 후지산과 가와구치 호수 사이에 있는 광활한 그 원시림은 나무가 너무 빽빽하게 우거져 사람이 한번 들어갔다면 다시는 되돌아 나올 수 없다고 한다. 그 숲은 이렇게 자신의 모든 것을 잊고 오직 혼자서 죽으려는 사람들에게 가장 매력 있는 죽음의 장소로 널리 알려졌다는 것. 그 숲은 무엇이든 끝어당기는 자장을 띠고 있어 자석처럼 자살 희망자들을 끌어들인다는 것. 그 숲에서는 강한 자성을 띤 용암의 방해를 받기 때문에 나침반 바늘도 돌지 않는다고. 사람이 죽은 뒤 1년쯤이면 억새풀이 덮여 사람의 뼈까지 산화해 그 흔적을 남기지 않는다는 것. 그 숲 주변에서 가끔 발견되는 주검은 대개 마지막 자리를 찾지 못한 자살 희망자거나 길 잃은 등산객일 가능성이 크다는 얘기다. 그런 숲을 찾고 있다는 겁니까? 그래요. 그런 숲을 찾고 있어요. 밀림의 코끼리처럼 죽을 데를 가려 죽겠다는 겁니까? 산사람이 웃었다. 그렇지요. 홀로 외따로 가야 그게 성공한 삶이지요. 그 산사람은 죽음이 아니라 성공한 삶을 얘기하고 있었다. 자기가 원하는 장소를 찾아 생명이 다하는 그 시간까지 평온하게 지내다가 자연사하는 것이 꿈이라고 했다. 성공한 삶의 완성은 죽음의 흔적을 단 한 점도 남기지 않는 것. 그는 성공한 자살을 꿈꾸고 있었다.

큰 산은 모두 돌아갈 수 없는 숲을 감추고 있었다. 세상사 아웃사이너들의 실낙원이 산이다. 산은 낙원에서 죄를 짓고 추방된 그들을 가뭇없이 감싸 안은 뒤 그들이 잃어버린 웃음을 되찾기까지 묵묵부답이다. 그들은 나무로 서서 나무를 보고 바위로 누워 구름을 본다. 나무가 나무인지

바위가 바위인지 알 수 없을 만큼 산에 머문 시간을 잴 수 없다는 바위굴 속의 노인한테 물었다. 웃고 계신 걸 보니 여기가 거긴가 봅니다. 사실은 수염에 싸인 노인의 얼굴에서 웃음을 보지 못했다. 노인이 말했다. 여기가 거긴가 묻고 있는 거라면 아직도 거기 아닌 여기를 찾지 못한 게 분명하구면.

거기 아닌 여기를 찾지 못해 꽤 오랜 시간 산을 헤매고 다녔다. 거기 있는 그네가 아닌, 여기 있는 그네를 찾기 위해 걷고 또 걸었다. 집에 나와 다시 집에 들어간 기억마저 가물가물했다. 어느 때부터인가 환시의 유인수마저 보이지 않았다. 그가 보이지 않으면서 내가 그를 찾아 산속에 있다는 것마저 잊었다. 산속에서는 생각의 시작이 없고 흐름이 없으며 그 끝이 없다. 보이는 것 들리는 것 모두가 생각의 실재로 숲에서의 생각은 지나간 것의 재현이 아니며 다가올 일에 대한 예측도 아니다. 산에서는 선택을 위한 예측 같은 것은 의미가 없다. 걷는 길이 시작이고 끝이어서 기억의 왜곡이나 회한 등 머리 무겁게 생각할 것도 없다. 산속에서의 생각은 보이는 것 만져지는 것에 한해 바람처럼 스쳐 바람처럼 사라진다. 산의 이름도 높이도 지형도 다 잊어버린다. 나보다 더 오래전 이 세상에 온 나무들이 나보다 더 산에 오래 머물 그런 침묵으로 서 있다. 모든 것이 나를

120　　　　　　　　　　　　　　　　전상국 소설집

위해 서 있다. 그리고 모든 것이 나와는 무관하다. 내 걸음
이 빨라져도 너무 느려도 나무들은 그냥 나무 모습으로 서
있다. 나는 언제 나무로 서서 나무인 나를 볼 것인가.

어느 날 숲을 벗어나 마을 길을 걷고 있는 나를 발견한
다. 다시 돌아갈 걸음이라 길을 눈에 익히며 걷는다.

만나야 할 사람이 두엇 있어 집에 버리고 간 휴대폰을
충전했다. K를 만났다. 그는 한때 직장 동료로 세사에서
갈팡거리는 내 걸음을 바라보며 안쓰러워하던 사람이다.
  "그 돌들은 다 어떻게 하고…… 어렵게 구해 소장한 그
책들은 또 어떻고……"
  K는 내가 탐석을 나갈 때 몇 번 따라다니면서 익힌 눈이
있어 외발 춤의 학 한 마리 무주산 호피석에 반한 눈으로
나를 쳐다보며 한숨 쉬곤 했다. 그것들을 탐내던 K에게 그
모두를 넘겨주자 그는 망자의 영정 사진 앞에서나 보이는
그런 엄숙함으로 그것을 받아갔다.
  "삼촌, 지는 삼촌이 금방 돌아오실 줄 알았단 말이에요."
  집안 장조카는 산에 들어가 돌아오지 않는 나를 수소문
한 것이 자기가 아니라는 것을 밝히면서 꽤나 겸연쩍어했
다. 그러나 나는 내 이름으로 된 얼마 되지 않는 부동산을

장조카에게 넘겨주는 절차를 밟았다. 아버지가 돌아가시기 전 우리 형제에게 넘긴 유산 문제로 이미 고인이 된 형과 한때 불화하던 일도 있어 마음이 한결 가벼웠다.

누군가, 이게 뭔 일이냐며 물었을 때를 위해 준비한 말도 있었다. 그러나 K도 장조카도 내가 다시 집 떠나는 일에 대해 묻지 않았다. 그들이 손에 든 등기장, 학 한 마리외발로 자고 있는 문양석만이 그런 식으로 버려진 이유를 알고 싶어 했을 뿐이다.

"현 선생이 살아 있었구먼."

"죄송합니다. 유 교수를 아직 못 찾았습니다."

허허허허. 유 교장의 너털웃음이 있고 잠시 침묵이 흐른뒤, 전 같지 않게 너그러운 목소리가 건너왔다.

"내 그럴 줄 알고 자넬 찾았던 거네."

그랬구나. 장조카를 통해 유 교장이 꽤 오랜 동안 행방을 감춘 나를 수소문했다는 이야기를 들었다.

"세상 사람 다 아는 일을 아직 자네만 모르고 있는 게야."

"……?"

"걔 장례까지 치렀다네."

"유 교수가 죽었습니까?"

"이런 사람! 죽었으니까 장례를 치른 게 아닌가."

깊은 산 가파른 절벽 밑에 실족사한 주검을 곧바로 화장

전상국 소설집

해 북한강에 재를 뿌렸다고 했다. 아무도 모르게 몰래 장례를 치렀다고. 구천을 떠돌던 외로운 영혼이 이제 편안한 마음으로 잘 떠났을 것이라고.

휴대폰 번호 앞자리 017이 010으로 바뀌었을 뿐 그네는 아직 거기 그 자리에, 그 목소리로 씩씩했다. 물론 그네는 내 딱 한 번의 그 사람은 아니다. 문제는 그네가 딱 한 번의 그 여자라는 것을 내가 잊지 못하고 있음이다. 유인수의 부재가 그러하듯 그네는 집착의 나를 다시는 돌아올 수 없는 그 숲으로 내몰았다. 여기에 없는 내가 거기 그 숲 어딘가에 살아 있을 것이란 꿈으로. 그리하여 그네는 내 현장 부재증명의 마지막 사람일 수도.

"유 교수 장례를 치렀다고 들었습니다."

"다, 애 할아버지가 하신 일이에요."

"……결국 사망 처리로 끝냈군요?"

"끝낸 게 아니라, 끝을 본 거지요."

퉁명의 가탈은 여전했다. 그러나 통화를 끝내기 전 그네가 남긴 한마디가 돌아올 수 없는 길 위의 내 안에 그윽한 울림으로 왔다.

"좀 그러네요. 집 떠나신다는 거."

어디에도 없고
어딘가에 있는

그들은 만나기로 약속한 시간을 칼같이 지켜 내 연구실에 나타났다. 그때 나는 월급의 반액에 68퍼센트를 정년까지 남은 개월 수에 따라 받을 수 있는 명예퇴직 수당의 머릿수를 계산하고 있었다. 정년을 몇 년 앞당겨 직장을 떠나는 것이 내 인생의 새 출발이라는 확신으로 쉽게 이어지지 않았던 것이다. 송충이가 갈밭에 내려가 어쩔 건데? 젊은 시절 몇 번의 행시 낙방 끝에 법무사 사무소의 사무장으로 그럭저럭 살아가고 있는 고종사촌 형은 내 명퇴 계획을 좀 삐딱하게 바라봤다. 이 나라 아주 적은 수만이 누리는 교수라는 그 철밥통을 명퇴라는 명분으로 내던지려는 그 저의가 온당치 않다며 많지 않은 남은 시간을 허욕으로 망치지 말라는 그 나름의 조언이다. 그러나 지방의 부실 대학이 살아남기 위한 안과 밖의 세찬 바람 속에서 연구보다는 졸업생 취업률 신경 쓰랴 입학 정원을 채우기 위해 여러 고등학교를 찾아다니는 발품 팔기 그 꼴이 말이 아니었다. 이참에 내 전공을 담보로 여생을 그럴싸하게 꾸밀 수 있다는, 한때 산학협력단에서 인연을 맺은 신소재 목재 개발로 급성장한 한 기업의 중역 자리 제안에 귀가 솔깃하지 않을 수 없었던 것이다.

"강대규 그 사람과 교수님이 어떤 관계인지 그것부터 간략하게……"

태평무역이란 회사 이름의 명함을 내민 국정원 직원 두 사람은 신입인 듯 젊은이들 특유의 핸섬한 차림에 말투까지 정중 산뜻했다.

관계라, 관계는 상대에 대한 관심의 깊이에 비례한다. 그들이 강대규와 내가 어떤 관계인가를 물었을 때 내 머리에 불현듯 스친 것이 임양희 선생이다. 오래전의 사람이 생각난 것은 남녀 간에 섹스 맺음을 은근히 내포한 관계란 그 말의 묘한 뉘앙스 때문이었을 것이다. 저녁 들판의 아름다운 무지개를 나 혼자 본 것 같은 그네와의 관계 그 신비감 아니 그 죄의식에서 꽤 오랜 세월을 헤어나기 어려웠다.

강대규, 그 사람 너무 이상해요. 임양희 선생을 처음 만나던 날 그네가 한 말이다. 대규가 이상한 사람이라는 것을 나한테 말하기 위해 그네가 나를 만난 것이니까 따지고 보면 강대규가 그네와 내 관계를 내밀하게 이어주는 역할을 했다고 볼 수 있다. 사람이 너무 이상해요. 임양희 선생이 너무 이상한 사람이라고 말한 그는 임양희 선생과 내가 근무하는 지방 도시의 한 고등학교 3학년 학생이었다.

학부 때 딴 2급 정교사 자격증으로 지방의 남녀공학 사립 고등학교 교사 공채에 원서를 넣었던 것은 그 학교 재단의 대학에서 학위를 하게 될 경우의 이점을 여러모로 짚어본 나름의 전략도 없지 않았다. 그러나 교사 채용 결과가 나온 지 한 달 뒤에야 학교로부터 연락을 받았다. 나를 제치고 채용된 선생이 한 달도 안 돼 학교를 그만두었던 것이다. 재단 설립자인 이사장이 직접 나를 면접했다. 조 선생의 교육관을 한번 들어봅시다. 네, 저는 학생들이 교사를 믿고 존경하는 학교 분위기가 가장 중요하다고 봅니다. 그러기 위해서는 학생들로부터 믿음과 존경을 받을 수 있는 그런 교사가 돼야 한다는 생각으로 이 자리에 섰습니다. 이사장이 고개를 끄덕이며 다시 물었다. 요즘 세상이 데모로 시끄럽잖소. 조 선생은 이런 시국에 대해 어떤 생각을 가지고 계신가? 네, 저는…… 그때 나는 초등학교 교감에서 다른 사람들에 앞서 교장 발령을 받아 의기충천 매사에 의분이 북받치는 아버지의 시국관을 내 목소리로 바꿔 힘주어 말했다.

그렇게 부임한 학교 생활 두어 달 만에 강대규를 만났다. 물론 그는 나한테 수업을 직접 받은 적은 없지만 나는 이미 그에 대해 각별한 호기심을 가지고 있었다. 2학년 여학생반 담임인 임양희 선생이 내게 이상한 사람이라고 귀띔한 것이 바로 그 학생이었던 것이다. 강대규는 작은 키에 깡마른 몸매로 좀 침침한 인상의 학생이었다. 이상한 사람. 이야기를 듣고 보니 임양희 선생의 '이상하다'는 말은 무섭다는 말과 동의어였다. 정말 놀랐어요. 제 남편이 복역 중이란 걸 어떻게 알았는지 남편한테 할 얘기나 전할 물건이 있으면 자기가 다 전해줄 수 있다는 거였어요. 더 기막힌 건 남편이 탈출해 북쪽으로 간다면 그것도 자기가 도와줄 수 있다는 거였어요. 정말 이상한 사람 아니에요? 남편이 복역 중이라는 것을 아는 사람은 우리 학교에 아무도 없었거든요.

그 이상한 사람 강대규가 알고 있다는, 그네의 남편 이야기를 듣고 싶다는 핑계로 임양희 선생을 호젓한 곳에서 따로 만났다. 그네의 남편은 내란 음모 사건에 연루돼 복역 중인 장기수였다. 입건되기 전 월북을 시도했다가 잡힌

전력도 있었다. 결혼한 지 두 달 만에 일어난 일이에요. 그이는 검거되기 전 이혼 서류에 내 도장을 찍어 법원에 등기로 보내기까지 했더라고요. 재소한 뒤 남편이 면회를 거부하는 바람에 자주 만나지도 못한다는 이야기를 남의 이야기하듯 하는, 연상의 여인 임양희 선생의 얼굴 표정이 그렇게 차갑게 보일 수가 없었다. 그 차가움이 두려웠다. 누구도 모르는 그네의 비밀을 알았다는 것, 알아서는 안 되는 것을 알고 있다는 그 두려움을 잊기라도 하듯 나는 그네를 향해 돌진했다. 그러자 그 두려움이 가시면서 내 온몸의 피돌기가 거칠어졌다. 서너 번의 만남을 더 가진 자리의 그 황홀하고 떨리는 상태에서 나는 그네의 눈에 내 눈길을 맞춘 뒤 말했다. 임 선생님, 저는 선생님 때문에 죽을 것 같아요. 정말 죽을 것 같았다. 젊은 날 그 맹목, 치기의 열정 행각을 생각하면 지금도 몸이 떨린다.

두렵고 떨리는, 확 나가는 감정의 절제가 쉽지 않은 그 고뇌의 어느 날 저녁 임양희 선생이 말한 이상한 사람, 강대규가 내 하숙집까지 찾아와 무릎을 꿇었다. 짚이는 것이 있었다. 3학년 상대규가 임양희 선생의 담임 반 여학생 인애의 자취방에서 동거하고 있다는 마을 사람들의 제보로 그네들을 학교에서 내쫓기 위한 학교 상벌회의를 하루 앞둔 저녁이었던 것이다.

저는 임양희 선생님을 존경합니다. 내 앞에 무릎을 꿇고
앉은 학생, 아니 이상한 사람이 가장 먼저 꺼낸 말이 그것
이다. 당신이 너무 좋아서 죽을 것 같다는, 연상의 여자 임
양희 선생을 향한 내 고백을, 불나방처럼 불속에 몸을 던
진 취기의 그 일탈을 곁에서 보기라도 한 것일까, 그는 느
닷없이 임양희 선생을 존경한다는 말을 하면서 내 눈에 자
기 눈을 맞췄다. 섬뜩했다. 강대규는 자신이 들고 온 봉투
에서 소주병을 꺼내 나한테 술을 따랐다. 그는 아주 침착
한 동작으로 불에 구워 온 오징어를 잘게 찢어 안주로 내
놓았다. 인애가 불쌍했습니다. 불도 제대로 못 땐 냉방에
서 인애 혼자 자는 것이 너무 안돼 보였습니다. 그래서 며
칠간 인애와 한방에서 잤을 뿐 저는 인애를 결코 건드리지
않았습니다. 선생님만은 제 말을 믿어주시리라 믿고 이렇
게 찾아왔습니다. 그는 내가 건드린 임양희 선생이 아닌,
그네의 반 여학생 인애 이야기를 하고 있었다. 나는 그가
따라준 물컵의 소주를 단 숨에 들이켰다. 당신 때문에 죽
을 것 같다는 내 고백에 눈빛 하나 흔들리지 않은 채 조용
히 술잔만 내려다보고 있던 임양희 선생을 내가 벌컥벌컥
마시고 있었다. 선생님은 제 말을 믿어주시리라 믿습니다.
임양희 선생을 존경하는 학생이 내 앞에 무릎을 꿇고 내
믿음을 간절히 원하고 있었다. 믿음은 만남의 주춧돌이라

했던가. 신입 교사 조신해의 교직 생활 통과의례는 제자 강대규의 말을 믿는 것으로 시작됐다. 그가 두번째 세번째 따라준 술잔도 비웠을 것이다. 어쩌면 그날 저녁 나는 그 이상한 놈에게 술을 권했고 그는 무릎을 꿇은 자세에서 몸을 돌려 그 술잔을 비웠던 것도 기억한다.

자기 말에 취해 한 말은 경우에 따라 말의 능력을 배가시킨다. 그날 강대규와 인애를 퇴학시키기 위한 학교 상벌회의에서의 학생부 신입 교사 조신해의 말, 그 놀라운 위력이 학교 전체에 화제가 됐다. 조신해, 그 이름답게 소시민 근성의 체질인 내가 도대체 무슨 말을 어떻게 했기에 퇴학이 내정됐던 두 학생이 일주일 정학이라는 가벼운 징계로 마무리된 것일까. 강대규와 함께 마신, 간밤의 취기가 그때까지 간 것일까, 나는 그날 내가 무슨 말을 했는지 기억하지 못한다. 소신이 아닌 말을 주절주절 내뱉을 경우 그것을 기억하고 싶지 않은 그런 것일까. 기억나는 것은 내가 강대규와 인애가 동거했다는 학칙 위반 사실보다는 그들이 한방에 있으면서도 아무 일도 없었다는 것을 밝히는, 전혀 다른 쪽으로 쟁점을 바꿔갔다는 것이다. 저는 강대규 학생의 결백을 믿습니다. 학생을 믿지 못하면서 학생들을 가르칠 수 없다고 생각합니다. 학교가, 아니 우리 교육자들이 이들 말을 믿지 않으면 이들은 자신들의 죄 없음, 즉 그 결백을 증명해 보이기 위해 우리 앞에서 기꺼이 죽음을 선택하게 될 것이라는 것을 저는 확신합니다. 믿는다, 믿어야 한다, 우리가 믿지 않으면 그들은…… 확신한다! 뭐 이런 식의 끔찍한 열변이 아니었을까 싶다.

조신해 선생, 정말 대단하다! 얼결에 강대규를 살려낸 그날 저녁 그 학교에 단 한 사람뿐인 대학 동문인 박 선생이 나를 끌어안고 등을 두드렸다. 그는 강대규의 1학년 때 담임이라 누구보다 그에 대해 잘 안다고 했다. 그놈 불쌍한 놈이라구. 원아 출신. 그래, 우리 학교에 애들 많이 오는 반곡고아원. 나이도 다른 애들보다 많아. 고아원 원장도 걔 고아원 들어오기 전 내막은 전혀 모른다던데. 길에 버려진 애를 누군가 데려왔다나 봐. 아부지 막 도망갔어. 이렇게 막 뛰다가 자빠졌어. 고아원에 들어와 걔가 처음 한 말이 그거였대. 그 기억 때문인지 걔 아무리 급해도 뛰질 않더래. 원장이 걔 이름을 강대규라고 지어준 것도 어릴 때부터 걔가 그렇게 깡다구가 셌다는 거야. 아무튼 보통 애가 아니었대. 남들 앞에선 절대 뛰지 않는 놈이 툭하면 고아원을 도망쳐 나갔다가는 얼마 뒤 슬그머니 돌아오곤 했다는 거야. 걔 검정고시로 우리 학교 들어오기 전에도 고아원을 나가 어디로 어떻게 떠돌았는지 원장도 모른다고, 고갤 홰홰 젓더라니까.

전상국 소설집

체육 선생 최가 나를 강당 겸 체육관으로 쓰는 건물 뒤 으슥한 데로 불렀다. 상벌회의에서 입 한 번 뻥긋하지 않던 체육 선생 최가 그때의 주역이었던 나를 향해 입을 열었다. 당신 그 쥐새끼를 어떻게 믿는다는 거야? 볼멘소리를 내지르는 최의 얼굴 표정이 험악했다. 내가 그 쥐새끼 믿었다가 어떻게 됐는지 알기나 하느냐 그거여? 그놈 학교 처음 들어와 체육 시간에 백 미터 달리기를 했는데 그 새끼가 우리 학교 육상부 기록을 깬 거야. 측정기가 고장 났나 싶어 몇 번 더 했는데 할 때마다 좋은 기록이 나오는 거야. 이거 대박이다 싶어 육상부에 넣었는데 그 새끼, 뛰기 싫다는 거야. 싫어? 싫은 이유가 뭔데? 하니까 그 새끼 그 냥 뛰는 게 싫다는 거야. 싫어도 뛰어야 한다니까 죽어도 안 뛰겠다는 거야. 아마 스무 번도 더 팼을 거야. 미치고 환장하겠더라고. 그렇게 맞으면서도 육상부 안 하겠다는 거야. 그 새끼, 그거 무서운 새끼라고. 그런데 조 선생이 그 새낄 믿는다고? 뭘 어떻게 믿는데? 당신 그 쥐새끼한테 뭐 약점 잡힌 거 있어? 내가 그 새끼, 그 쥐새끼 같은 놈이 무서운 것처럼 당신도 그 새끼가 무서웠느냐 그 말이야.

"교수님이 생각하시는 강대규는 어떤 사람입니까?"
어린애들은 모든 이야기에 나오는 인물을 둘로 나눈다.

저 사람 좋은 사람이야, 나쁜 사람이야? 그는 어떤 사람인가. 경찰도, 군 수사기관도 아닌, 이 나라 국가정보원이 촉수를 뻗어 알고 싶은 그는 도대체 어떤 인간일까. 내가 알고 있는 강대규와 상관없이 그들의 관심은 이미 집 없이 떠돌아다니는 불쌍한 들개 혹은 고아원 출신 문제아로 남의 집 담장이나 넘는 쥐새끼 또라이 잡범도, 무작위로 여자들을 성희롱하고 다니다 결국 강간까지 범하는 그런 파렴치범 따위의 경계는 이미 넘어선 것이 분명해 보였다.

어쩌면 이상한 사람 강대규는 지금쯤 임양희 선생의 장기수 남편을 탈출시켜 월북을 성사시킨, 아니 성사 이전에 잡혀 조사를 받고 있는, 국가보안법 울타리를 넘나드는 요주의 인물일 확률이 높았다. 어쩌면 허리에 폭탄 벨트를 맨 채 어딘가를 향해 차를 돌진하고 있는 팔레스타인 무장단체 이슬람 지하드의 자폭 테러범일 수도, 아니면 미국산 철의 사나이 돌아온 슈퍼맨으로 부풀어 하늘을 날아다니고 있는, 그런 좋은 사람일 수도 있었다.

원수가 아닌 사람도 외나무다리에서 만난다. 일어남과 일어나지 않음의 수학적 수치 그 확률의 가능성으로 볼 때 강대규와 나와의 두번째 만남은 정말 놀라운 우연이었다. 그와 잠깐 만났던 고등학교 재직 몇 년간을 디딤돌로 같은 재단의 지방 대학교수가 된 그 이듬해 가을 학기였다. '산

림치유학'이란 산림자원학과의 내 전공 선택 강좌 수강생 명단에서 그 이름을 봤을 때만 해도 동명이인이 분명할 예전의 그 괴짜를 잠깐 머리에 떠올렸을 뿐이다.

그러나 그는 83학번 3학년 복학생으로 내 앞에 나타났다. 7년 전쯤, 그가 고3 때 처음 만났으니 따져보면 그는 나보다 몇 년 먼저 이 대학의 가족이 된 것이다. 조교의 말에 의하면 그는 군대에 가기 전 두 학기를 휴학했고 군 제대를 하고도 두 학기쯤 사회생활을 하다가 복학을 한, 같은 학번 동기가 학교에 남아 있지 않은, 정말 고참 복학생이었다. 혈혈단신 고아원 출신이 어떻게 대학에 다닐 수 있었는가 하는 의문 같은 것은 끼어들 여지가 없이, 그를 기억하고 있는 학과 교수들이나 후배 학생들에게 회자되는 강대규는 확실히 심상찮은 인간임이 분명했다.

물건은 물건이야. 그 물건은 괴짜에서 괴물로, 다시 좀 특이하긴 해도 제법 어떤 구실을 하는, 그 정체가 불분명한 의문의 존재로 사람들 입에 올랐다. 아무튼 그는 대학 안의 전설이었다. 귀신 같은 그런 존재. 귀신은 그 존재를 알아주는 사람 앞에만 나타난다. 사람들이 강대규란 인간을 전설로 만들어내는 일을 즐기고 있었다는 이야기다.

그가 휴학 중 원양어선을 탔을 때 이스탄불 보스포루스 해협의 유람선 위에서 술을 먹고 뛰어내려 5킬로미터나 되는 거리를 헤엄쳐 건너는 일로 다시는 배를 탈 수 없는 요주의 인물이 되었다는 이야기. 그보다 앞서 그가 군 특전사 대원으로 북쪽에 잠입해 여러 날 머물다가 돌아오곤 했다는, 그 특수작전 수행 이야기는 옛날 옛적 북한 지역 출신자를 중심으로 조직한 북파 공작 첩보 부대인 켈로부 대원들의 비밀 작전만큼 베일에 싸인 채 그를 아는 사람들 사이에서 은밀한 화제가 되고 있었다. 아무튼 그를 아는 사람들은 지금도 여전히 그가 어떤 긴박한 특수작전 수행을 위해 어디엔가 홀로 잠행하고 있다는 것을 은연중 믿는 분위기였다.

인애, 인애는 잘 있겠지? 대학에서 복학생 강대규를 다시 만나면서 내가 맨 먼저 그에게 물은 말이다. 그 한 방이 필요했다. 아나나 다를까 급소를 찔린 그가 자대 배치를 받고 들어온 신병처럼 대답했다. 네, 선생님, 인애 잘 있습니다. 그것으로 그와 처음 만났던, 별로 생각하고 싶지 않은 그 시절 이야기를 끝내고 싶었던 것이다. 아무튼 인애가 잘 있다는 것은 불쌍한 인애를 그가 구원함으로써 그네들 개인사는 물론 우리가 살고 있는 이 세상이 별일 없이 잘 돌아가고 있다는 것과 다르지 않았다. 그것은 다름 아닌 교수 조신해의 제자 강대규에 대한 변함없는 믿음의 확인이기도 했다.

선생님, 저는 그때 인애 담임이셨던 임양희 선생님을 정말 존경했습니다.

나무를 베면 나이테가 보이듯 말은 말하는 사람의 속내를 드러낸다. 인애가 잘 있느냐는 내 물음에 잘 있다고 대답한 복학생 강대규의 또 다른 말, 임양희 선생님을 정말 존경했다는 그 생뚱한 말이 내 심사를 불편케 했다. 더 불편한 것은 그가 그 말을 끝으로 한참 동안 입을 열지 않은 일이다. 온갖 어려움을 이겨내던 임양희 선생의 그 의연한 모습이 너무나 존경스러워 도와드리려고 했다는, 그 무렵의 자기 심경이라든가 아니면 자기가 그 어떤 일도 시도하기 전에 그네가 학교를 떠나 자취를 감췄다는, 그렇게 우리들 앞에서 모습을 감춘 그네가 지금 어디서 어떻게 살고 있다는 그런 이야기를 내 앞에 내뱉을 만도 한데 그는 그네를 존경했다는 그 말 외에 어떤 이야기도 입에 올리지 않았던 것이다. 당연히 해야 할 말을 하지 않았을 때 그 말을 기다리고 있던 상대가 그 말보다 더 많은 말을 쏟아낼 수 있다. 내가 그랬다. 나는 그네가 돌연히 학교를 떠난 것이 두 번 네 번, 아니 열 번 정도의 만남, 그 감당하기 힘들었던 총각 선생 조신해의 그 병적 구애 때문이었다는, 당시 몇몇 사람만 아는 그 결정적인 이야기들을 대규 앞에 속죄하듯 술술 털어놓고 있었다. 그네가 그처럼 세상에 드러내기 싫어하는, 남편이 장기수라는 사실을 볼모로 그네의 그 외로움을 옥죄던, 그 낯 뜨거운 이야기들을 말이다.

"대학을 졸업하기 전 그 사람의 학교 생활은 어땠습니까?"

외손뼉은 울지 못한다. 강대규는 어떤 사람인가. 그 물음에 대한 내 대답이 제법 풀리는 듯싶었던지 그들은 지금으로부터 거의 20년 전 그의 대학 졸업 전 동태 파악에 나섰다. 주로 나한테 질문을 던지는 쪽은 줄무늬 감청색 정장 차림이었고 비교적 차림이 캐주얼한 사람은 메타세쿼이아 단풍이 붉게 물든 내 연구실 창밖에 시선을 둔 채 애써 이쪽 분위기에 무관심한 표정을 보였다. 몸에 녹음 장치라도 지닌 것일까 그들은 자기들이 묻는 말에 좌충우돌 장황하게 늘어놓는 내 말을 메모하는 기색이 전혀 없었다.

고참 복학생 강대규는 술을 잘 마셨다. 술 마시는 매너가 좋았다. 산에 실습을 나가 텐트 생활을 하며 밤에 술자리라도 갖게 될 경우 자신이 받은 잔은 몸을 옆으로 돌려 비운 뒤 생나무 잎에 잔 언저리를 씻어 곧바로 돌렸다. 신입생 환영을 위한 학과 전체 엠티를 갔을 때다. 그가 느닷없이 교수들은 물론 학생들이 모두 모인 자리에서 내 이름을 입에 올렸다. 저는 조신해 선생님을 오래전부터 좋아했습니다. 제가 하는 일이라면 모든 것을 믿어주시는 분이

전상국 소설집

선생님이기 때문입니다. 대학에 온 지 얼마 안 돼 아직 입지가 좁은 내가 전설의 강대규 그 후견인이 되는 순간이었다. 그러나 이왕이면 그가 나를 좋아한다는 말 대신 임양희 선생에 대해 그러했듯 존경한다는 말을 해줬더라면 하는 아쉬움이 내내 가시지 않았다.

그는 술을 잘 마시는 것처럼 산을 잘 탔다. 그가 군대에서 특수부대원으로 북쪽을 제집처럼 드나들었다는 얘기가 그것을 입증했다. 그가 산을 잘 탄다는 것은 학교 연습림 관리 아르바이트를 하는 동안 현장 실습을 나갔던 산림대학 학생들을 통해 널리 알려져 있었다. 꼭 청설모 같아요. 그가 수목 분포 상황을 조사하기 위해 산비탈을 헤맬 때나 접근하기 어려운 지역 수목의 수피를 채취하는 모습이 날다람쥐처럼 날렵하다고 했다. 그가 산속에서 날렵한 행동을 한다고 해서 평소에도 그렇게 몸이 잰 모습을 보인다는 것은 아니다. 그는 사람들과 함께 있는 동안은 존재감이 거의 없었다.

대규가 바삐 걷거나 뛰는 모습을 한 번도 본 적이 없다. 그러나 제주도 졸업 여행 때 바삐 걷거나 뛰는 모습이 아니면서도 그 이상으로 날렵한 그를 보았다. 목포에서 제주도 가는 배를 탔을 때 심한 파도로 멀미를 한 학생들이 많았다. 그 시간 강대규는 배 갑판 위에 올라가 거친 파도를 내려다보며 혼자 소주를 마시고 있었다. 그러나 배가 항구에 닿자 배 바닥에 누워 몸을 가누지 못하고 신음하던 여학생들을 모두 숙소로 이동하는 버스까지 옮겨 간 것이 강대규라는 것이 나중에 밝혀졌다. 그날 밤 새벽 3시까지 술판을 벌인 학생들을 끌고 아침 일찍 한라산 백록담 등반에 나섰다. 활엽 교목이 울울한 완사 지대까지는 그런대로 따라오던 학생들이 나무 그늘을 벗어나 햇볕 속에 들면서부터 하나둘 뒤로 처지더니 등반을 포기했다. 그 지점까지도 강대규의 모습이 보이지 않아 그가 아예 등반에 나서지 않았을 것이란 생각을 했다. 그러나 땡볕 속을 두어 시간쯤 걸어 멀리 산 정상의 백록담이 보이는 지점에서 그가 우리를 기다리고 있었다. 그는 산길 높은 바위 꼭대기에 앉아 술을 마시면서 우리가 허덕허덕 산을 오르는 모습을 내려다보고 있었던 것이다. 더 놀라운 것은 그가 헐렁한 반바지 차림에 맨발에다 슬리퍼를 신고 있었다는 것이다. 항상 그런 차림으로 설악산 권금성 꼭대기 길 없는 바위를 타고 대청봉까지 오르면서(주로 비 오는 밤) 박카스를 안주로 소주를 마신다는 그 전설이 입증되는 순간이었다. 그러한 전설의 증거, 그 믿음이 늘 좋은 것만은 아니었다.

어느 날 나는 대학 밖의 어떤 안가에서 총장을 만났다. 총장은 내가 고등학교 교사로 신규 발령을 받을 때 나를

　　　　　　　　　　　전상국 소설집

면담했던 그 이사장이었다. 그는 한창 시끄러운 시국 문제가 아닌, 대학 재단의 비리와 관련해 그 자리를 물러나라는 총학생회 학생들의 시위로 위기를 맞고 있었다. 조 선생을 대학교수 만든 게 누군지 알고 있소? 이런 황당한 질문에 내가 대답했다. 총장님, 제가 교수 되는 데 뭔 결격사유라도 있었다는 겁니까? 그는 곧 물러날 사람이다. 그 앞에서 비굴할 필요가 없었다. 조 교수, 내가 지금 그걸 묻고 있는 거 아니잖소. 물론 그가 묻는 말의 저의를 모를 리 없었다. 전임강사 발령장을 받던 날 총장이 슬쩍 흘린 말 하나를 잊을 리 없었다. 조 선생, 제자 하나 잘 뒀습디다. 강대규 그놈 맹랑한 놈이더라니까. 그가 어떻게 맹랑했기에 내가 제자 잘 뒀다는 말을 듣고 있는 것인지 말도 안 되는 소리를 확인할 경황도 그럴 생각도 없었다. 그러나 총장이 나를 앞에 불러놓고 말도 안 되는 그 소리를 다시 꺼내고 있었던 것이다. 조 선생, 옛날 조 선생이 은혜를 베푼 강대규 그놈이 내 방을 점거하고 있는 주동 그 배후라는 걸 모르고 있는 건 아니지요?

며칠 후 나는 어렵게 찾아낸 강대규와 마주 앉았다. 인애, 인애는 잘 있겠지? 내가 그의 눈길을 피하면서 한 말이다. 그가 나를 똑바로 쳐다보며 대답했다. 예, 잘 있습니다. 침묵이 필요했다. 꽤 오래 버틴다 싶은 순간 내 전략을 알아챈 것인가, 그가 먼저 입을 열었다.

선생님은 지금도 절 믿고 계시는군요. 그 말 한마디를 남기고 그가 결연한 얼굴로 몸을 일으켰다. 그와 만난 지 바로 다음 날 총장실을 점거한 학생들이 그 방을 비웠다. 그리고 믿거나 말거나 얼마 뒤 총장도 그 자리에서 물러났다.

"교수님은 강대규가 지금 어디서 무얼 하고 있는 것 같습니까?"

그들은 나를 박수무당 아니 박사 무당쯤으로 생각하고 있는지 몰랐다. 그들이 나한테 확인하고 싶은 것이 그의 근황 같았다. 그가 어디서 무슨 일을 하고 있는지, 왜 그런 일을 하고 있는지, 누가 그것을 조종하고 있는가를 캐내기 위한 에두름일 것이다.

그가 언제 대학을 졸업했는지조차 기억하기 어려웠다. 그가 졸업하던 해 학생처장이 나한테 전화를 걸어왔던 것만은 생각났다. 강대규를 학생처의 취업지원과 직원으로 특채했다는 것이다. 학생처장은 자신이 우리 과 졸업생, 내 제자를 특채했다는 생색을 내면서 한마디 했다. 조 교수님, 교수님만 믿고 한 일이니 잘 좀 부탁합니다. 내가 할 소리를 그쪽에서 하고 있었다. 그러나 강대규가 대학 직원이 된 지 몇 개월 뒤 그 자리를 버리고 떠났다는 이야기를 들었다. 그뿐이다.

졸업 후 그는 단 한 번도 내 앞에 나타나지 않았다. 나 역시 그가 어디서 어떻게 지내고 있는가를 알고 싶지 않았다. 가끔 들려오는 그에 대한 소문마저 한 귀로 듣고 한 귀로 흘렸다. 20여 년 전 강의 수강자 명단에서 그의 이름을 발견하고 동명이인일 것이라는 생각을 하면서도 마음 한 구석이 짐짐하던 그때처럼 그와의 만남, 아니 가끔 들려오는 그의 근황마저 달갑지 않았던 것이다. 솔직히 그가 슬리퍼를 신고 높은 산에 나보다 먼저 올라 나를 적이 내려다보고 있는 그 눈길이 생각나서 싫었다. 그가 어둠 속 어디선가 속수무책으로 발가벗고 서 있는 내 모습을 지켜보고 있다는, 그로 인해 내 인생에 평지풍파가 일어날는지도 모른다는 그 짐짐한 느낌을 떨쳐버리기 어려웠던 것이다.

"소문으로만 그 사람 소식을 들었다고 하셨는데 그 소문은 주로 어떤 거였습니까?"

소문의 그에서 실제의 강대규를 건져 올리겠다는 것이다. 창밖의 메타세쿼이아를 내다보고 있던 캐주얼도 내 쪽으로 얼굴을 돌렸고 정장 차림은 양복 주머니 속에서 메모지를 꺼내 뒤적였다.

강대규, 그는 어디에도 없고 어딘가에 있다. 소문의 뼈를 추려낸 결론이다. 소문의 단골 메뉴 중 하나는, 안 되면 되게 하라, 그가 귀신같이 접근하여, 번개같이 타격하고, 연기같이 사라지는 군대 시절의 그 특수작전 임무 수행을 위해 아직까지 북쪽을 제집처럼 드나들고 있다는 것. 그러할 때 소문의 벽 그 안쪽 깊숙이 그가 양쪽이 그를 이용하는 이중 첩자가 되어 뛰고 있다는 이야기로까지 야금야금 번졌다. 그리하여 어디에도 없지만 어딘가에 있는 그에 대한 뚱딴지 같은 소문이 유탄으로 내 곁에 떨어지기도 했다.

조 교수, 당신이 강대규가 북한 구월산에서 캔 2백 년 된 산삼을 먹었다는 얘기 사실이야? 동료 교수의 그 말은 어느 정도 근거가 있었다. 산에 수목 조사 실습을 갈 때 대규가 이쑤시개만 한, 산삼인지 장뇌삼인지 하는 걸 대여섯 개 캐 동료들이 나눠 먹은 적이 있어 그가 북쪽에서 산삼을 캐다가 나한테 먹였다는 소문까지 떠돌았던 것이다. 홍길동처럼 신출귀몰하는 그의 소문은 그가 대기업의 노사 분쟁 현장에 전위 행동 대원으로 뛰고 있다는 쪽으로 번져 있기도 했다. 어떤 때는 노동자 앞에 서기도 했고 어떤 때는 대기업이나 국영기업의 방패막이 용역 업체 선봉에서 뛰고 있더란 이야기까지 전해졌다.

어디에도 없고 어딘가에 있는 그에 대한 그런저런 소문을 들을 때마다 나는 그런 사건 현장이 아니라 비 오는 밤

권금성 꼭대기 바위에 홀로 앉아 밤바다를 내려다보며 박카스를 안주로 소주를 마시고 있는 그의 자그마한 모습을 머리에 떠올리곤 했다.

그놈 그거, 빨갱이구먼. 내가 어쩌다 술자리에서 흘린 강대규 이야기를 듣고 고종형이 다짜고짜 한 말이다. 고종형은 자신이 어린 시절 빨갱이 자식이란 소리를 하도 많이 들어 그런 것인지 조금 튀는 생각이나 행동을 보이는 사람은 모두 모두 빨갱이로 몰았다. 특히 시국 이야기 중 분단이니 통일이니 하는 이야기를 다소 힘주어 말하는 사람들은 모두 빨갱이 취급을 했다. 고종형의 아버지, 그러니까 우리 고모부는 1950년 여름 전쟁 때 납북, 아니 월북했다.

고종형은 6·25 때 납북, 아니 월북한(나는 이 부분이 늘 헷갈린다) 고모부의 아들이다. 위로 누나가 둘 있는 고종형은 과거 전쟁 이야기만 나오면 자기 아버지로 해서 가족들이 겪은 고통스러운 그 세월이 지겹다며 치를 떨었다. 두 고종 누님은 모두 당시 읍내 병원 의사였던 고모부가 전쟁 때 납북됐다고 했다. 그러나 고모의 말은 달랐다. 끌려가긴 했어도 그것이 자진 월북이나 다름이 없다는 것이다. 전쟁이 나기 전부터 남편이 뭔가 이상한 사람들을 집에 불러들여 쑥덕거리는가 하면 집에 있던 의학 서적들을 하나둘 처분하는 등 심상찮은 구석이 있었다는 것이 고모의 말이다. 전쟁이 터지던 그 여름날 태어난 고종형은 고모부가 가정사 같은 거 나 몰라라 하고 북으로 갔다는 고모의 말을 전적으로 믿었다. 그는 밤에 집으로 찾아온 사람들에 의해 아버지가 밧줄에 묶여 끌려가는 것을 분명히 봤다는 당시 세 살, 다섯 살이던 자기 누나들의 말을 기억의 왜곡이라고 반박했다. 죽거나 잡혀가는 그렇고 그런 전쟁 피해자들의 상황을 너무 많이 본 데서 생긴 기억의 굴절이란 것이다. 평생 우울증에다 만년의 치매로 사람대접을 받지 못하고 살다 죽은 고모에게서 그 진실을 밝혀내기가 어려웠던지 고종형과 고종 누님들은 애써 그 문제를 화제로 삼지 않았다. 그러나 고종형은 자신의 큰누나가 열다섯 살 나이에 노상에서 좌판을 벌였다가 덮친 차에 깔려 죽은 것도, 둘째 누님이 캐나다 이민을 간 것도 모두 가족을 팽개치고 북으로 간 자기 아버지 탓으로 생각했다.

얼굴도 모르는데 생각이 나겠냐? 고종형은 이산가족 상봉 문제로 나라가 떠들썩할 적마다 북쪽에 살아 있을 수도 있는 아버지를 만나기 위해 상봉 신청을 하라는 말에 고개를 내저었다. 어머니 살아 있을 때도 안 했는데 지금 내가 그런 걸 왜 하냐? 그래, 긁어 부스럼 만들기 싫다. 너도 알잖아. 내가 그 인간으로 해서 어떻게 살았는지. 연좌제가 없어진 뒤에도 고종형의 인생은 잘 안 풀렸다. 대학 시절

ROTC를 지원했다가 최종 신원 조회 과정에서 떨어진 것도 그렇지만 목숨을 걸고 덤빈 행시 1, 2차를 합격하고도 최종에서 낙방한 뒤 고종형은 그 모든 불운을 자기 아버지 탓으로 돌렸다. 고종형은 시국 이야기나 분단 문제 등 통일 이야기에 대해서는 되우 냉소적인 반응을 보였다. 통일, 그거 너무 멀리 왔어. 그동안 쌓인 불신 적대감, 그 증오의 벽이 얼마나 높은데 그래. 우리나라 사람들 부부가 헤어지면서부터 어떻게 하든? 느 애비, 그거 사람 아니다. 느 에미 그거 죽일 년이다, 그렇게 자식들한테까지 증오심을 심어주잖아. 그렇게 철천지원수로 살던 사람들이 다시 만나 사는 거 봤냐? 허긴 입으로야 다시 못 만날 게 뭐냐고, 만나야 한다고. 다시 만나면 대박이라고. 그래서 통일, 죽어도 통일이라고 말들은 그렇게 해. 말은 그렇게 하면서 통일 그거 쉽지 않다고, 설사 된다고 해도 그거 안 한 건 거보다 더 나쁠 수도 있다고 슬그머니 꼬리를 내리잖아. 어이, 조신해 교수, 자네 통일 진심으로 원해? 대답 쉽지 않지? 원한다, 통일돼야 한다고? 왜, 왜 통일이 돼야 하는데? 뭐, 우리 아버지 살았는지 죽었는지 그거 확인하고 싶다고? 통일 되면 지금보다 잘살 수 있어서? 통일 되면 나라가, 국력이 그렇게 커질 거 아니냐고? 그래서, 서울에서 기차 타고 북쪽 거쳐 시베리아 횡단할 수 있지 않느냐? 통일이 그렇게 우리들 생활 지평을 넓혀줄 거라고?

자주 만나다 보니 고종형은 나무밖에 모르는 나한테는 세상 내다보기의 역할 모델일 수밖에 없었다. 나는 고종형의 눈으로 세상을 바라봤고 고종형의 시니컬한 논리로 시국을 칼질했다.

바로 그 분위기의 연장이었을 것이다. 학교 연습림에서 실습을 끝내고 강대규 등 몇몇 학생들과 함께한 회식 자리였다. 학생들이 뒤숭숭한 시국 이야기를 미끼로 눈감고 뒤로 숨은 자연 계열 교수들의 시대적 양심을 농락하는 자리였다. 그런 자리에서는 좌파 진보가 아니어도 진보 이론의 목소리를 내지 않으면 손가락질을 면하기 어려운 세상이었다. 거나한 술기운에다, 늘 그러했듯 그날 대규의 침묵이 내 안에 고인 말들을 부추겼다. 내 건너편 자리에서 술잔을 든 채 묵묵히 어둠 속 잣나무 숲만 바라보고 있는 강대규가 타깃이었다.

지금 통일에 대한 얘기들인데, 강대규, 자네 생각은 어떤가?

대부등에 곁낫질. 강대규에게 인애 안부가 아닌 다른 어떤 것을 대놓고 물어본 기억이 별로 없었다. 아니나 다를까, 며칠 전 복도에서 만나 인애 안부를 물었을 때 잘 있다던, 그때의 그가 아니었다. 그는 아예 내 쪽을 쳐다보지도 않았다. 그런 경우 당혹스러운 것은 돌을 던진 쪽이다. 둘러앉은 모두가 그의 침묵이 부담스러운 분위기였다. 그 침묵을 학과 조교가 깼다.

대규 형이 언젠가 한 말이 생각납니다. 학과 조교가 강대규를 조심스러운 눈으로 바라보며 말을 이었다. 그게 아마 형이 북강원 수목 병충해 방재 사업단에서 아르바이트를 할 때였을 겁니다. 형이 그랬어요. 남쪽 숲속의 나무들이 북쪽에도 똑같이 있다고 말입니다. 그 이름뿐 아니라 생태도 쓰임도 같지 않느냐, 그렇게 아직 달라지지 않은 것, 달라져서는 안 되는 것들의 가치를 찾는 데서부터 통일에 접근해야 한다는, 대규 형의 그 말이 지금도 잊히지 않고 있습니다. 형, 그때 그런 얘기한 거 맞지요?

통일론, 그건 조신해 선생님 전문이시잖아요. 강대규가 조교의 말에 생각보다 쉽게 반응했다. 어느 땐가 비무장지대 수목 생태조사 나갔을 때 선생님이 통일론을 역설하셨잖아요. 느덜 지금 통일, 통일 하는데 정말 통일 원하냐, 원한다고, 왜 원하는데, 왜, 통일이 돼야 하는데? 이렇게 말씀하시다가 갑자기 큰 목소리로 통일 입에 달고 사는 놈들, 사실은 통일이 돼서는 안 된다는 것을 역설하는 반통일론자라고 하셨잖습니까?

내가 그런 말을 했다고? 찔렸다. 내가 한 말이지만 내 말이 아니었기 때문이다. 통일은 말이다. 나는 그때도 고종 형의 목소리로 고종형의 생각을 이야기했을 것이다. 통일 뿐 아니라 시국에 대한 이야기는 이미 시중에 질펀하게 깔려 넘쳐나는 이야기를 주워 맞추는 것이 더 진정성에 가깝다. 게다가 고종형의 생각은 분단 비극의 당사자라(이 생각부터가 자기방어 메커니즘이다) 좀더 설득력이 있다. 내가 고종형의 이야기를 즐겨 빌려 쓰는 이유일 것이다. 통일, 나는 그 통일 환상이 통일을 저해하는 가장 큰 요인 이라는, 고종형의 생각에 동의한다. 아니, 그렇게 생각해야 한다고 생각했다. 이제까지 남과 북이 자기들 체제와 이념을 바탕으로 상대방을 하나로 하려는 통일 논의는 결과적으로 반통일의 가장 적절한 예라고 할 수 있다. 결과적으로 그들이 내세우는 통일 방안은 통일을 위한 것이 아니라 통일을 하지 않겠다는 반통일의 허구적 방안, 즉 하나의 전략이라는 것이다. 개인들의 통일 염원도 민족보다는 개인의 이익, 계급 정체성에서 자유롭지 못하기 때문에 반통일일 수밖에 없다. 왜 그 통일론을 믿지 않느냐고? 어떻게 그걸 믿어? 불신, 그게 분단의 핵이거든. 통일은 서로가 믿을 수 있는 것으로부터 시작해야 한다 그 말이야. 상대를 믿지 않고서는 아무것도 안 된다는 바로 그 말이다.

무엇보다 중요한 것은…… 통일론 전문가라고 강대규

가 불을 댕긴 내 목소리가 더욱 고종형의 그것으로 바뀌면서 나는 동질의 이질화 현상, 그 불신으로 인한 민족 정체성 위기에 대해 역설하고 있었다. 그동안 너무 많이 달라졌다. 회복 불가능이다. 같았던 것이 달라지면서 서로 달라진 것을 다른 집단의 그것으로 바라본다는 것이다. 우리가 북쪽 사람들보다 미국 사람들의 문화나 그네들의 행동 양식을 훨씬 더 이해하고 있지 않은가 그런 말이다. 남한에서는 우리말보다 영어를 더 많이 써야 출세할 수 있고, 그래서 외래문화를 더 상위에 놓고 있지 않느냐. 이처럼 동질의 이질화 현상이 회복 불가능에 이르렀다는, 즉 민족 정체성의 위기로 볼 때 통일은 그렇게 쉽지 않다는, 시중의 갑론을박을 아니 고종형의 생각을 고종형의 목소리로 말하고 있었다.

그때까지도 강대규는 나를 똑바로 쳐다보고 있었다. 나는 그의 눈길에 눈을 맞춘 채 목소리에 더욱 힘을 넣었다. 그때 이미 그것은 고종형의 목소리를 넘어 강대규의 그것이었는지도 모른다. 제어 불능. 그러나 아직 희망은 있다. 달라진 것보디 달라지지 않은 것이 너 많기 때문이다. 그래, 강대규 군이 말했다는 같은 나무, 같은 피, 같은 언어, 같은 생각, 같은 밥, 그리하여 서로 다른 문화 체계 속에서도 달라질 수 없는 그러한 가치를 함께 찾아내 함께 누리고 함께 만들어갈 때 왜 통일인가 하는 질문에 대한 답도 나오리라고 생각한다.

　"강대규가 교수님한테 탈북자들 문제로 뭔가 도움을 청한 적이 있지 않습니까?"

　어쩐지 싶더니 지뢰밭이다. 처음부터 마음에 꺼림하던 뭔가가 이제야 정체를 드러낸 것이다.

　바로 며칠 전이다. 며칠 전이라 그 일이 너무 생생하다. 사실은 그 일보다 몇 개월 전, 20여 년이나 만나지 못한 강대규의 전화를 받았다. 선생님, 잘 지내고 계시지요. 그의 목소리를 듣는 순간 나는 반사적으로 그래, 인애도 잘 있는가, 그렇게 물었다. 인애는 오랜 세월이 지난 뒤에도 우리 두 사람 관계의 필연 확인, 그 믿음의 아이콘이었다. 인애도 잘 있는가? 네, 잘 있습니다. 그리고 이미 오십 중반 나이일 강대규의 거두절미 똑 부러지는 목소리. 선생님, 돈 7백만 원이 필요합니다. 반드시 갚겠습니다. 내 휴대폰으로 계좌 번호를 찍어 보내겠다고 했다. 그것으로 끝이었다. 황당하고 괘씸했지만 달리 마음을 추스를 방법이 없었다. 속수무책, 그가 원한 7백만 원을 만들어 그가 문자로 찍어준 통장에 넣고도 영 마음이 편치 못해 걸려 온 전화번호를 눌렀지만 수신이 금지된 번호라는 안내가 나왔다.

　　　　　　　　　　　　　　　　　전상국 소설집

그리고 나는 강대규의 그 전화로부터 두어 달 뒤, 바로 며칠 전 강대규에게 꿔준 돈 7백만 원을 분명히 돌려받았다. 북쪽에서 왔다는 한 여인이 나를 찾아와 강대규 이름을 대면서 그 돈을 내놓았던 것이다. 안녕하십네까? 목소리만 들어도 북쪽 사람이었다. 오십대 초반의, 키가 작지만 당차 보이는 여자는 대뜸 고맙다는 말부터 했다. 선생님 덕에 동생을 구해냈단 말입네다. 이상한 나라에서 온 그 여인은 내가 자신에 대해 모든 것을 다 알고 있는 사람처럼 말했다. 선생님이 보내주신 그 돈이 아니었으면 제 동생은 그 속에서 영영 못 나왔을 거요.

탈북 여인이 나를 찾아온 사연은 간단했다. 남쪽 땅을 밟는 데 성공하기까지 무려 3여 년의 목숨을 건, 짐승처럼 산 세월을 그네는 건성건성 건너뛴 뒤 자기보다 먼저 남쪽에 들어와(그네는 북쪽에서 남쪽으로 넘어온 것이 아니라 다른 나라를 통해 남쪽으로 들어왔다는 것을 은연중 강조했다) 성매매 업체에서 일하는 여동생을 구해내기까지의 힘들었던 남쪽 생활을 실감나게 풀어놓았다. 북쪽에 계신 우리 어마이도 이 이야기를 들으면 참 잘했다고 하실 거야요. 남쪽에 오길 잘했다는 그 이야기야요. 그러나 교수님, 전 무섭습네다.

바뀐 세상에서 그 세상에 잘 맞춰 잘 사는 사람들도 많지만 그들과 달리 자기들은 한국에서 살아가는 나날이 점점 무섭다고 했다. 여동생이나 자기나 배고픈 것 그 이상을 채울 수 있다는 천국에 대한 환상에서 죽을 각오로 들어왔는데 막상 깨어나고 보니 너무 무서워 살 수가 없다는 것이다. 배는 고팠지만 주어진 조건만 잘 지키면 마음만은 그런대로 편하던 세상에서 막상 와보니 그렇게 원했던 자유가 너무너무 무섭다고. 순간순간 모든 것을 예측해야 하는 것도, 예측한 것을 어느 순간 재빠르게 선택하지 않으면 안 되는 그 자유가 너무 무섭다고 했다.

숨 쉬기조차 어려워요. 빨리빨리, 그건 안 돼, 이거야. 아니 그게 아니야. 돈 없어 빨리빨리, 돈 있으면 있는 만큼 더 빨리빨리. 노력만큼 얻는 게야. 아니 노력해도 얻을 수 없어. 그 경쟁이 너무너무 무섭단 말입네다. 더 무서운 것은 남쪽 사람들 별거 아닌 거 가지고 서로 편을 갈라 원수처럼 싸우는 게 무서워요. 우편인 사람들 우리 바라보는 거 무서워요. 좌편인 사람들 우리 바라보는 거 더 무서워요. 이거 저거도 아닌 사람들 우리 이상한 눈으로 쳐다보는 거 더 싫어요. 좋은 사람들 만나러 왔는데 싫은 사람들 만나니까 그거 더 무섭습네다. 그래서 우리 북에서 왔다는 얘기 안 하고 중국 조선족 행세하고 살아요.

어쩐지 말투가 이상하다 싶더니 그런 사연이 있었다. 돈

돌려준 일 말고 그네가 나를 찾아온 또 다른 이유를 말한 것은 시간이 조금 흐른 뒤였다.

사는 게 무서우니까 우리 도와줄 사람을 자꾸 찾게 돼요. 강대규, 그분 참 좋은 분이야요. 그분이 그랬어요. 어려울 때 선생님 한번 찾아가라고요. 믿을 만한 분이라고. 그러나 오늘 제가 선생님 찾아온 건 뭐 부탁하러 온 게 아닙네다. 아니 부탁은 부탁이네요. 강대규 그분 만날 수 있는 방법을 알려달라 그 말씀이야요. 우린 그분 꼭 만나야 합네다.

"그 탈북자가 강대규를 왜 만나고 싶은지 그런 건 얘기하지 않았습니까? 이를테면 탈남을 위해 그 사람 도움이 필요하다는 그런 말……"

지뢰밭 아닌 데도 지뢰는 있다.

"탈남, 탈남이 뭡니까?"

귀에 익은 탈선, 탈북이란 말과 달리 탈남이란 말이 그렇게 생소했던 것이다. 나는 짐짓 정색을 하고 다시 물었다. 탈남, 탈남이라니요? 탈남이란 말을 모르는 것으로 내 부재증명을 하고 있었던 섯이다. 물론 그들은 내 물음에 대답하지 않았다. 그들이 내 말에 대답하지 않은 것은 더 이상 그 문제에 매달려봤자 별 소득이 없을 것이란 판단이 섰기 때문일 것이다.

어느 정도 침묵이 흐른 뒤 캐주얼 차림이 일을 마무리 짓는 말을 했다.

"교수님, 지금까지 고생 많으셨습니다."

정장 차림이 안고 있던 가방에서 종이 네댓 장을 꺼내 내 앞에 놓았다. 뭔가 양식이 인쇄된 종이 맨 위에 진술서 란 고딕 글씨가 눈에 들어왔다.

"이 진술서에 지금까지 말씀하신 것을 간략히 요약해 쓰신 다음 서명만 해주시면 됩니다."

진술서? 뭐 이런 게 다 있어. 나는 정말 화가 났다. 지금 이 어떤 시대인데, 진술서를 쓰고 서명하라니. 나는 자리 에서 벌떡 일어났다.

"내가 지금 무슨 피의자로 조사를 받았습니까? 아니지 요? 그런데 내가 왜 진술서를 써야 하는 거요?"

"아무것도 아닙니다. 그냥 참고로 지금까지 말씀하신 걸 간략하게 써주시면 됩니다."

"아무것도 아닌데 왜 진술서를 써야 하는가 그 말입니다."

그들은 내 말에 대꾸하지 않았다. 그냥 묵묵히 기다리겠 다는 눈치다. 그러나 더 이상 뻗대지 않고 서둘러 타협안 을 내놓은 것은 내 쪽이다. 일이 이쯤에서 끝났다는 안도 감이었다.

"나는 이런 진술서란 양식에다 뭘 적는다는 것이 싫다

전상국 소설집

이겁니다."

두 사람이 얼굴을 맞대고 잠시 뭔가 숙덕거린 뒤 그들은 생각보다 쉽게 물러났다.

"네, 좋습니다. 이 용지에 쓰지 않으셔도 좋습니다. 그냥 A4 용지 석 장 분량으로만 써주시면 됩니다."

입 가린다고 언청이 아닐까마는 소정의 진술서 용지가 아닌 그냥 A4 용지 석 장만으로 모든 것을 덮을 수 있다는 것만으로도 감사할 일이었다. 이긴 자의 관용으로 나는 고개를 끄덕였다.

"좋아요. 내가 워드로 작성해놓을 거니 내일 오후 학과 사무실에서 찾아가요."

술은 백약의 으뜸. 거푸 몇 잔을 비우자 세상이 내 손바닥 위에서 놀았다. 그날 저녁 나는 지방 도시의 법무사 사무소 사무장인 고종형과 함께한 술자리에서 께름하게 꼬일 수도 있는 내 인생 매듭 하나를 가볍게 풀었다.

"형님, 나 명퇴 그런 거 안 하기로 했다, 그겁니다."

나는 누구인가. 나는 오늘 어니까시나 교수 신분으로 나라의 안위와 관련된 아주 중요한 여러 문제에 대한 내 생각을 피력한 바 있다. 한낱 피의자가 아닌 이 시대의 깨어 있는 양심, 행동하는 지성으로 말이다. 비록 지역 분실 소속이긴 해도 국가 안보 지킴의 최고 정보기관인 국정원 직원들 앞에서 내가 어찌 제자 강대규에 대한 스승으로서의 믿음을 그처럼 강경하게 설파할 수 있었겠는가. 또한 그들이 내 앞에 내민 진술서 쓰기를 위풍당당 거절할 때의 그 결기가 아직도 몸에 찌릿하다.

"형님, 나 쩨쩨하게 명예퇴직 수당이나 계산하며 회사 중역 자리를 탐내는 그런 개떡 같은 인생이 아니라 그겁니다. 형님, 나, 그렇게 비굴 비겁한 놈이 아닌 나무 박사 조신해 교수로 끝까지 살아가고 싶다 바로 그런 얘깁니다요. 형님, 이 세상은 말입니다. 우리가 가만히 있어도 저절로 돌아가는 거 같지요? 그게 아니에요. 그게 아니더라 그 말입니다. 누군가 세상을 움직이고 있더라 그거예요. 그래요. 정치가, 아니 정치꾼, 그런 사람들은 절대, 결코 아니지요. 그렇게 내걸린 얼굴들이 세상을 바꿔가는 게 아니라는 거 형님이 더 잘 알잖아요. 그래요. 바로 그들입니다. 얼굴 없고 이름 없는 사람들, 그들이 캄캄한 어둠 속에서 세상을 움직이고 있다 바로 그거예요. 그게 누구냐, 그래요. 바로 나 같은 사람…… 으하하하……"

마음 찔림이 깊을수록 허풍이 크다. 학교 연구팀 공유의 신기술 정보를 빼낼 전략으로서의 명퇴 건에서 풀려난 기분을 이런 허풍으로라도 고종형에게 드러낸 것이다.

전상국 소설집

그러나 나는 취중에도 고종형 앞에 내가 오늘 강대규의 배후 인물로 국정원 사람들의 방문 조사를 받았다는 그 긴요하고도 가슴 떨리는 이야기를 쉽게 꺼내놓지 못한 채 끙끙거렸다. 그것은 내가 그들에게 들려준 강대규에 대한 내 말의 진정성의 문제였다. 어쩌면 그것은 아직도 임양희 선생에 대한 존경심을 버리지 않고 있을 오십대 중반 남자 강대규에 대한 내 믿음의 문제이기도 했다. 나는 그때, 그가 내 하숙집에 찾아와 무릎을 꿇고 말했던 그와 인애와의 관계, 그 결백을 믿지 않았던 것이다. 믿은 것은 오직 내가 처신해야 할 그때의 앞뒤 상황이었을 뿐이다.

긴장을 풀자고 한 술자리인데 더 큰 걱정거리 하나가 머리를 짓눌렀다. 써놓을 거니 학과 사무실에 와 찾아가라고 큰소리친, 강대규에 대한 진술서 쓰기. 그들의 물음을 홍 삼아 생각의 갈피 없이 늘어놓은 그에 대한 이야기를 A4 용지 석 장 분량에 정리된 문장으로 담아낸다는 것이 결코 쉽지 않으리란 생각이 뒤늦게 온 것이다.

—그는 지금 어딘가에 홀로 있다.

지우고 다시 쓴다.

—홀로 무엇인가를 하고 있다.

추정이긴 하지만 내가 강대규에 대해 알고 있는 것은 이뿐이다. 물론 내가 그에 대해 알고 있는 분명한 과거형 하나는 인애와의 관계 그 결백을 믿어달라며 내 앞에 무릎을 꿇었던 그의 결연함이다. 그러나 나를 압도하는 그 당당함이 싫었다는 것을 글로 쓰기는 좀 그렇다. 그의 결연함이 항상 어떤 불길한 직감으로 왔기 때문에 그를 가까이하거나 깊이 아는 일이 두려웠다는 것도 글로 쓰기가 좀 뭣하다. 그렇게 그에 대해 아는 것이 없으면서 알고 있는 것처럼 그들 앞에서 많은 말을 늘어놓은 것도 일종의 두려움이었다는 것을 어찌 글로 표현할 수 있겠는가. 나는 정말 그에 대해 아는 것이 아무것도 없다.

그는 누구인가. 그는 지금 어디서 무엇을 위해 잠행하고 있는 것인가. 정말 모르겠다. 내가 그에 대해 쓰고 있는 이 진술서 대부분의 종결어미가, 모른다, 잘 모른다—가 될 것만은 분명하다.

바람 따라 날아왔나 떼구름에 싸여 온 걸까. 국정원 직원들이 다녀간 며칠 뒤다.

"선생님……"

휴대폰 속의 목소리는 그처럼 절절히 강대규를 만나야 한다던 그 탈북 여인은 아니었다. 그러나 너무 뜻밖의 사람이라 가슴이 덜컥 내려앉긴 마찬가지였다.

전상국 소설집

"……기억하실는지요, 저 인애……"

"오, 인애, 내가 왜 인애를 모르겠나. 나 먼저 물어봅시다. 강대규, 그 사람 잘 지내고 있지요?"

나름으로 순발력을 발휘한 것인데 인애의 대답이 그게 아니었다.

"저도 그 오빠 소식이 알고 싶어 선생님한테 전화드린 건데요."

"오빠 소식? 그 사람과 결혼해 함께 살고 있는 거 아닌가?"

"어머, 선생님. 그건 선생님이 더 잘 아시잖아요. 선생님이 오빠한테…… 인애를 정말 사랑하면 그 곁에 있어선 절대 안 된다고 하셨다면서요. 오빠가 선생님을 얼마나 믿었으면……"

인애, 인애는 잘 있었다.

저녁노을

♪ 남북이 가로막혀 원한 천리 길……

저녁노을에 넋을 놓고 있는데 핸드폰이 울린다. 착신음만 들어도 알겠다. 이대수. 얼마 전까지만 해도 "아야 뛰지 마라 배 꺼질라 가슴 시린 보릿고개 길"에서 또한 그 시절 옛 노래「가거라 삼팔선」으로 곡이 바뀐 것으로 보아 아직도 그 금괴 보따리를 잊지 못하고 있는가 보다.

아홉 살에 삼팔선을 넘었다는 실향민 일세대 이대수가 입만 열었다 하면 나오는 금괴 보따리. 나라가 남북으로 찢어질 때 삼팔선 뚫린 철조망 구멍으로 가족들을 먼저 내보낸 뒤 맨 나중에 나오던 자기 아버지가 북쪽 군 총격을 받아 숨을 거두는 순간까지 금괴 보따리를 끌어안고 놓지 않은

이야기다. 그때 아버지가 그 금괴를 가족에게 넘겨주기만
했어도 지긋지긋한 삼팔따라지 가난 고생을 하지 않고 살
았을 것이라는, 70년 전에 죽은 아버지 원망 버전이다.

"나 교장, 지금 뭐 하고 있습네까?"

이대수는 우리 동갑내기 모임의 총무다.

"오늘 저녁놀 정말 대단하네요."

멀리 삼악산 산등성이에 걸린 저녁 해가 여름 긴 하루
마감을 검붉은 주황 노을로 연출하고 있다. 짙은 두루마리
구름 덩어리가 저녁 햇살을 품고 벌이는 성희가 오늘따라
처연해 보인다.

지난해 가을, 5년 전 수술을 받고 완치 판정을 받은 간에
다시 4.9센티미터 크기의 병반이 보인다는, MRI 암 재발
검사 결과가 나오던 날 바라본 저녁노을도 저처럼 끔찍하
게 검붉었다.

그렇게 외로웠던가. 지금 뭐 하고 있느냔, 저녁노을에
빠져 듣는 이대수 총무의 목소리가 어느 때보다 반갑다.
마음의 간사함. 몸 건강에 자신을 잃는 그런 나이가 되면
서 이제까지 보이지 않던 것이 보이고 눈에 보이는 것 하
나하나가 낱낱이 살갑다.

"나 교장, 빅뉴스야. 내일 우리 모임에 신재호 교수가 나
온대요. 그럼 연설도 하겠느냐니까 바로 그것 땜에 나온다

전상국 소설집

고 하더라니까."

모임을 주관하는 총무로서 흥분할 만하다. 맞서 싸움이라도 하자는 것인지 자기는 할 이야기가 없다고, 자기 차례인 그날은 아예 모임에 나오지 않겠다고 선언까지 할 정도로 단호했던 신재호가 생각을 바꿨다는 것이 뭔가 심상찮다.

신재호가 자기 차례의 말하기를 완강하게 거부한 일로 그날 동갑내기 모임에 나왔던 사람들 모두의 마음이 편치 않았을 것이다. 신재호를 동갑내기 모임에 뒤늦게 끌어들인 내 처지에서는 그 민망함이 더할 나위 없었다.

동갑내기. 처음 서너 명이 우연히 만난 술자리에서 이런 저런 연고를 캐다 보니 모두 같은 해에 태어나 이 나이까지 같은 지역에서 더불어 살고 있다는 것이 얼마나 대단한 인연이냐는, 다소 감상적 분위기에서 급조된 것이 동갑내기 모임이다. 경진년 용띠, 일제강점기에 태어나 대동아전쟁도 치렀고 나라 찾았다는 감동도 잠시 사람 목숨이 파리목숨이나 다름없던 골육상쟁 6·25전쟁에 이승만의 친애하는 국민이 뇌어 4·19에 5·16, 산업화 그 과정에 굴뚝에 연기를 피운 주역에 월남 파병 백전 용사, 중동 등 해외건설 사업의 역군도 있었다. 게다가 그동안 열두 번이 바뀐 그 대통령들 통치 아래 하릴없이 우국열사의 기개로 개탄

하며 산, 가히 살아 있는 백과사전이라 해도 손색이 없는 그런 경륜의 나이가 아니난 자족감으로 사는 사람들이다.

물론 동갑이라곤 하지만 막상 주민등록증을 까고 보면 그 나이가 들쭉날쭉 앞뒤로 2, 3년 차이가 났다. 태어나 얼마 살지 못하고 많이 죽던 시절이라 두어 해 기다렸다가 호적에 올린 경우에, 제 날짜에 출생신고를 하지 않다 보니 태어난 해를 잊어 대충 그 일자를 댔거나 6·25전쟁으로 호적이 다 타버려 새로 만드는 과정에서 제대로 기재가 되지 않은 것도 많았을 것이다. 특히 음력으로 올린 생일을 양력으로 따지다 보면 띠가 바뀌는 경우도 꽤 있었다. 이런저런 사연으로 해서 호랑이띠에서 토끼띠, 용띠, 뱀띠, 말띠까지 모두 동갑내기 행세를 한대서 이상할 게 없었다.

살 만큼 산 그런 나이의 사람들이 서로 빌붙어 만든 모임에 얼마 전 새 규정이 하나 생겼다. 한 달에 한 번 만나는 날 정해진 순서대로 자기 이야기 하기. 더럽고도 험한 세상 이야기가 아니라 이제까지 꾹꾹 눌러 감추고 산 개인사, 서리서리 가슴에 쌓인 이야기들을 허심탄회하게 풀어놓는 시간을 갖자는 것이다.

입을 열었다 하면 핏대를 세워 세상사 불평불만만 터뜨리는 팔순 동갑내기들의 그 역정풀이에 이대수 총무가 제동을 건 것이다. 사실은 툭하면 실향민의 설움을 주절주절 늘어놓아야 직성이 풀리는 이대수 자신의 객설을 합리화하기 위한 꿍꿍이셈도 없지 않았을 것이다. 모임에 나오긴 해도 거의 입 한 번 벙긋하지 않고 앉았다가 그냥 일어서는 사람들을 위해서라는 이대수의 덧붙이는 말에 평소 모임의 좌장을 자청 독판치던 법무사 박까지 맞장구를 쳤다.

"그려그려, 하고 싶은 얘긴 하고 살아야지. 암이 왜 생기는데. 가슴에 맺힌 응어리 그게 바로 만병의 근원이라니까."

"지금도 그놈의 고양이만 생각하면 ……"

개인사, 자기 이야기 하기 그 첫번째 연사가 베트콩 해골 여섯 개를 허리에 차고 밀림을 누볐다는 월남전 참전 용사 양부길이었다. 여느 때 입만 열면 쏟아내던 월남전 무용담과는 거리가 먼, 어릴 때 북쪽에 두고 온 고양이 이야기다.

압록강까지 북진했던 국군이 중공군에게 파죽지세로 밀려 후퇴할 때다. 삼팔선 이북 철원 땅에 살던 양부길네 가족이 2, 3일이면 집으로 되돌아올 수 있다는 말만 믿고 피란민을 옮기는 군용 트럭에 오른 것이 문제였다. 그때 고양이 네 마리를 집에 남겨두고 온 것이다. 새끼를 낳은 지 열흘밖에 안 된 어미 고양이는 안방 장롱 윗서랍에 넣고 새끼 세 마리는 그 어미가 있는 서랍 아랫칸에 넣고 왔다고 했다. 서랍이 좁아 모두를 한곳에 넣기가 뭣해 그렇게 나눠 넣고 왔다는 것. 아이고 불쌍해라, 불쌍한 그 고양이들 생각만 하면 수십 년이 지난 지금까지도 잠을 못 이뤄 뒤척인다고 했다. 자기뿐 아니라 남쪽에 내려와 흩어져 사는 가족 모두가 장롱 서랍 속에서 굶어 죽었을 그 고양이 이야기만 나오면 서로 얼굴을 피했다. 냐아옹! 급기야 형제들이 만나기만 하면 고양이 문제로 개판 싸움을 벌였다. 그때 국민학교 2학년이었던 형이 고양이를 장롱 서랍 속에 넣고 가야 안전하다는 말을 했다는 것이 당시 여덟 살이던 양부길의 기억이다. 그러나 형의 기억은 달랐다. 고양이를 그냥 두고 가면 살쾡이한테 잡혀 먹힌다며 동생이 먼저 서랍 속에 고양이를 넣고 가자고 했다는 것이다. 아니라구, 형이 먼저 서랍에 넣고 가자고 했다니까. 니가 거기 넣고 가자고 했잖아! 아니야, 형이 그랬다구! 니가 그랬다, 이 개새끼야! 양부길 형제간의 갈등은 끝내 형제가 의절을 하는 것도 모자라 급기야 하나는 좌파, 또 한 사람은 우파로 패가 갈려 으르렁거리다가 두어 달 전 태극기부대였던 형이 먼저 땅에 묻혔다는 이야기를 하는 순간에도 식식, 양부길의 형에 대한 분노는 아직 진행형이었다.

이런저런, 동갑내기들의 자기 사는 이야기는 자수성가해 어렵게 모은 재산을 자식한테 미리 넘겨준 일로 패가망

　　　　　　　　　　　전상국 소설집

신, 비참한 노년을 보내고 있다는, 한숨 깊은 이실직고에서부터 열여섯 살에 다섯 살 연상의 아내와 30년을 함께 살다 상처한 뒤 무려 네 사람의 후처를 들이고 내던 인생 말년의 그 파란곡절을 짐짓 우스갯소리로 풀어놓는 사람에, 최근 전립선이 안 좋아 하룻밤에도 여러 번 화장실을 들락인다던가 자정을 넘겨 잠자리에 들어도 새벽 3시면 잠이 깨 집 안의 불을 온통 켜놓고 산다는 등 늙어 부쩍 안 좋아진 몸 건강 이야기를 푸념하듯 한껏 풀죽은 목소리로 늘어놓는 사람도 있었다.

내 이야기 차례가 왔던 날도 그랬다. 이참에 알려야겠다 싶어 꺼낸, 몇 년 전 수술 받은 간에 다시 작은 병반이 보인다던가 그것보다 급한 것이 심장판막 협착으로 승모판을 바꾸지 않으면 수명이 5년 이내가 될 수도 있다는 진단을 받고 수술 날짜를 받아놨다는, 이쪽으로서는 꽤 심란한 이야기를 어렵사리 꺼냈지만 막상 듣는 쪽의 반응은 그게 아니었다. 내 이야기가 끝나기도 전에 서로 앞다투어 다 죽었던 누구는 심장에 스텐트를 몇 개 박고 멀쩡히 살아났다던가 그 심장병 치료 그 처방에 몸에 좋다는 갖가지 건강식품 이야기에 곁들여 노년에 꼭 들어야 할 보험 이야기도 빠지지 않았고 급기야 이왕 죽을 마당, 어떻게 죽는 것이 아름다울까 하는 존엄한 죽음의 실천, 그 웰다잉 십계명까

지 늘어놓았다. 이제 늘그막의 죽을병 그런 것쯤은 개인사
그 이야깃거리 깜냥이 못 되었다.

그런대로 한 달에 한 사람씩 돌아가면서 하는 자기 이야
기 하기는 생각했던 것보다 결과가 괜찮았다. 물론 처음에
는 이놈의 세상 할 얘기가 넘치고 넘치는 판에 별것 아닌
개인사 신세타령이나 주절대는 것이 좀 그렇지 않느냐며 위
엄을 떨던 사람도 막상 자기 차례를 앞두고는 큼큼 헛기침
으로 목소릴 다듬었다. 내 이야기 하기가 그리 쉽지 않다
는 것이 짚이면서부터 그 눈길마저 정처를 찾지 못하고 갈
팡거렸다.

특히 정치판 정치꾼들의 이야기에 열을 올리던 사람들
도 막상 남의 얘기가 아닌 자기 이야기를 할 때는 이야기의
갈피를 놓쳐 허둥대기 일쑤였다. 법무사 박까지 자기 이야
기에는 어어, 말을 더듬으며 긴장하는 기색이 역력했다.

"어어, 다들 알다시피 내가 좀 말이 많잖아. 나 정치 혐
오증 환자라 그래. 정치하는 놈들 욕하고 싶어 환장한다니
까. 한마디로 다 나쁜 놈들이라 그거야. 처음부터 나쁜 놈
도 있지만 대부분 똑똑하고 괜찮은 인간이 정치판에 들어
서는 순간 모두 나쁜 놈이 되더라 그거지. 왜 나쁜 놈이냐,
나라 생각은 아예 없고 내 편이 아니면 모두 죽일 놈, 그런
싸움질이나 하니 그게 나쁜 놈 아니고 뭐여."

전상국 소설집

정치꾼 그 패거리들이 다 그렇다고 했다. 자기 선택만이 최선이고 정의라는 그 진영 논리야말로 사이비 종교 그 맹신자들과 하나도 다르지 않다는 것이다. 이게 옳다고 한번 믿으면 결코 바뀌지 않는 콕 막힌 고집, 그 집착이 그렇게 더럽고 무섭다는 이야기다.

법무사 박은 자신이 양비론자가 될 수밖에 없는 그 당위를 말하고 있었다. 자기 쪽을 선택하지 않는 양비론자를 적보다 더 나쁜 놈, 비겁한 기회주의자로 몰아세우는 이런 난세에서는 중도 중용으로 산다는 것도 쉽지 않다는 것.

그날 법무사 박의 말을 듣고 있던 전직 농협 조합장이 말꼬리를 잡았다.

"그래요, 요즘은 정말 뭐가 옳고 뭐가 그른 건지 도통 모르겠습디다. 지난번 총선 끝나고 친구 하나를 만났는데 다른 데로 이사를 가기 위해 집을 내놨다는 거야. 태어나 입때까지 살아온 이 도시에서 이사를 간다는 거에요. 자기가 좋아하지 않는 놈이 국회의원이 됐다고, 그놈한테 표를 던진 놈들이 사는 이곳에 더 이상 살기가 싫다는 겁니다. 이게 뭡니까? 어떻게 이럴 수가 있어요?"

전직 조합장의 이 말에 타이어 대리점을 하던 유 사장이 말을 받았다.

"그런 사람 많아. 내가 아는 사람 하나는 이번 선거에서 자기가 찍은 사람이 떨어졌다고 선거 끝나고 열흘씩이나 술을 퍼마시다가 결국 지금 뇌졸중으로 병원 신세를 지고 있다니까. 져서는 안 되는 내 편이 졌는데 어떻게 이 세상을 사느냐 그거예요."

이 대목에서 모두가 침묵. 따지고 보면 동갑내기 모임에 나오는 사람들도 성향이 극명하게 갈려 있어 자칫하면 종주먹질 대판 싸움이 벌어질 수 있다는 우려였다. 실제로 지난해 몇 사람이 태극기 집회와 조국 사태를 놓고 서로 왈가불가, 결국 회원 한 사람이 자리를 박차고 나간 불상사까지 있었던 것이다.

그때 그 일의 도화선이었던 법무사 박이 껴들었다.

"그려그려, 내 편이 져서는 안 되지. 문제는 내 편만이 무조건 옳다는 그놈의 신념, 불신과 증오의 그 철벽 요새라구."

이 대목에서 전직 국사 선생이 나섰다.

"불신, 증오 그거 당연한 거예요. 어제까지 가슴에 칼이 꽂혔던 사람이 오늘 칼을 손에 잡았으니 그럴 수밖에요. 가해와 피해, 뺏고 뺏기는 그 악순환이 우리 근대사 아닙니까. 뺏겼으니 부글부글, 이겼으니 에라, 이놈들, 이런 적대감으로 마치 독 오른 독사처럼 목을 빳빳이 세워 독기를 내뿜는 거라구요."

법무사 박이 다시 나섰다. 그 과녁이 신재호였다.

"신재호 교수님, 뭣 좀 하나 물어봅시다. 늘 침묵만 하고 계신데, 교수님은 도대체 어느 쪽이오? 이런 세상일수록 학자님들 그 현실 인식이 중요해서 그러는 거요."

그동안 별러오기라도 한 것일까. 법무사 박은 자기가 꺼낸 편 가르기 화두가 좀 이상한 방향으로 흐른다 싶었던지 느닷없이 엉뚱한 데다 불을 놓은 것이다. 신재호, 당신은 어느 쪽이냐, 그의 성향을 묻는 법무사 박의 말에 둘러앉은 동갑내기들이 아연 긴장할 수밖에. 전직 대학교수가, 그것도 그 어렵다는 우리나라 고전문학 중에서도 한시 연구를 했다는 학자가 모임에 나와 시종일관 입 한 번 열지 않고 묵묵히 앉았다가 그냥 일어선다는 그동안의 불편한 심기가 단번에 풀릴 것 같은 기대이기도 했다.

그러나 역시 신재호였다. 당신 어느 쪽이냔 법무사 박의 질문에 그가 망치를 든 것이다.

"법무사님은 내가 어느 쪽이었으면 좋겠습니까? 그 말씀을 하신 분의 현실 인식 좀 들어봅시다."

주저 없이 돌아온 이 말 한마디에 법무사 박이 두 손을 들었다.

"아이고, 신 교수님 죄송합니다. 나는 그냥 신 교수님이 하도 말씀을 안 하고 계셔서, 고견을 한번 듣고자 한 것이 그만 이런 결례를 하게 됐습니다."

그답지 않게 허둥거리는 법무사 박의 사과 발언, 그 틈을 비집고 이대수 총무가 나섰다.

"아, 마침 잘 됐습니다. 다음 우리 만남 때 말씀하실 분이 바로 신재호 교수님이시거든요. 그동안 못 하신 말씀 그때 하시라요. 신 교수님, 기대가 큽네다."

그러나 그날 그 자리에서 그 기대가 단칼에 무너졌다.

"아니요, 난 그런 거 하고 싶지 않소."

신재호의 대답이 결연했다. 그런 이야기를 할 생각도, 할 이야기도 없다고 했다. 그래도 꼭 해야 한다고 하면 그날 모임에 아예 나오지 않겠다는 선언까지 했다. 그때도 동갑내기 회원들은 신재호 교수를 모임에 끌어들인 나를 힐책하듯 쳐다봤던 것이다.

"나, 신재호요."

어느 날 팔 하나가 의수인 노인이 불쑥 내 앞에 나타나 초등학교 동창이라면서 명함 한 장을 내밀었다. 아무개 대학 명예교수 신재호. 66년 전 자운학교 5학년 때 같은 반이라고 했다. 나만호 선생님이 우리 담임이셨지요. 그때 5학년을 담임했던 우리 아버지 이름까지 말했다.

신재호가 나한테 자신의 존재를 알린 것은 그것이 처음은 아니었다. 딱 한 번, 내가 고향 마을 근처의 중학교 교감

전상국 소설집

으로 있을 때 나와 자운학교 동창이라고 자기 이름을 밝히면서 언제 한번 만나고 싶다는 안부성 전화였다. 몇십 년 만에 뜬금없이 걸려온 그의 전화 목소리를 듣는 순간 가슴이 덜컥했던 기억만은 분명하다. 그렇다고 그 시절 그 아이로 해서 딱히 마음에 찔릴 만한 그런 일이 생각났던 것도 아니다.

그때 전학을 온 아이는 몸이 온전치 못한 꾀죄죄한 모습과는 달리 그 눈빛이 또랑또랑했다. 그 도전적 눈빛 때문인가 아이들 모두가 그 아이를 왕따시키는 일에 기를 썼다. 사실은 신체장애가 있는 아이나 힘이 약한 여자아이들을 놀려대는 일이 그 시절 그 또래 아이들의 유일한 놀이였다. 약자에 대한 배려는커녕 상대의 힘이 약할수록 더 무참하게 쳐부수는, 그때 막 끝난 어른들의 그 무서운 전쟁판이 꼭 그랬다. 내 편이 아닌, 나쁜 놈들을 모두 쏴 죽이고 의기양양 낄낄거리는, 어른들의 그런 놀잇감이 바로 팔하나 없는 그 아이였던 것이다.

"지금도 그때 일이 생생해요. 선생님이 칠판에 백묵으로 점 하나를 딱 찍어놓고 이게 몇 도나고 물으셨지요."

시골 초등학교 5학년 교실, 선생님이 아이들에게 뭔가 가르치고 있는 장면이다. 그 선생님이 우리 아버지였다. 그래, 그런 일이 있었다. 칠판에 백묵으로 점 하나를 딱 찍어놓고 그게 몇 도냐고, 그렇게 선생님이 물었을 것이다.

"나는 그것이 1도라고 대답을 했지요. 그러자 선생님이 나를 교탁 앞으로 불러내『천자문』과『명심보감』까지 뗀 놈이 이것도 못 맞히느냐면서 빰을 때렸지요. 정확히 여섯 대. 정말 많이 아팠지요."

선생님, 아니 우리 아버지한테 빰을 맞은 그 숫자까지 정확히 기억하고 있었다. 자신은 지금까지도 선생님이 칠판에 찍은 그 점이 360도라던 그 말을 이해할 수 없다고 했다.

어쩌면 그때 아버지한테 가장 먼저 빰을 맞은 것은 나였을 것이다. 당신 아들을 먼저 불러내 때려야 다른 아이들을 때리는 것이 당당했을 것이니까. 내가 아버지, 아니 어른들이 약자를 지배하는 힘의 교활한 지혜 그 기미를 어슴푸레 눈치챘던 것도 아마 그 무렵이 아닐까 싶다.

그래, 아버지가 전학 온 아이를 반 아이들 앞에 세워놓고 소개할 때 하던 말도 어렴풋이 생각났다. 이 학생은 전쟁이 나기 전 3학년이었는데 전쟁 때 비행기 폭격으로 팔을 다쳐 그 치료를 하느라 그동안 학교를 못 다녔지만 아주 어릴 때부터 집에서 할아버지한테『천자문』은 물론『소학』에『계몽편』과『동몽선습』『격몽요결』『명심보감』까지 뗀 천재라고 했다. 선생님은 우리가 처음 듣는 책 이름을 줄줄이 늘어놓으며 이 학생이 비록 월반은 했지만 우리들보다 그 실력이 훨씬 낮다는 뜻의 말을 했을 것이다.

그러나 우리 반 담임인 아버지가 『명심보감』 등등의 책 이름을 줄줄이 나열한 것과는 아랑곳없이 우리들은 전학 온 아이의 왼쪽 팔이 들어 있지 않은, 축 늘어진 팔소매 빈 자락만 쳐다보고 있었다. 아이가 자기 자리를 찾아 들어갈 때 다리까지 절름거리자 몇 아이들이 킥킥 웃기까지 했다. 더구나 한학을 깊게 공부했어도 학교 공부를 2, 3년 건너 뛴 신재호의 성적은 영 신통치가 않았다. 그 때문인가 반 아이들은 전학 온 아이를 놀잇감으로 괴롭히는 일에 신바 람을 냈다.

그때 내가 신재호를 놀려대는 반 아이들 그 패거리들과 같은 편이 아니었던 것만은 분명하다. 내가 담임선생의 아 들이라고 아주 대놓고 나를 미워하는 아이가 그 패거리의 주동이었기 때문이다. 그렇다고 아이들의 놀림을 받는 그 아이가 가엾어 마음으로라도 그편이 됐던 그런 기억도 없 다. 분명한 것은 신재호를 괴롭히는 우리 반 아이들의 그 놀이를 뒤에서 훔쳐보던 그 짜릿한 즐거움만은 잊을 수가 없다.

방관자. 어느 날 돌연히 신재호가 내 눈앞에 나타났을 때 마음이 움찔했던 것도 그런 찔림 때문이었는지도 모른 다. 신재호가 66년 만에 나를 찾아와 불쑥 던진 한마디부터가 심상찮았다.

"나, 사실은 나 선생 만나려고 고향에 돌아왔지요."

신재호가 나를 처음 찾아와 한 말이다. 나를 만나려고 고향에 돌아왔다? 나를 만나러 오다니 그게 무슨 말이냐고 물어보지도 못했다.

내가 그를 곧장 우리들 동갑내기 모임에 끌어들인 것도 나를 만나려고 고향에 돌아왔다는 그 말에 대한 내 나름의 어떤 보상 심리였는지도 모른다.

신재호가 자기 이야기를 하는 날이 왔다. 할 이야기가 없다고, 그래도 꼭 해야 한다면 다음부터 모임에 아예 안 나오겠다고 선언까지 했던 신재호가 생각을 바꾼 일로 그 동안 모임에 잘 나오지 않던 사람까지 얼굴을 내밀었다. 돈과 명예를 제일로 생각하는 그렇고 그런 우리 동갑내기 들로서는 그동안 신재호가 보여온 그 어떤 것에도 아랑곳 하지 않는, 탈속의 그 의연함에 잔뜩 비위가 뒤틀려 있었던 것이다.

"나영수 교장이 저를 처음 이 모임에 소개할 때 잘못 말한 게 하나 있습니다."

신재호의 자기 이야기 하기, 첫 말문부터가 삐딱했다.

"제 팔 하나가 6·25때 비행기 폭격으로 이렇게 됐다고 했는데, 사실은 6·25가 아닌 1·4후퇴 때였고 이 팔도 비행기 폭격이 아닌, 쌕쌕이라고 하는 전투기 기총소사로 이렇게 된 것이지요."

호주기라고도 하는, 쌔앵 하고 갑자기 나타나는 그 전투기는 꼭 네 대씩 편대를 이뤄 나타나는데 그날은 세 대가 나타나 참 이상하다 생각하는 순간 공격을 받았다는 것이다. 1951년 8월 17일 오후 4시쯤이라고, 팔이 떨어져 나간 그 시간까지 정확히 짚었다.

"이 팔 하나 떨어져 나간 건 아무것도 아닙니다. 그날 제 조부모님과 여섯 살 된 내 여동생이 그 자리에서 모두 죽었으니까요."

그렇게 모두 죽는 마당에 자기 혼자 살아남았다면서 신재호는 장식 의수가 든 왼쪽 팔을 슬쩍 들어 보였다.

마을이 전후방을 잇는 작전상 주요 루트여서 1·4후퇴 때 중공군 주력 부대가 이곳을 통해 남쪽으로 내려갔다. 전투기가 네 대씩 편대를 이뤄 저공의 공격 대형으로 마을 하늘에 자주 나타난 것도 그 때문이었다. 그러나 그 난리 때 제트기가 실제로 마을을 공격한 것은 그날이 처음이었다. 다른 때는 중공군들이 흰 보자기를 머리에 쓰고 다니거나 낮에는 아예 길에 나서지 않고 마을 집집에 나눠 숨어 지내다가 날이 어두워서야 밖을 나다녔던 것이다. 그러자 마을 사람들은 쌕쌕이가 나타나도 별로 무서워하지 않고 그 비행기를 향해 손까지 흔들어 보였다. 머리에 흰 보자기를 써 위장을 한 중공군도 못 알아보면서 아예 흰옷을 입고 사는 마을 사람들을 공격할 리가 없다고 믿은 것이다.

투두두두. 아이는 그날 유달리 저공비행으로 나타난 쌕쌕이가 총을 쏜다고 생각하는 순간 몸 어딘가가 뜨끔하다는 느낌을 받았다. 그때 아이가 본 것은 떨어져 나간 자기 팔이 아닌 외양간 앞에서 작두로 여물을 썰던 할아버지가 풀썩 주저앉는 모습이었다. 쓰러진 것은 할아버지뿐이 아니었다. 아이가 밭에서 안겨준 여물 썰 옥수숫대를 안고 할아버지한테 가던 여동생이 인형처럼 땅에 나뒹굴며 피를 뿜어냈다. 할머니는 사랑방 댓돌 위에 쓰러져 있었다. 집 밖에 나와 있던 사람은 아이를 빼고 모두 그 자리에서 죽은 것이다.

전투기 공격이 끝난 뒤 이웃집 사람들이 달려와 보니 아이가 거의 다 부서진 팔목을 힘줄 하나에 매단 채 할아버지와 여동생의 주검을 내려다보며 멍청하게 서 있었다. 정신을 잃었던 아이가 다시 눈을 뜬 것은 다음 날 아침 이웃집 노인이 아이의 팔목에 걸린 힘줄을 도끼로 끊어내는 순간이었다.

전상국 소설집

태어나서 그런 고통은 처음이었다. 힘줄이 도끼로 끊기는, 전신이 오그라드는 그 아픔으로 다시 정신을 잃었다. 아이가 그렇게 정신을 잃자, 죽었다고 쓰러져 있는 아이 몸에 가마니까지 덮어놓았다. 아이가 다시 깨어난 것은 오빠 오빠, 하는 여동생의 목소리를 듣고서였다. 전날 죽은 여동생이 아이를 깨운 것이다.

"아니, 그런 엄청난 일이 벌어졌을 때 신 교수님 부모님 두 분은 어디 계셨던 겁네까?"

이대수 총무가 이야기의 막간에 추임새를 넣었다.

"아까도 말했지만 그날 제 조부모님이랑 동생이 죽은 건 1·4후퇴 즉 겨울 난리 땝니다. 우리 어머니가 돌아가신 건 그보다 1년 앞선 1950년 여름 난리가 난 그해 가을이었지요."

1950년 6월 파죽지세로 남진했던 인민군들이 유엔군 참전으로 그해 가을이 시작되면서 후퇴하기 시작했다. 많을 때는 20여 명, 그러나 보통은 주로 두서너 명의 인민군 패잔병들이 마을을 거쳐 북쪽으로 올라갔다. 그런 날은 산 속에 숨어 있던 반공산악대가 마을에 숨어들어 길목을 지키고 있다가 일을 벌였다. 한두 명씩 외떨어져 마을을 지

나가는 인민군 패잔병들을 습격하는 일이다. 패잔병들을 산 채로 잡아봐야 그 처리가 쉽지 않아 아예 현장에서 죽여 그 시체 위에 흙을 대충 덮었다. 읍내 내무서원들은 물론 마을 인민위원장 등 지방 빨갱이들 몇 사람도 반공산악대가 처치했다.

아무리 형세가 안 좋다 해도 그들이 그동안 별러온 반공산악대의 본거지인 악질 반동 마을을 그대로 둘 리가 없었다.

그날, 1950년 10월 2일, 2백 명 가까운 인민군 패잔병 대부대가 마을에 나타난 날이다. 퇴각 중의 인민군들은 그날 마을에 남아 있는 가축들을 깡그리 잡아먹으며 마을에서 하루를 묵었다. 그날 그 기세를 타 읍내 내무서원들과 지방 빨갱이들이 마을에 들어와 일을 벌인 것이다.

주로 노인들인, 마을에 남아 있던 남자들 서른두 명에 신재호 어머니를 비롯한 마을 부녀자 여섯 명 등 모두 서른여덟 명이 남이섬 위쪽에 있는 자라섬으로 끌려가 떼죽음을 당한 것이다.

"그날 어머니가 날 살렸습니다. 그 사람들이 집에 들이 닥칠 때 어머니가 나한테 도망가라는 눈짓을 했던 겁니다. 단숨에 집 뒤꼍 조밭까지 달려가 밭고랑에 납작 누워 마을 사람들의 악다구니 울음소릴 들었지요. 우리 마당에 마을 사람들을 잡아다 놓고 반동분자들을 내놓으라며 패댔던 것이지요. 아마 그때 반공산악대원들도 산속에서 그 비명 소릴 다 들었을 겁니다."

그때만 해도 두 팔이 멀쩡했던 아이가 자기 어머니를 비롯한 마을 사람 서른여덟 명이 자라섬에 끌려가 몽둥이와 쇠스랑으로 무참하게 학살당한 70년 전 그 사건의, 북한강 강변에 있는 영령비 그 내역을 또박또박 풀어놓고 있었다.

"아니 그럼, 그때 신 교수님 아버님은 어디 계셨다는 겁네까?"

이야기가 너무 비장하다 싶었던가 이대수 총무가 다시 베이스를 넣었다.

"그때 우리 아버진 산속에서 끌려가는 마을 사람들을 그냥 내려다보고만 있었겠지요."

"산속이라니, 그럼 부친도 그 반공산악대 대원이었습네까?"

그때 그 지역 사람들이라면 누구나 다 알고 있는 반공 산악대 이야기다. 남면 반공산악유격대. 6·25가 터지면서 곧장 산속에 들어가 경춘선 철길을 타고 내려가는 인민군 보급 부대를 기습하는 등 후방 교란작전을 벌이던 인근 몇 개 마을 사람들을 그렇게 불렀다.

"우리 아버지가 그 반공산악대 대장이었습니다."

아, 맞다. 그때 그 지역 인근에 살았던 나 역시 반공산악 대원들의 그 무용담에 빠지지 않고 나오던 신재호 아버지의 이름을 기억하고 있었다.

"어르신께선 전쟁 끝나고 얼마 안 돼 돌아가셨다는 얘길 들었는데……?"

내가 이야기의 갈피를 다잡고 나섰다. 그 난리 때 서면 반공산악대 대장이었던 신재호 아버지가 언젠가 자살을 했다는 이야기를 초등학교를 함께 다닌 어떤 동창한테서 얼핏 전해 들은 적이 있었다.

"그게 내가 중학교를 졸업하던 날인데, 1957년 3월 28일이지요. 졸업식이 끝나 졸업장과 군수님이 준 표창장을 들고 집에 오니 아버지가 집 뒤켠 대추나무에 목을 맸더라구요. 이 외팔로 대추나무를 베어낸 뒤에야 아버지 목에 걸린 그 밧줄을 풀 수 있었지요."

이 세상에 딱 하나 남은, 그것도 팔 하나가 없는 그 아들을 위해서라도 곁에 있어야 할 아버지가 이 세상을 떠난 사연이다.

"전쟁이 끝나 산에서 내려온 아버진 제정신이 아니었지요. 가족이 다 죽었는데 왜 안 그러겠어요. 게다가 반공

전상국 소설집

산악대 때문에 죄 없는 마을 사람들이 학살됐다는 말에 그 대장이었던 아버지 맘이 어떻겠어요. 매일 술에 취해 마을 사람들한테 행패를 부렸지요. 마을 사람들뿐 아니라 북쪽으로 도망간 지방 빨갱이들 가족을 일일이 찾아다니며 해코지를 하니 그때 관청으로선 우리 아버지가 큰 골칫덩이였을 겁니다. 그럴 때마다 내가 그 보호자로 경찰서에 불려가 다시는 잘못하지 않겠다는 각서를 쓰고 아버질 데려오곤 했지요."

원수, 원수를 갚아야 한다는, 오직 그 일념 하나로 세상과 맞서 싸웠을 아버지 이야기 그 대목에서 신재호가 말을 끊고 눈을 감았다. 눈을 뜨지 않은 채 그가 다시 말을 이었다.

"경찰서에서 풀려나 집으로 올 때였지요. 내가 아버지 손을 잡으려고 하니까 확 뿌리치며 욕을 퍼붓는 겁니다."

이 쌍놈의 새끼야, 내가 누굴 위해 싸웠는데, 우리 식구 그렇게 다 죽은 게 나 때문이라고? 내가 울 아버지 울 어머일 비행길 띄워 죽였냐? 마을 사람들 그렇게 죽을 때 즈 놈들은 나 몰라 꼬링지 빠지게 도밍쳤다가 맥아더 덕에 거우 살아난 것들이 산속에서 풀뿌리 뜯어 먹으며 나라 위해 싸운 나를 감방에 가둬? 이런 우라질, 나쁜 놈의 세상!

"……아버진 늘 화가 나 있었어요. 난 그렇게 무섭게 날

뛰는 아버지가 너무 싫었어요. 아버진 산에서 내려온 이후 나를 단 한 번도 맞바로 쳐다보지 않았지요. 내가 밥을 해 놔도 내가 보는 앞에서는 먹지 않았으니까요. 내가 자리를 떠야 조금 먹는 척 깨작거렸을 뿐이지요. 아버진 내가 중학교를 졸업할 때까지도 매일 술로 살았어요."

아버지가 술로 살았다는 신재호의 말에 거의 알코올중독 수준인 타이어 대리점 유 사장이 술잔을 든 채 히익 웃었다.

"그날, 아침부터 술에 취한 아버지한테 내가 말했지요. 오늘 내 졸업식인데 아버지가 안 왔음 좋겠다고, 오늘이 졸업식이라는 걸 그런 식으로 알렸던 겁니다. 아버진 그날 내 졸업식에 오는 대신 집 뒤꼍 대추나무에 목을 맨 것이지요."

신재호는 이대수가 따라주는 술잔을 들었다가 입에 대지 않고 그냥 내려놓았다.

"아버지가 할 수 있는 유일한 복수가 그거였겠지요. 다 죽이고 싶은데 그게 안 되니까 그게 분해서 죽었다는 것이지요."

문제는 아버지가 그렇게 죽으면서 아버지의 그 울분이 그대로 자기한테 옮겨붙었다는 것이다. 자기 아버지가 죽으면서 바란 것이 바로 그것이 아니었겠느냔 이야기.

"아버지가 죽이고 싶은 적이 모두 내 적이 된 것이지요. 누가 왜, 우리 할아버지 할머닐, 우리 어머닐, 내 동생을 죽였는지, 우리 아버지가 저 꼴로 죽은 건 누구 때문이냐, 그 원술 갚고 싶었다 그겁니다. 찾아서 다 죽이고 싶었지요. 세상천지 모두 적이고 어디에도 내 편이 하나도 없었다 그 얘깁니다. 혼자 밥을 먹다가도 숟가락을 집어 던지곤 했지요."

하나뿐인 손을 후들후들 떨면서 아버지의 목에서 밧줄을 풀던 그때의 그 아이가 우리들 앞에 있었다. 신재호는 자신이 평생 끌어안고 산 분노 조절 장애를 이겨내기 위해 참고 견딘 그 힘든 세월을 얘기하고 싶었을 것이다.

"많이들 궁금하셨을 겁니다. 사고무친, 그런 불구의 고아가 아직 죽지 않고 여기까지 어떻게 버텨왔는지. 게다가 생각만 해도 끔찍한 그 현장에 다시 돌아와 살다니."

이번에도 이대수가 모임의 총무 역할을 잊지 않았다.

"맞습네다. 그런 얘기 듣자고 이런 자리 만든 거 아닙네까. 물론 나 교장을 통해 대충 얘긴 들었지만 수구초심이라고, 고향이 얼마나 그리웠으면 이렇게 뒤늦세 귀향을 결심하셨겠습니까."

"나도 첨엔 아버지처럼 복수만 생각하고 살았는데 그게 쉽지 않았지요. 누가 왜, 속속들이 밝혀 그 원한을 풀어야 하는데 그 적들이 난공불락 너무 막강하다는 겁니다. 그 절망이 더 큰 분노로 뻗쳐올랐지요."

그런 세월, 그렇게 힘든 어느 날 그 진창길 어둠 속에서 빛을 만났다는 것.

"어느 날 문득 할아버지한테 들었던 말 하나가 생각난 것이지요. 『명심보감』에 있는, 비인불인 불인비인. 참고 견디지 못하면 그건 사람이 아니다……"

팔 하나가 없는 불구의 그런 천애 고아가 사람대접을 받고 살기 위해 매사를 참고 견딘 이야기다. 사람대접을 받는다는 것은 상대가 이쪽을 우러러본다는 것인데, 그런 일이 어디 쉬운 일이겠는가. 한마디로 남들의 그 업신여김으로부터 자신을 지켜낸, 그 인내의 세월을 이야기하고 싶었을 것이다.

"옛글에 고자낙지모, 즉 괴로움이 즐거움의 근본이라는 말이 있어요. 분노, 내 열등 그 열패감을 감추는 일을 즐기다 보니 화가 슬그머니 가라앉더라 그겁니다."

신재호는 귀향하기 두어 해 전 사별했다는 부인 이야기도 했다. 상처한 그 상실감이 아직도 가시지 않은 그런 목소리로 자신이 사람대접을 받기 위해 매사를 참고 견딜 수 있었던 것도 그 부인이 곁에 있어서 가능했다는 이야기를

　　　　　　　　　　　전상국 소설집

했다. 교회 성가대에서 아내를 만났다고 했다. 어머니가 6·25 때 전깃줄에 팔이 묶인 채 자라섬에서 쇠스랑에 찔려 죽었다는 이야기를 듣고 그네는 신재호와의 결혼을 결심했다고 한다. 그 후 두 사람은 50년 이상을 함께 살았다고.

"그런데 내가 그 천사를 죽인 겁니다."

아내를 잃은, 그 자책이었다. 신재호 부부가 함께 살면서 지킨 암묵적 규율이 하나 있었다. 남편인 신재호가 그걸 원했다. 자기가 불구가 된 전쟁 때 얘기기는 물론 그 난리 때 죽은 어머니 등 가족들 이야기를 일절 입에 올려서는 안 된다는 것. 특히 자신의 청소년기 그 불우한 신세를 개탄하며 세상 모두를 적으로 울분을 쏟아내던 그 치기의 짓거리는 생각만 해도 화가 폭발했다.

그 화병을 가장 두려워하는 것이 신재호의 아내였다. 무엇보다 느닷없이 일어나는 남편의 그 울화 발작증으로 해서 아이들의 눈치를 보고 사는 일이 많이 힘들었을 것이다. 아이들도 아버지가 싫어할 이야기는 아예 입 밖에 내지 않았다. 오래전 아버지가 어린 시절 겪었다는 전쟁 이야기며 그 선생 때 죽은 할아버지 할머니 이야기는 더더욱 피했다. 그리하여 가족 누구도 그 시절 이야기를 꺼내지 않는 것이 남편이 원하는 참고 견디는 가운데 얻을 수 있는 집안의 행복이라고 믿었다.

그 행복을 연출하던 아내가 육순이 지나면서 우울증 증세를 보이기 시작했다. 잠을 자다가 한번 깨면 날이 훤히 밝도록 잠을 자지 못했다. 잠이 들었다 하면 악몽으로 시달렸다. 잠을 자지 않는 상태에서도 누군가 자기를 지켜보고 있다는 등의 망상으로 벌벌 떨었다. 가족 누구와도 눈길을 맞추지 않으려고 하는, 사람 기피증이 정도를 넘었다.

신재호는 아내의 그 우울 장애가 집의 아이들로 해서 왔다고 믿었다. 아들과 딸이 어릴 때부터 좀 남다른 짓으로 눈길을 끌었다.

딸이 초등학교에 들어가기 전부터 팔 한쪽을 부자연스레 들고 다니는가 하면 걸을 때 가끔 다리를 절름거렸다. 팔다리에 전혀 이상이 없다는 걸 확인한 뒤에도 딸은 자기 아버지를 흉내 내는 듯한 그런 동작을 거듭했다. 그것이 자신도 의식하지 못하는 중에 일어나는 일이라는 것을 안 뒤부터 딸아이의 걸음걸이가 더욱 부자연스러웠다. 더 큰 문제는 여느 때 멀쩡하던 아이가 비행기 소리가 들리는 순간 외마디 소리를 내지르면서 입에 게거품을 물고 넘어지는 발작 증세였다.

하나 있는 아들이 더 문제였다. 어릴 때부터 유달리 별것 아닌 일에도 짜증을 많이 냈다. 고등학교에 다닐 때는 학과 선생님이 칠판에 쓴 글자 하나가 잘못돼도 그 지적을

전상국 소설집

하며 교장실까지 찾아가 그런 선생님한테 수업을 받기 싫다고 했다. 친구들하고도 잘 어울리지 못할 뿐더러 세상 돌아가는 일에 일일이 핏대를 세웠다. 아들은 대학 재학 시절 미 대사관 담을 두 번이나 넘었다. 대학 졸업 후 어렵게 얻은 직장에서 몇 달을 못 견디고 뛰쳐나왔다. 직장을 나올 때마다―다 죽여버릴 거다―라는 쪽지를 남겨 그 뒷수습이 쉽지 않았다.

"다 나 때문입니다. 아내가 오래 고생하다가 스스로 목숨을 끊은 것도 나한테 원인이 있다는 얘깁니다. 딸한테 나타나는 그 현상도 결국은 이 애비 유전자가 문제 아니겠습니까. 아들이야말로 내가 평생 폭발하지 못하고 산 그 울화를 제가 대신하고 있다는 생각입니다. 결국은 그동안 내가 참고 견딘 그 모두가 선업이 아니라 악업이었다는 것이지요."

동갑내기 모임의 활성화 그 덕목으로 자기 이야기 하기를 제안한 이대수 총무가 반전의 해피 엔딩을 쉽게 포기하지 않는 그런 얼굴로 신재호를 바라보고 있었다.

"솔직히 말씀드리지요. 시골에 내려온 건 제 딸내미 지병 때문입니다. 출가 그 나이가 넘어서도 애비처럼 걷고 비행기뿐 아니라 큰 자동차 엔진 소리에도 발작을 하니 이

걸 어쩝니까."

한동안 침묵. 뒤쪽에 앉았던 누군가, 고향 잘 왔어요—
했고, 그 말에 곁들여 서너 사람이 따악 딱 박수까지 쳤다.

"고향, 진짜 내 세상이지요. 고향에 내려오면서 크게 깨
달은 것이 있다는 말씀입니다. 그동안 내가 쌓은 가장 큰
악업이 나라를 적으로, 이제까지 단 한 번도 내 편이 돼준
적이 없지 않느냐는, 나라 원망하느라 정작 사랑하는 내
자식들 편이 돼주지 못한 그 죄를 비로소 알게 됐다는 것
이지요."

신재호가 말끝을 흐리며 내 쪽으로 눈길을 돌렸다. 무슨
이야기인가를 하고 싶다는 그런 표정이다.

이대수가 소주 한 병에 막걸리 두 병을 더 시켰다. 술 먹
는 사람이 많이 줄었지만 오늘 같은 날 술 먹고 싶다고 앞
에 놓인 물컵을 들었다 놨다 하는 사람들을 위한 배려였을
것이다.

"고향 생각이 날 때마다 가정 먼저 떠오른 것이 지금 여
기 있는 나 교장이었지요."

나는 아니다. 신재호와 달리 나는 초등학교 때 한 반이
었던 그 아이를 단 한 번도 따로 생각한 적이 없다. 어쩌다
생각이 났다 해도 그것은 팔 하나가 없는 데다 다리까지

전상국 소설집

절룩거리는 그 장애 아이를 놀려대는 반 아이들의 킬킬거리는 그 웃음소리 정도였다.

"어릴 때 학교에서 애들한테 놀림받는 게 정말 싫었어요. 병신이 된 것도 서러운데 야, 외팔이 병신, 병신아 팔 하나 주면 안 잡아먹지. 이 팔 하나를 마저 달라는 겁니다. 정말 잡아먹을 것처럼 애들이 무서웠어요."

외팔이 병신, 팔 하나 주면 안 잡아먹지. 그래, 다시 생각해도 그때 내가 신재호를 놀려대는 그 아이들의 편이 돼 그 앞장을 서지 않았던 것만은 분명하다. 그렇다고 아이들한테 놀림을 받는 그 아이로 해서 내 마음이 딱히 편치 않았던 그런 기억도 없다.

내가 나 교장 만나고 싶어 이렇게 고향에 돌아온 거 아니겠소. 신재호가 나를 처음 찾아와 한 말도 그랬지만 오늘 자신의 기구 험난한 그 이야기를 하는 중에도 그 눈길은 줄기차게 나를 떠나지 않고 있었다.

아니나 다를까, 신재호의 눈길이 내 눈에 딱 맞춰졌다.

"나 교장도 기억날 거요. 학교 뒤쪽에 있던 큰 느티나무 고목 말이오. 내가 아이들 놀림을 피해 그 느티나무 밑에서 울고 있는데 내 뒤에 누가 서 있더라니까. 우리 담임선생님 아들인 나영수였다 그겁니다. 그때 영수가 내 어깨를 한번 툭 치면서 이러는 겁니다. 야, 나 같으면 다 죽여버릴 거다!"

　신재호는 아이들 때의 목소리 그 억양으로 내가 했다는 말을 되뇌었다. 야, 나 같으면 다 죽여버릴 거다!

　"나 교장이 그때 나한테 무슨 말을 했는지 생각날 리가 없지요. 그러나 나는 그 말을 평생 잊을 수가 없었지요. 잊을 수가 없는 게 아니라 오늘 내가 여기 있는 것도 그 말 때문이란 얘길 하고 싶은 거요. 다 죽여버려라, 그 말을 듣는 순간 아, 얘는 내 편이구나, 그런 생각이 들었다 그겁니다. 너를 놀리는 나쁜 놈들은 다 죽여버려도 된다는, 다른 애도 아닌 선생님 아드님 나영수가 나한테 한 그 말을 내가 어찌 잊을 수 있겠소."

　신재호가 내가 앉아 있는 자리까지 다가와 하나밖에 없는 손을 내밀었다. 내가 몸을 일으키며 그의 손을 맞잡자 둘러앉은 동갑내기들이 박수를 쳤다. 그가 다시 입을 열었다.

　"그런데 문제는, 말이란 게 참 요상해서 듣고 싶은 대로 듣는다고 하잖습니까. 그때 나영수가 나한테 한, 나 같으면 다 죽여버릴 거란 그 말을 내가 잘못 들은 것이 아닌가 싶은 생각이 든 것이지요. 중학교 졸업식을 끝내고 집에

　　　　　　　　　　　전상국 소설집

돌아와 대추나무에 목을 매 죽은 아버지 목에서 밧줄을 풀 때도 그 생각이 났지요. 나 같으면 그 새끼들 다 죽여버릴 거란, 그 말이 너 같은 놈 살아서 뭣하냐, 차라리 칵 죽어버리란 그런 거 아니었는가 하는. 우리 아버지가 그렇게 죽은 거였으니까요."

누군가 신재호 앞에 놓인 빈 술잔에 술을 따랐고 그가 그 술잔을 들었다. 높아진 목소리 때문인가 술잔을 든 그의 손이 조금 떨고 있었다.

"죽어버려라, 그래 그거였을 거야, 나영수가 내 편일 리가 없지, 칵 죽어버리라고, 울고 있는 병신 새끼한테 한 방 먹인 건데 그걸 내가 잘못 들었던 거야. 그런 생각을 하면서 문득 정신을 차려보니 아버지 목에 걸렸던 밧줄이 내목에 걸려 있더라구요. 그렇게 화가 났던 것이지요."

그가 손에 들었던 술잔을 입에 대지 않은 채 상에 내려놓을 때까지도 그의 손은 떨고 있었다.

"죽여라, 죽어라 평생 끌어안고 산 내 인생 시그널이 그거였지요. 그런데, 그게 너무 억울하고 힘들었어요. 죽이는 일도 내가 죽는 것도 그 모두가 쉽지 않았다는 얘깁니다."

신재호가 술잔을 비운 뒤 나한테 잔을 내밀면서 말을 이었다.

"죽이고 죽는 그런 무서운 세상과는 무관한 다른 세계

를 찾은 것이지요. 어릴 때 할아버지 앞에서 읽던 『천자문』 그 귀동냥이 밑천이 된 것일까, 옛날 선비들이 남긴 한시에 빠지게 됐다는 겁니다. 음풍농월, 그 흥취 뒷맛이 장난이 아니더라구요. 짧은 시구 속에 인간 세상 온갖 미움과 슬픔이 다 녹아 있더라 그거지요. 그렇게 옛사람들 옛 글에 깊이 빠지다 보니 그 즐거움을 팔아먹는 직업까지 갖게 됐던 것이지요."

신재호는 고전문학 중에서도 우리나라 옛 한시를 전공해 그것을 강단에서 풀어내는 교수의 길을 걷게 된 과정을 간단하게 이야기하고 나서야 내 잔에 술을 따랐다.

"나 교장, 나 이거 하나만 물어봅시다. 내가 이 응어리 하나는 풀어야 한다는 생각으로 오늘 이 자리에 왔다는 거 아닙니까. ㅎㅎ."

이야기를 하는 동안 내내 굳어 보이던 신재호의 얼굴 표정이 바뀌었다. 웃음. 엊그제 집에서 바라보던 저녁노을 그 느낌이다. 아름답지 않은 빛깔이 어디 있을까. 그러나 그 검붉은 저녁 노을은 뭔가 절절히 부르짖는 듯한 그런 애절함으로 들끓고 있었다. 신재호의 웃음이 그랬다.

"옛날 우리가 다니던 학교를 찾아갔지요. 폐교가 되긴 했어도 그 느티나무는 아직 거기 있습디다. 그 나무는 알고 있을 거 같아 물어보았지요. 그때 나영수가 울고 있는 내 등을 두드리며 했던 말, 그게 어떤 거였는지 알고 싶다고."

ㅎㅎ. 신재호가 다시 낮은 소리로 웃었다.

"느티나무가 그럽디다. 나영수가 그때 분명 내 편이었다고."

그가 짐짓 다그치듯 물었다.

"지금도 내 편, 그거 맞소?"

조롱골
우리 집 여인들

산짐승 출입을 막기 위해 둘러친 철망 울타리에 한삼덩굴이 무섭게 뒤덮였다. 울타리 안쪽 텃밭도 어디랄 것 없이 잡초가 우거져 두어 달 병원을 들락이느라 따 먹지 못한 옥수숫대가 아니었으면 영락없이 수십 년 사람 손길이 가지 않은 묵밭 꼴이다. 쇠뜨기에 바랭이며 닭의장풀 등이 엉클어진 잡초 덤불 위로 삐죽삐죽 높이 자란 개망초며 까마중은 제 나름의 꽃을 뽐낸 뒤 어느새 씨까지 안았다. 보이는 족족 긁고 자르고 뽑고 급기야 제초제를 치거나 비닐이며 부직포를 깔아도 잡초의 악다구니 번식은 당할 재간이 없다. 서식 환경이 척박할수록 맨살 드러내기를 싫어하는 흙이 수만 년 품고 있던 독종 풀씨를 내보내 땅거죽을 뒤덮는다. 이쯤 되면 풀이 풀로, 흙이 그냥 흙으로 보이지 않는다.

"언니야, 이 잡초, 꼭 우리 신세 같지 않아?"

부평댁이 잡초를 뽑고 있는 정을 향해 한 말이다. 어떤 게 잡초야요? 잡초를 어떤 풀 이름 정도로 알 정도로 자연에 대해 생판 모르는 부평댁은 잡초가 사람들한테 천대받는 풀 이름을 뭉뚱그린 말이라는 것을 알고 나서 덥석 그 잡초를 조롱골 우리 집 식구들 신세에 빗댄 것이다. 저리 예쁜 꽃을 피우고도 꽃이 열매도 맺기 전 뽑히는 잡초가 가엽다는 뜻이다.

부평댁은 우울 장애 특유의 자기 비하가 심했다. 조롱골 우리 집에 들어와 함께 사는 동안 스스로 목숨을 끊기 위해 여러 번 일을 벌였다. 산에 오르기를 싫어해 우리 집 식구들이 공작산에 오를 때마다 집에 혼자 남아 있다가 심술 부리듯 일을 저질렀다. 우리 집 식구들이 산행을 끝내고 집에 거의 도착할 즈음에 맞춰 농약 병을 입에 댄 적도 있다. 위세척으로 겨우 살아나서는 고작 한다는 말이 왜 이렇게 산에서 늦게 내려왔느냐고 앙탈을 부렸다. 이처럼 부평댁은 혼자 있는 걸 못 견뎠다.

그날은 어쩌자고 자기도 산에 오르겠다고 앞장을 섰던 부평댁이 더는 못 오르겠다며 8부 능선쯤의 너럭바위에

전상국 소설집

주저앉았다. 혼자 두고 가기가 뭣해 정이 부평댁 곁에 남아 일행이 산 정상까지 갔다가 되돌아올 때까지 기다리기로 했다.

"저 언니가 아까 나한테 그러데, 오늘 거기서 죽을 거라고."

두 사람을 뒤에 남겨둔 채 산을 오르던 중 로즈 박이 불쑥 던진 말에 우리 집 식구들이 혼겁해 허겁지겁 되돌아왔을 때는 이미 부평댁이 너럭바위 절벽 아래로 몸을 던진 뒤였다.

부평댁이 그렇게 죽으면서 조롱골 우리 집 식구들 모두가 넋을 잃었다. 평소에도 부평댁의 그 우울 장애가 남의 일 같지 않았지만 막상 일을 당하고 보니 그게 바로 그동안 애써 다독여 감추고 산 자신들의 모습과 다르지 않다는 생각이었다.

누구보다 충격이 큰 사람은 정이었다. 오래전 모든 것을 정리해 조롱골에 우리 집을 짓고 처지가 비슷한 사람들을 불러들여 동병상련 서로 보듬으며 사는 일을 여년의 복으로 알던 정으로서는 그야말로 망연자실이었다. 특히 그날 부평댁을 혼자 두고 갈 수가 없어 뒤에 남았다가 풀숲에서 잔대 싹 하나를 꺾느라 잠깐 눈을 판 사이에 벌어진 일이라 자책감이 클 수밖에 없었다.

정이 며칠 뒤 가슴에 통증을 호소하며 쓰러진 것도 부평댁 일과 무관치 않았을 것이다. 다행히 스텐트 시술 등 비교적 가벼운 치료로 쉬 회복되긴 했어도 놀란 마음 달래기가 쉽지 않았다.

부평댁이 너럭바위 절벽에서 몸을 던진 지 얼마 되지 않아 로즈 박도 조롱골 우리 집을 떠났다. 치매 환자를 전문으로 하는 요양원으로 들어간 것이다. 로즈 박은 평소 자기 스스로 치매에 걸렸다고 했다. 그것은 자신이 함께 사는 우리 집 식구들 이름조차 제대로 기억하지 못하는, 같이 사는 사람들에 대한 무례를 감추기 위한 나름의 처신이었는지도 모른다. 그러나 그네의 기억력은 남달랐다. 특히 남들에게 내보이기 싫은 자기 부끄러운 데를 거침없이 까발리는 그 기억만은 정말 놀라웠다.

"시발, 난 어릴 때부터 친구가 없었다니까. 내 편이 하나도 없었다 그거예요."

로즈 박은 조롱골 우리 집에 오던 날 자신이 유흥가에 발을 들여놓게 된 계기부터 숨김없이 발가벗겼다.

─열여섯 살 초경이 있던 그해 봄 작은아버지한테 몸을 바친다. 폐병을 앓던 작은아버지가 어린 처녀와 잠자리를 하면 병이 낫는다는 말에 팬티를 내렸다. 작은아버지는 엄마를 버리고 새엄마와 사는 아버지와 달리 아이한테

전상국 소설집

사랑을 주는 유일한 가족이었다. 그러나 작은아버지는 아이가 옷 벗기를 거부하면 아버지보다 더 무서운 얼굴로 바뀌었다. 아버지를 찾아가 작은아버지한테 당했다는 얘기를 하자 이년이 미쳤다면서 우라지게 팼다. 이번에는 아버지와 갈라져 혼자 사는 친엄마를 찾아가 작은아버지 이야기를 하자, 사내놈들은 다 짐승이라고 네년이 그 짐승한테 먼저 꼬리를 쳤기 때문이라며 이왕 그렇게 된 거 그 짐승한테 겁을 줘 돈이나 뜯어내자고 했다. 친엄마를 따라 읍내 지서를 찾아가자 지서 순경들이 와하하 웃으며, 야, 느 작은아버지 경찰관이었잖느냐, 대한민국 경찰관이 그런 짓을 할 리가 있느냐며, 그렇게 생거짓말을 하면 큰 벌을 받는다고 된통 겁을 줬다. 그러자 친엄마가, 너 정말 거짓말하는 거 아니지? 하고 따져 물었다. 작은아버지한테 직접 물어보면 알 거 아니냐고 하자 친엄마가 작은아버지한테 칼을 들고 따지러 갔다가 드잡이를 벌이는 통에 넘어져 뇌진탕으로 식물인간이 됐다. 학교 선생님을 찾아가 그간 일을 허겁지겁 일러바쳤더니 작은아버지가 어떤 방법으로 했는지 자세하게 얘기하라고 했다. 어떻게 몇 번 했느냐고 꼬치꼬치 따져 물었다. 네가 거짓말을 하면 선생님이 많이 화난다고 했다. 너 저번 때 결석하고도 몸이 아파 안 나왔다고 거짓말했지 않느냐. 그렇게 선생님도 아이의 편이 아니었다. 아이는 처음부터 자신의 편이 아닌 아버지 돈을 훔쳐 서울 가는 기차에 올랐다. 서울역에서 밥 공짜로 먹여주고 잠자리까지 준다는, 확실하게 내 편인 아줌마를 만난 것이다.

있어도 없던, 그런 조롱골 우리 집에 심상찮은 바람이 일기 시작한 것도 로즈 박이 오면서부터다. 로즈박은 우리 집 식구 중 집안 허드렛일을 맡아 하면서 함께 사는 오십대 단동댁 다음으로 나이가 적었다. 나이뿐 아니라 생긴 모습이며 하는 행동거지부터가 미운 오리였다. 식구들 누구와도 마음이 맞지 않아 늘 티격태격했다. 죽은 부평댁과 그런대로 어울리긴 했지만, 툭하면 부평댁을 향해 그렇게 징징거릴 거면 칵 죽어버리라는 소리를 거침없이 했다. 그때 너럭바위 일로 현장에 온 경찰한테 자기가 부평댁을 죽게 했다는 자백 아닌 자백으로 일을 크게 덧들였던 것도 로즈 박이다.

로즈 박이 입에 달고 사는 로즈 다이아몬드 사건은 언제 들어도 웃긴다.

"정말 옷도 안 벗더라고요. 다 벗고 누워 있는 내 옆에 무릎을 꿇고 앉아 그냥 쿵쿵 울기만 했다 그거예요. 정말

전상국 소설집

이야, 눈물까지 찔찔 흘리더라니까. 더 웃기는 건……"

로즈 박. 원래 이름은 민자. 민자는 30년 전 자기 방에 들었던 젊디젊은 사내가 손가락에 끼워주고 갔다는 다이아몬드 반지를 내보였다. 그날부터 지금 이날까지 단 한 번도 손에서 그 반지를 뺀 적이 없다고. 처음엔 그것이 길거리에서 파는 싸구려 모조 반지라 여겨 곧바로 손가락에서 빼 던졌지만 그것이 진짜라는 것을 청량리역전 보옥당이란 상호의 금은방에서 확인한 뒤로는 장물아비로 몰릴 것을 겁내 청량리 경찰서에 신고까지 했다는 것. 민자를 버리고 로즈 박이란 이름으로 바꿔 살게 된, 믿기 어려운 그 사연을 풀어놓을 때 그네의 눈에는 다이아몬드 빛깔 눈물까지 반짝였다.

로즈 박 작사 작곡의 끝장 드라마는 조롱골에 남자 하나가 나타나는 일로 절정에 이른다. 부평댁이 너럭바위에서 뛰어내린 일을 취재한다며 유선달이란 사람이 SUV 검정색 차량을 몰고 조롱골에 나타난 것이다.

드라마의 반전 감동은 그날 유선달을 따라 조롱골을 나갔던 로즈 박이 외박을 하고 돌아오면서부터다.

"오 마이 갓! 이건 사랑의 기적이라구!"

〈사랑의 기적〉이란 EBS 티브이 특집 드라마가 방영될 때다. 30년 전 오팔팔 시절 박민자의 손가락에 다이아몬드

반지를 끼워주고 간 그 사람을 찾았다는 것이다. 유선달이
조롱골에 나타난 순간부터 느낌이 달랐다고 했다. 기적.
옷도 벗지 않고 옆에 무릎을 꿇고 앉자 콩콩 울던 그 얼굴,
방을 나가며 민자의 손가락에 다이아 반지를 끼워주던 젊
디젊은 그 사내를 다시 만난 것이다.

"그때처럼 울진 않았어. 그러나 옛날처럼 옷도 안 벗더
라니까. 밤새껏 얘기만 했다구요. 너무너무 재밌다고 자꾸
내 얘기만 하라는 거야."

유선달과의 하룻밤, 30년 전 그 기적의 재회. 히쭉 웃는
얼굴로 다이아몬드 반지를 내려다보는 그 얼굴이 바로 그
사람이었다는 것. 동쪽 명산에 들면 귀인을 만나리란 점쟁
이 말만 믿어 찾아 헤매기 수십여 년, 그때 그 사람 만나기
를 수백 번, 모두 나 아니라며 질색팔색 도망쳤지만 유선
달만은 단연 그게 아니었다는 것.

"자, 박 여사님, 그대로 좋습니다!"

유선달은 그 뒤 서너 번 더 조롱골 우리 집에 나타났다.
올 때마다 커다란 가방에서 디지털카메라를 꺼내 로즈 박
을 상대로 셔터를 눌러댔다. 사랑의 기적 그 주인공들을
보기 위해 밖에 나온 조롱골 우리 집 식구들한테 자기소개
도 잊지 않았다.

"유선달 기자입니다. 프리랜서고 사진작가입니다."

로즈 박이 달뜬 목소리로 유선달의 말에 토를 달았다.

"언니들 몰라서 그렇지, 우리 미스터 유 특종기사를 얻기 위해 유명한 신문사들이 줄을 섰다니까."

"저, 오늘은 기자가 아니라고 했잖습니까. 저번 조롱골에 처음 와 박 여사님을 뵙는 순간 '지는 해가 아름답다'란 요즘 제가 준비하고 있는 사진전 주제가 딱 떠오른 겁니다. 30년 전 여사님이 지금 손에 끼고 계신 다이아몬드 반지, 소설 같은 그 기막힌 사연을 저 노을 속에 서 계신 여사님의 아름다운 모습을 사진 예술로 보여드리려는 겁니다. 박 여사님, 지금 웃고 계시는 모습 너무 좋습니다. 자, 느티나무를 쳐다보십시오."

유선달은 저녁놀이 검붉게 타오르기 시작한 읍내 쪽 산줄기를 배경으로 로즈 박의 모습을 카메라에 담느라 바빴다. 화려했다. 로즈 박은 집에 있을 때나 외출할 때나 경우를 가리지 않고 옷 치장이나 화장에 신경을 썼다. 나이가 들수록 색깔 짙은 옷이 좋다며 야하게 차려 입고 입술도 발색 좋은 검정색 루즈를 발랐다. 숨넘어가는 그날까지 밋진 모습으로 황홀하게 살고 싶다고 했다.

유선달은 로즈 박이 카메라를 의식해 한껏 폼을 잡으면 대충 셔터 누르는 시늉만 하고 그네가 거의 무방비 상태의

순간을 노려 속사 촬영을 했다. 먼 거리를 가늠한 어느 각
도에서는 카메라 렌즈를 바삐 바꿔 끼웠다. 로즈 박의 손
가락에 낀 다이아몬드 반지가 저녁놀 빛에 번쩍 빛나는 장
면도 몇 번씩 다시 찍곤 했다.

"미스터 유, 울 언니들도 좀 찍으라니까."

로즈 박은 멀찍이 떨어진 자리에서 이쪽을 바라보고 있
는 우리 집 식구들을 향해 손을 흔들었다.

"박 여사님, 주인공은 한 사람이라는 거 아시지 않습니까."

유선달의 사진 찍기는 해가 꼴깍 넘어가 황혼이 될 때까
지 계속됐다.

"박 언니, 그 사람이 정말 30년 전 언니한테 그 반지를
줬다고 말했습네까?"

단동댁이다.

"미스터 유가 그랬어. 드라마의 재미는 보는 사람들이
만드는 거래. 그게 자기였다고 말해야 누가 그걸 믿겠느
냐, 진실은 사람들 상상 속에서 만들어진다 그런 거라니
까. 멋져, 정말 멋진 사람 아냐?"

"언닌 그렇게 멋진 사람들 무섭지 않습네까?"

묻는 단동댁 얼굴이 어둡다.

　　　　　　　　　전상국 소설집

로즈 박은 룰루랄라 신바람을 일으키며 요양원으로 들어가는 그 시간까지도 우리 집 식구들을 향해 자기 하고 싶은 말을 좌충우돌 마구잡이로 퍼부었다. 우리 집 식구들 모두가 그동안 애써 눙치고 산 가슴의 응어리를 겨냥한 것이다. 그때 정만 집에 있었더라도 하기 어려웠을 그런 말들이다.

"언니들 뭔 죄를 그렇게 많이 졌어? 왜 사시장철 고개도 못 쳐들구 살아? 가진 게 그것밖에 없어 그거 밑천으로 산 게 뭐가 그리 부끄럽냐 그 얘기예요. 미스터 유가 그러데. 옛날이나 지금이나 누군가 해야 할 일을 우리가 하고 산 것뿐이라 그거예요. 우리가 성 노예나 다름없었다, 그런 얘기라니까. 허긴 정 언니, 늙어 오갈 데 없는 우리 데려다 공짜로 먹여 살리는 일 아무나 하는 건 아니지, 그렇다고 여기서까지 옛날 그 바닥 포주 행세를 할 건 뭐냐 그 말이에요?"

부평댁이 너럭바위에서 떨어져 죽은 것도 정이 만든 감옥에서 벗어나는 하나의 길이었다고 했다.

"정 언니가 여기 조롱골에 이 집 짓고 우리 데려다 사는 그 꿍꿍이속이 문제라는 거예요. 그러면서 나더러 더 큰 피해를 입기 전에 여길 떠나야 남은 인생 멋지게 살 수 있다는 거예요. 박 여사, 나 보고 여사래 ㅋㅋ, 박 여사님의 인생 제2막, 파이팅, 그랬다니까. 오 마이 달링!"

정이 조롱골 우리 집을 며칠 비운 사이에 로즈 박이 장기 요양 인정 신청에 따른 방문 조사와 치매 등급 판정까지 받는 그런 공립 시설 입소를 위한 까다로운 모든 절차를 걸쳐 요양원에 들어갔다.

"그거 다 유선달인가 김선달인가 하는 그 작자 농간이랑께."

조롱골 우리 집 식구 중 나이가 가장 많은 임실댁이 최근 우리 집의 불상사 그 주범으로 유선달을 지목했다.

"박이 그러던데. 유선달이 그 요양원 원장하고 아주 잘 아는 사이라고."

일주일에 한 번 읍내 복지관에 나가 서예 공부를 하는 고성댁이다.

"잡것, 막상 가고 나니까 맘이 좀 그렇긴 허네유."

평소 로즈 박과 사이가 썩 좋지 않던 예천댁이다.

"아이고, 난 유선달인가 하는 그 사람 많이 무섭습네다."

단동댁은 유선달이 로즈 박을 만나기 위해 조롱골에 나타날 때마다 집 안에 숨어 얼굴을 내밀지 않던 사람이다. 오래전 탈북한 여동생을 찾아 중국 단동에서 온 단동댁은 열일곱 살에 탈북한 여동생이 서른 살이 되던 해 남쪽에서

전상국 소설집

스스로 목숨을 끊은 것을 확인한 뒤 사람 만나는 일을 두려워했다. 특히 탈북 여성들만을 찾아 인터뷰를 한다고 해 딱 한 번 만난 적이 있다는 그 유선달이 조롱골에 나타나면서부터 더욱 그랬다.

어서 오시게나.

텃밭의 무성한 잡초를 대충 뽑은 뒤 땀을 들일 요량으로 도랑가 느티나무 밑으로 들어서자 느티나무가 정을 반긴다. 반긴다, 그런 느낌으로 정도 나무를 바라본다. 조롱골에 터 잡아 살면서 가장 값지게 얻은 것이 조롱골 일대에서 가장 나이가 많은 그 느티나무와 마음을 틀 수 있었다는 것이다.

정 언니한텐 저 나무가 하느님이라니까.

조롱골 우리 집 식구들이 늘 하는 말이다. 그 느티나무가 좋아 이곳에 터 잡아 우리 집을 짓게 됐다는 정의 말을 잊지 않고 있었던 것이다.

그 느티나무를 만나는 순간 그 곁에서 살고 싶다는 생각을 했다. IMF 경제 위기가 온 90년대 말 일디를 잃은 사람들이 기를 쓰고 찾아가는 곳이 산이었다. 산속에서 나이 많은 나무를 만나면 마음이 편했다. 숲의 나무가 분비한다는 살균성 냄새를 깊이 들이마시며 울화도 풀었다. 그 무렵의 정은 무슨 일이 있어도 일주일에 한 번씩 청량리역 광장에서 출발하는 산악회 버스에 올랐다.

어느 여름날 홍천 공작산 등반에 따라나섰다가 그 느티나무를 만났다. 어서 오시게. 장마로 하산 길이 산사태로 무너져 내려 새로이 찾아낸 그 코스가 바로 조롱골이었고 그 막바지 낡은 집 하나를 옹위하고 있는 네 아름이 넘는 늙은 느티나무가 눈에 번쩍 든 것이다.

초가지붕을 걷어내고 슬레이트를 얹은 전형적인 농가 한 채가 도랑을 끼고 서 있었고 그 집의 서향 쪽 도랑가에 그 느티나무가 서 있었다. 이런 깊은 산속에 집이 있다는 것도 그랬지만 마을 정자나무로 어울릴 위용의 고목이 산속에 있다는 것부터가 신기했다. 어디에서 어떤 나무를 보든 나이 많은 나무와의 만남은 호젓한 산길에서 불현듯 마주친 노승처럼 마음 저릿하다.

"5백 년도 더 됐을 거유."

증조부가 그 나무 곁에 집을 짓고 산 뒤 삼대째 조롱골에 혈혈단신으로 살고 있다는 집주인 노인의 말이다. 원래 이 지점에 암자가 하나 있었고 그 암자에 살던 보살이 수타사 앞마당 고목 느티나무 아래 씨가 떨어져 자란 어린 묘목을 하나 뽑아다가 심은 것이 이렇게 자랐다고 했다. 한때는 조롱골 아랫말 사람들이 그 느티나무 아래에서 산

신제를 지냈을 정도로 아직도 마을 수호목 역할을 하고 있었다.

"예가 그렇게 좋수?"

나무 아래 오래 머무는 정을 향한 집주인의 물음에 정이 대답했다.

"너무 좋아요."

"그리 좋으면 이 땅 사서 새 집 짓구 사시우."

마침 가세가 다한 이 골짜기를 떠날 참이라 했다. 두엇 있던 피붙이가 대처로 나간 뒤 오랜 세월 돌아오지 않고 있어 이제 그 자식들을 찾아 떠날 채비를 하고 있는 중이라며, 집 대지 50평과 느티나무가 있는 도랑가 밭과 임야까지 모두 합쳐 5백 평인데 읍내 땅 다섯 평 땅값이면 내놓겠다고 했다. 그날 느티나무 밑에서 집주인 노인과 선문답하듯 주고받은 말이 성사된 것이 우리 집이다.

조롱골 우리 집, 정은 오랫동안 꿈꾸던 집을 짓고 나서 함께 살 사람들을 들이는 일이 즐거웠다. 그 바닥에서 함께 부대끼며 살던 사람들이 이쪽에서 이야기도 꺼내기 전에 기다리고 있기라도 한 듯 찾아들었다. 모두 어릴 때 고향 집을 떠난 이후 평생 내 집을 갖지 못하고 산 사람들이었다. 내 고향 내 집이 있어도 그곳에 다시는 돌아갈 수 없는 사람들이 있었다. 임실댁과 고성댁은 우리 집이란 말이 마음에 들어 이곳에 온 거라고, 평생 내 집이 없이 떠돌며 산 그 세월을 얘기하며 울음을 터뜨리기도 했다. 그네들에게 조롱골 우리 집은 그네들이 가고 싶어도 갈 수 없는 고향 집, 그냥 그렇고 그런 처지의 사람들이 예닐곱 모여 두런두런 여생을 보내는 데가 조롱골 우리 집이다.

그러나 우리 집에 여럿이 사는 일이 생각보다 쉽진 않았다. 우리 집을 지을 때부터 마을 사람들이 외지인에 대한 경계의 눈으로 기웃거렸다. 처음엔 민박이나 펜션 등 숙박 시설을 짓는다고 생각해 아랫마을 식수원인 계곡물을 오염시켜서는 안 된다고 으름장을 놓았다. 집을 다 지어 나이 든 여자들이 모여 산다는 것을 안 뒤로는 아예 양로원이나 정신병 환자들을 수용하는 혐오 시설로 알고 갖가지 민원을 넣기도 했다. 나중에 그냥 의지할 데 없는 사람들이 몇몇 모여 산다는 것을 알고 나서도 별로 탐탁지 않은 눈길로 우리 집 식구들의 거동을 살폈다. 그런저런 것을 생각해 정을 비롯한 식구들 모두가 정식으로 전입신고도 했고 마을 노인회에 가입해 마을 복지 회관 출입을 하는 등 마을 사람들과 스스럼없이 지내면서 근래 우리 집에 대한 마을 사람들의 생각이 많이 바뀌었다.

정은 우리 집 식구 세 사람과 함께 요양원으로 로즈 박 면회를 갔다. 하루에도 수십 번씩 왜 면회를 안 오냐는 로즈 박의 투정 전화도 그렇지만 한번 만나 상의할 것이 있다는 요양원 측의 연락에 겸사겸사 나선 것이다.

"언니, 나 여기서 당장 나가고 싶다."

집에 가고 싶다고 했다. 싹 토라져 조롱골 우리 집을 떠날 때의 로즈 박이 아니었다. 자신이 기대했던 요양원 생활의 환상이 깨진 것이다. 로봇처럼 말도 표정도 없는 요양원 입소자들에 대한 불만은 물론 요양 보호사들의 내걸린 친절에 대한 비아냥, 돌아보니 버리고 온 조롱골 우리집이 그대로 천국이었다는 말을 울음 섞어 쏟아냈다.

"그럼 왜 여태 여기 있었어?"

평소 로즈 박과 사이가 좋지 않던 예천댁이다.

"보호자가 안 오는데 어떻게 여길 나가?"

"유선달인가 하는 그 사람 말이야?"

"그게 아니라니까. 정 언니가 내 보호자래."

정도 자신이 로즈 박의 보호자로 돼 있는 것을 요양원의 연락을 받고 알았다. 유선달이 로즈 박을 요양원에 입소시킬 때 한 일이다.

일의 까탈은 요양원 생활에 적응하지 못하는 로즈 박의 호호 깔깔 천방지축 그 주접떨기였다. 나 깔보면 안 된다고, 젊어서 가진 게 그것밖에 없어 몸 팔아 산 게 뭔 죄냐고, 요양 보호사들을 향해서도 당신들이 원생들 시중드는 그거나 뭔가 다르냐고 목소릴 높였다. 요양원 사람들은 로즈 박이 지난날 그렇고 그런 데 출신이라는 걸 누구나 다 환하게 알고 있었다. 지난 세월 그 판에서도 자기는 얼굴 좋고 몸 좋아 인기가 짱이었다는, 30년 전 다이아몬드 반지 그 사건 얘기까지도 모두 다 알고 있었다.

문제는 로즈 박의 연애병이었다. 요양원 사람들에게 30년 전 자기에게 다이아 반지를 끼워준 그 사람이 바로 유선달이라는 것을, 우리 집 식구들한테 그랬듯 다 까발리는 과정에 그네의 연애병이 드러난 것이다.

"시발 것들이 날 미친년 취급한다니까."

기적의 사랑 이야기에 놀라기는커녕 얼굴을 돌리는 요양원 사람들에 대한 불만이었다. 더 문제는 이 사람이 바로 그 기적의 주인공이라는 것을 증명해 보일 남자가 요양원에 단 한 번도 얼굴을 내밀지 않았던 것이다.

"질투라니까. 그리고 그 사람이 여기 요양원 오는 거 무서워서 그런다 그거예요."

원장은 물론이고 요양원 사람들 모두가 유선달이 찾아오는 것을 막고 있다고 했다. 언젠가 유선달이 입소자 학대 등 요양원 비리를 취재차 다녀간 적이 있어 그 문제로 유선달이 나타나는 것을 겁내고 있다는 것이다.

전상국 소설집

그러나 요양원 사람들의 말은 달랐다. 로즈 박이 하도 유선달이 면회 오기를 원해 전화를 여러 번 걸어도 연결이 안 된다고 했다. 로즈 박이 내미는 휴대폰에 찍힌 그 번호로 걸어도 없는 전화라는 안내 멘트만 나왔다.

"그분이 요양원 원장님과도 잘 아는 사이라는 말을 들은 것 같은데요."

정의 말에 요양원 사람들이 펄쩍 뛰었다. 로즈 박이 입소하기 오래전 지방신문의 객원 기자라는 사람이 요양원에 한번 찾아오긴 했어도 직원들과 만났을 뿐 원장과는 단한 번도 만난 일이 없는 전혀 모르는 사람이라고 했다.

그런 상황에서 얌전히 주저앉을 로즈 박이 아니었다. 기적의 사랑, 내 사랑을 당장 내놓으라고 난장을 치는 과정에 이상한 짓까지 벌인 것이다. 양로원 안에서 만나는 남자가 모두 내 사랑이었다. 치매로 말을 잃고 빌빌거리는 요양원 남자 입소자들 모두가 기적의 사랑 그 주인공이 된 것이다.

요양원 측에서 정을 만나 의논하자고 한 것도 그 일 때문이었다. 그 일이 더 심각한 방향으로 빌어진 것이다. 눈에 보이는 남자 입소자 모두가 기적의 사랑 그 주인공이었다가 며칠 전부터 단 한 사람만을 찍어 괴롭히기 시작한 것이다. 그 남자만 보면 곁에 붙어 만지고 핥고 그 집착이 무서웠다. 잠을 잘 시간이면 그 남자가 자는 방 앞에서 밤을 새운다고 했다. 그 일로 요양 보호사들은 물론 그 남자 입소자의 가족들까지 질색팔색 로즈 박을 스토커로 몰아 요양원 퇴소를 강력하게 원했다.

"집으로 갑시다."

요양원 사람들을 만나고 온 정이 로즈 박한테 집으로 가자고 했다. 그러나 당장 집에 가고 싶다던 로즈 박이 손을 홰홰 내저었다.

"언니, 나 그 사람 아니면 죽어."

엉뚱한 남자를 유선달로 찍어 괴롭히는 것도, 우리 집 식구들이 면회 오기를 기다린 것도 모두 유선달을 찾기 위한 로즈 박 나름의 전략이었던 것이다.

"나 집에 안 가. 그이 만나기 전에는 죽어두 여기서 안 떠날 거야."

정이 우리 집 식구들과 로즈 박을 면회하고 돌아온 바로 다음 날이다. 마을 이장이 조롱골 우리 집까지 올라와 타블로이드판 신문 한 부를 던져 놓고 씽하니 돌아선다.

산간벽지 조롱골에 숨어 사는 여인들

갱생의 힐링 캠프, 노년이 아름답다

　강원도 산골 조롱골에 여인들만 몰래 숨어 사는 금남의 집이 있다. 한때 성행하던 전국의 집창촌이 2004년 성매매 특별법으로 된서리를 맞은 뒤 여러 곳으로 흩어져 음성 성매매를 하던 여인들이 노년을 맞아 동병상련 지난날의 과오를 뉘우치며 오손도손 모여 살고 있다. 자칭 '조롱골 우리 집'은 17년 전 정 모(여, 70세) 씨가 사재로 지은 가옥으로 현재 일곱 명의 여성들이 공동생활을 하고 있는 요양원 내지 기도원 개념의 자활 갱생 시설로 운영되고 있다.

　한때 집창촌 관련 사업을 한 적이 있어 그 바닥 사람들의 힘들고 아팠던 과거를 누구보다 잘 안다는 설립자 정 모 씨는 이곳 강원도 산골이야말로 그들의 노후 생활에 적합한 장소라며 조롱골 우리 집 설립의 취지를 강조했다. 이들 우리 집 식구들은 당시 특별법 피해자들에게 지급해주던 생계비나 주거비마저 일절 거부한 채 나라에서 주는 기초생활수급비만으로 목숨을 겨우 이어 살아가고 있다고 한다.

　그러나 최근 우울증을 앓던 수용자 한 명이 산행 중 극단적 선택을 하는가 하면 우리 집 생활이 마치 감옥과 다르지 않다는 생각에서 스스로 우리 집을 떠나 요양원에 입소하는 사람이 생기는 등 조용하던 조롱골이 세간에 화제가 되고 있다.

이것은 강원도 산간벽지 조롱골이 최근 도시의 룸살롱이나 노래방, 안마 시술소는 물론 아파트 단지로까지 파고든 신종 성매매 장소나 다름없는 곳으로 전락할 수 있다는 인근 주민들의 우려 섞인 민원과도 무관하지 않다.

마을 이장 김남철(63세) 씨는 처음 조롱골 우리 집이 들어설 때 혐오 시설로 생각해 반대를 한 적이 있긴 하지만 지금까지 그곳에서 그런 불미스러운 일이 단 한 번도 없었다고, 그곳의 위장 성매매 사실을 강력히 부인했다.

그러나 조롱골 우리 집 인근에서 성매매 호객 행위를 하는 장면을 목격했다는 익명의 등산객도 만날 수 있는 등 청정 산골 마을이 퇴폐 지역으로 오염될 우려가 크다는 목소리가 높다. 마을 풍속은 물론 청소년 교육에도 좋지 않은 영향을 끼칠 이 문제에 대한 지자체의 단속이 시급하다는 의견도 없지 않다.

"내 이럴 줄 알았습네. 유선달 그 사람 이래 무섭습네."

단동댁이다.

"그 사람, 우리 동생 북에서 내려와 사는 게 힘들어 자살했다는 거 어디서 듣고 날 찾아왔지요. 내 동생 몸 팔다 그게 억울해 죽었다면서, 그런 사연 가진 탈북민들 얘기를 기사로 쓴다고 나를 찾아왔다 그 말입네다. 아니라 해도, 그렇게 써야 돈을 받아낼 수 있다고 하면서 나한테 돈 달라는 거야요. 정말 무서운 사람이야요."

단동댁의 말을 예천댁이 받았다.

"그려, 그 작자 농간에 박이 놀아난 거여."

조롱골 우리 집 이야기가 신문에 난 지 며칠 안 돼 로즈 박이 돌아왔다. 요양원 들어갈 때 타고 갔던 SUV 검은 차량을 타고 의기양양 우리 집으로 돌아온 것이다.

"제가 외국에 나가 있는 동안 박 여사님이 많이 힘드셨던 것 같습니다."

차에서 내리는 로즈 박을 부축하며 유선달이 말했다.

"그동안 박 여사님이 요양원에서 겪으신 일은 제가 알아서 처리할 생각입니다."

로즈 박이 껌을 짝짝 소리 내 씹으며 유선달의 목에 매달리듯 두 손으로 감싸 안는다.

"요양원에서 날 정신병자로 몰아 학내한 길 신문에 낸다는 거예요. 어떤 늙은이가 날 성폭행까지 했다니까요."

"원래 요양원에 문제가 좀 있습니다. 이번 박 여사님 일을 계기로 모든 게 세상에 다 알려지게 될 겁니다."

"미스터 유, 멋져! 아이 러브 유!"

로즈 박은 기적의 사랑, SUV 검은 차를 몰고 다시 나타난 유선달의 목에 팔을 감은 채 방방 뛴다.

"언니들, 기자님이 우리 집 언니들 얘기를 영화로 만든다는 거예요. 뭣 땜에 감추고 살아, 언니들이 숨기고 산, 기구 험난한 인생을 당당히 세상에 알리겠다 그거예요. 30년 전 이 다이아몬드 반지 얘기도 찍는대요. 기자님과 내가 그 영화 주인공이 된다니까요."

정은 아직도 로즈 박에게 끌어안긴 채 어색한 표정을 짓고 서 있는 유선달의 눈을 쳐다봤다. 그의 길쯤한 얼굴이 조롱골 우리 집 이야기 기사로 오버랩됐다. 정말 대단한 사람이라는 생각이다. 거기다 조롱골 우리 집 사람들 이야기로 영화까지 만들겠다…… 세상이, 아니 세상 사람이 싫어 조롱골에 들어온 17년 그 세월이 정의 머릿속으로 주마등처럼 흐른다.

산골짜기 녹음이 무색한, 여름 장마 끝 무더위다. 나뭇잎이 생기를 잃고 늘어졌다. 고목 느티나무 그늘도 제구실을 못 한다.

"긴히 말씀 드릴 게 있습니다."

요양원에서 돌아온 로즈 박이 사랑의 기적 얘기로 수선

을 피우다 용변이 급하다며 집 안으로 종종걸음 쳐 들어간 사이에 유선달이 정과의 단독 면담을 원한다.

참으시오. 정은 차양 치듯 여름 햇살을 가리고 서 있는 나이 많은 느티나무의 말을 듣는다. 그러나 지역신문에 실린 유선달의 그 기사를 생각하자 마음이 썩 편찮다.

정은 두어 사람, 곁에 남아 있는 우리 집 식구들에게 로즈 박이 집 밖으로 나오는 것을 막으라는 눈짓을 한 뒤 늙은 느티나무 밑 나무 의자에 앉는다.

"원장님, 박 여사님이 지금 정상이 아니라는 것은 알고 계십니까?"

유선달이 로즈 박을 이야기 한다. 로즈 박의 정신 상태가 심각하다는 것이다.

"아니요, 저 사람은 정상입니다. 치매도 아니었지요."

"본인이 치매가 있다고 해 검사까지 해서 요양원 가는 것을 도와줬을 뿐입니다. 문제는⋯⋯"

"박 여사 갈 데가 요양원이 아니라 정신병원이란 말씀을 하고 싶으신 것 같은데 다시 말하지만 박 여사는 지극히 정상입니다."

"원장님. 모든 게 정상이다, 여길 이런 식으로 운영해오셨기 때문에 이탈자들이 생긴다는 거 아셔야 합니다."

"나 원장 아닙니다. 여긴 그냥 갈 데 없는 사람들이 모여

사는 개인 집일 뿐이니까 우리 집 일에 더 이상 관심을 안 가져주었으면 합니다."

"원장님, 뭔가 오해하고 계신 것 같은데…… 원장님은 박 여사의 부적절한 감정 표현 등 망상 장애를 앓고 있다는 걸 정말 모르고 계시는 겁니까?"

"그쪽에서 그런 망상 현상을 이용하고 있다는 건 알고 있지요. 박 여사가 말하는 그 다이아 반지 일만 해도 그 사람한테 큰 죄를 짓고 있는 겁니다."

"아니지요. 박 여사의 환상을 깨고 싶지 않았을 뿐입니다. 중요한 것은 30년 전 그런 아름다운 일이 있었다는 그 진실 찾기에 있습니다. 박 여사가 찾는 그 사람이 누군가 하는 것은 중요하지 않다는 그런 얘깁니다."

"조롱골 우리 집 얘기, 그 기사도 그런 진실 찾기인가요?"

"중요한 건 팩트니까요."

"그때 거기 그 사람들이 조롱골 우리 집에 모여 사는 건 잘못이다, 그걸 얘기하고 싶은 겁니까?"

"저는 다만 전국 도시의 집장촌 성매매 문화가 이런 시골에까지 번져들고 있다는 그 심각성을 이야기하고 싶었을 뿐입니다."

유선달은 손수건을 꺼내 이마에 번질거리는 땀을 닦으면서 말을 이었다.

전상국 소설집

"세 살 버릇 여든까지 간다, 저는 그 말을 박 여사를 통해서 확인한 바 있습니다. 물론 제정신이 아니긴 했지만 박 여사는 분명 저한테 별로 좋지 않은 여러 면을 보여줬습니다. 원장님이 함께 사는 우리 집 식구들한테 그 점을 특별히 주의 주셨다는 얘기도 들었지요. 습관의 무서움을 얘기하신 거겠지요. 문제는 나이 먹어서까지 그 버릇에서 벗어나지 못하고 사는 사람들에 대한 사회적 관심이 필요하다는 것입니다. 제가 원장님을 존경하는 것도 그렇게 대책이 없는 사람들을 위한 헌신적 사랑을 보았기 때문입니다. 제 얘긴 우리 모두가 그 어둠 속 사람들을 무조건 배척 백안시할 것이 아니라 원장님처럼 따뜻하게 끌어안고 살아야 한다, 이것입니다. 원장님, 정말 존경합니다."

ㅎㅎ, 정은 훅훅 찌는 더위 속 나이 많은 느티나무의 짧은 웃음소리를 듣는다. 유선달의 말을 더 듣고 싶지도 더 하고 싶은 말도 없었다. 정이 느티나무 밑 벤치에서 몸을 일으키자 유선달이 황황히 앞을 막아선다.

"원장님, 정식으로 인사를 올리겠습니다. 삭가 유선달입니다."

뜬금없이 그가 정색을 하며 명함을 내민다. 그러고 보니 유선달과 몇 번 만나면서도 그의 신분을 확인하는 그런 인사 절차가 없었다는 생각이다.

작가 유선달. 건네 온 명함에 적혀 있는 것이 달랑 그것 뿐, 전화번호 같은 그런 연락처마저 없다.

"기자 아니신가요?"

"소설을 씁니다. 정확히 팩션 작가지요. 팩션, 곧 역사적 사실에 상상력을 보태 빚어내는 소설을 쓰고 있다 그 말입니다. 젊어 기자 생활할 때의 르포르타주 현장성에다 미적 가치를 우선하는 예술로서의 소설을 쓰고 있습니다."

유선달은 이쪽에서 별 반응이 없자 목소리에 더 힘을 넣었다.

"큰 작품 하나를 구상 중에 있지요. 조롱골, 여기가 작품의 주 배경이 될 것입니다."

ㅎㅎㅎㅎㅎ…… 정은 느티나무의 낮은 웃음소리를 듣는다.

"아까 박 여사가 말하던, 우리 집 사람들 이야기를 영화로 만든다는 그 얘기군요."

"우선 시나리오가 될 소설부터 써야 합니다. 이 작품이 저로서는 필생의 역작이니까요."

"그 역작에 우리 집 사람들 얘기 나오는 거 원치 않습니다."

전상국 소설집

"그렇게 말씀하실 일이 아니지요. 이미 박 여사도 동의했고, 그리고 제 얘기를 듣고 나시면 결국 다른 분들도 모두 좋아하실 겁니다."

"작가님, 나는 박 여사나 다른 사람이 그 역작인가 뭔가에 나오는 걸 정말 원치 않는다는 걸 분명히 하고 싶네요."

"원장님이 반대하시는 그 얘기도 제 소설에 나올 겁니다. 원장님이 이 소설의 주인공이시니까요. 주인공이 빠지면 안 되지요. 내 얘길 써서는 안 된다, 그렇게 말하는 주인공의 생각이 갈등 구조로 이야기 전개에 긴장감을 줄 것이 분명합니다."

…… 느티나무도 더위에 속수무책이다.

"그동안 제가 원장님에 대해서 좀 알아봤습니다. 박 여사를 통해서 들은 것도 있긴 하지만 원장님 왕년의 청량리 그 현장 답사도 많이 했지요. 원장님을 잘 안다는 사람도 몇 사람 만났구요. 제가 왜 원장님을 존경한다고 했겠습니까. 정말 존경합니다. 원장님은 이 시대의 여걸이십니다. 시대의 위대한 어머니, 어제와 오늘을 잇는 위대한 여성상이십니다."

……

ㅎㅎㅎㅎㅎㅎㅎ

정은 바람 한 점 없는 여름 한낮 느티나무의 울음 같은 웃음소리를 듣는다.

"원장님이 아주 젊을 때 수녀원에 계셨다는 얘기도 들었습니다. 명문 대학까지 다니다 중퇴한 엘리트라는 것도 알고 있습니다. 그랬기 때문에 그 바닥에서 가장 인기가 있었다는 것도요. 그리고 그렇게 모은 돈으로 청량리 오팔팔에 쪽방 여러 개를 가지고 그 사업을 크게 벌여 재산을 많이 모았다는 얘기도 들었습니다. 원장님이 살인 피의자로 몇 년간 교도소 생활을 했다는 것도 알고 있습니다. 그때 원장님이 깡패 하나를 칼로 찔러 죽였다는 얘기를, 그때 원장님 덕에 살아난 그 바닥 아가씨 가족한테서 들었다 그 얘깁니다. 그때 그 사건 신문 기사도 제가 가지고 있다는 거 아닙니까. 당시 원장님 구명운동에 앞장섰던 분이 지금 여기 조롱골 우리 집에 함께 살고 계시는 임실댁이라는 것도 저는 알고 있습니다. 이 기막힌 역사적 진실에 작가로서의 제 상상력 작동, 저는 지금 생각만으로도 가슴이 벅찹니다."

아무 것도 생각할 수가 없다. 몸마저 움직일 수가 없었다. 사연이 썩 안 좋은 꿈을 꾸고 있는 느낌이다. 비현실감.

전상국 소설집

정은 그제야 로즈 박과 단동댁이 곁에 서 있는 것을 본다.

"여자의 일생, 제가 쓰려는 장편소설의 제목입니다. 원장님도 학창 시절 읽으셨겠지만 19세기 프랑스 최고의 작가 모파상도 같은 제목의 소설을 남겼잖습니까. 원 제목이 「어떤 일생」. '작은 진실'이란 부제가 붙은 모파상의 이 소설은 잔느란 이름의 꿈 많은 17세 소녀가 수도원을 나와 결혼을 한 뒤 겪게 되는 온갖 좌절과 고통을 통해 새 희망을 찾아 나선다는 그런 이야기지요. 원장님, 지금 제 머릿속은 잔느의 그것보다 몇 배나 더 파란만장한 인생을 살아오신 원장님 생각으로 꽉 차 있습니다. 제가 쓰는 '여자의 일생'은 동족상잔의 비극인 한국전쟁을 서막으로 하여 6, 70년대 산업화, 도시화 과정의 경제성장 속 그 뒷골목을 배경으로 하게 될 겁니다. 제가 젊어 기자 생활을 할 때 가장 많이 취재를 갔던 데가 어딘 줄 아십니까? 그 시절 원장님의 사업장이기도 했던 청량리 오팔팔이었다 그겁니다. 정확히 전농동 588번지, 그곳의 직업여성들이 제 관심사였지요. 그 여자늘은 일제강점기 정신대로 끌려갔던 그분들이나 다름이 없는 시대의 희생자요 애국자다, 그 시대 젊은이들의 세상을 향한 불만과 그 울분을 몸으로 달래줬던 것은 물론 거기 찾아오던 70퍼센트 이상의 사람들이 일본인 등 외국 사람들이었으니까 그 여성들이야말로 우리 나라 관광산업의 역군이었다 그런 얘길 하고 싶은 것이지 요. 그 시절 붉은 불빛의 칸막이 유리 장 속에서 원장님이 판 싸구려 옷을 입고 다리를 꼬고 앉았던 그 아가씨들 사 진 찍은 것만 만 장이 넘습니다. 그 윤락촌이 철거되기까 지, 그리고 그곳이 사라진 뒤 그 많은 여자들이 여러 유흥 업소나 심지어는 아파트촌까지 숨어들어 은밀하게 영업 을 하는 장면들까지 낱낱이 모두 사진으로 남겼다는 거 아 닙니까. 정신애 여사님! 오늘 제가 말씀드리고자 하는 결 론은 제 소설 「여자의 일생」은 원장님뿐만 아니라 여기 조 롱골 우리 집 식구들이 사진과 함께 모두 실명으로 등장하 게 된다 그 얘깁니다."

　　"……!"

　덥다. 너무 더워서 그런가. 말을 하고 싶은데 할 말이 생 각나지 않는다.

　　"제 얘기 잘 안 듣고 계신 것 같아 다시 말씀드리는 건데 제 「여자의 일생」에는 지금 원장님 옆에 있는 단동댁도 등 장한다 그 말씀입니다. 월남한 뒤 그 바닥에서 몸을 팔다 가 극단적 선택을 할 수밖에 없었던 그 동생을 찾아 다시 월남한 단동댁, 이분들의 그 기막힌 이야기가 여자의 일생에 모두 나오게 될 거라 그 말씀입니다."

ㅎㅎㅎㅎㅎㅎ.

느티나무가 운다. 느낌도 생각도 없다. 머릿속이 하얗게 빈다.

"아니, 어떻게 이럴 수가 있어?"

로즈 박이다.

"아, 박 여사님, 갈 때 뵙고 가려고 했는데……"

"어떻게 이럴 수가 있느냐고요? 신문에 쓴 거 내가 다 봤다 그거예요."

"우와, 박 여사님은 화를 내는 것도 뷰티풀!"

"시발, 왜 약속을 깼냐고요? 왜 우리 사랑 얘긴 하나도 안 쓴 거야? 이 다이아 반지 얘기 쓴다고 하고선 왜 안 썼느냐 그거야."

"아, 그거! 내가 만드는 영화에 나온다고 했잖아요."

"시발, 영화고 나발이고, 지금 우리 언니들 그 신문 보고 얼마나 화가 나 있는 줄 알아. 내 얘기 듣구 순 후라이 뻥 공갈친 그 기사 놈 가만두지 않는다는 기야."

유선달이 정을 쳐다보며 여봐란듯이 설레설레 고개를 내젓는다.

미친 건 너야. 말을 하고 싶은데 말이 안 나온다.

"유선달 기자님, 이러시면 안 됩네다. 우리같이 힘없는 사람한테 이러면 안 된다 그거야요."

단동댁이다.

"이건 정말 아니야요. 우리 언니들 그렇게 막가는 인생 아니라 그 야기야요. 우리 박 언니한테도 그리 하는 게 아닙네다. 사람 약점 그렇게 이용하는 거 아니야요."

단동댁이 로즈 박 손에 든 휴대폰을 낚아채 유선달의 눈앞에 흔든다.

"이거 뭔지 압네까? 우리 박 언니 바보 아니야요. 유 기자님이 언니한테 한 소리, 한 짓 하나도 빼놓지 않고 다 녹음했다는 거 몰라요. 이거 들어보니까 유 기자님이 나 만나 내 동생 죽은 얘기 해달라면서 나한테 했던 짓 바로 그거와 똑같더라 그거야요."

"아이고, 그게 아니라니까. 단동댁……"

기겁해 나서는 로즈 박의 말을 단동댁이 막는다.

"그때 내 안 그랬습네까. 남쪽에 와보니 나쁜 사람들 참 많아 그게 무섭다고. 그거 그때 내 누구 들으라고 한 소리라는 거 몰랐습네?"

로즈 박이 울음을 터뜨린다. 아름이 장대한 늙은 느티나무둥치를 손바닥으로 치며 운다. 발악 같은 울음이다.

전상국 소설집

"아냐, 그건 아니라니까. 그냥 나한테 막 그랬다고 했지 내가 언제 그걸 녹음했다구 했냐고? 아이고, 나 어떡해, 아이고, 나 이제 어떻게 사느냐고?"

끄억끄억 숨넘어갈 듯 우는 로즈 박을 단동댁이 쥐어지르듯 얼러 껴안는다.

임실댁 등 집 안에 있던 남은 식구들까지 모두 뛰쳐나와 조롱골을 빠져나가는 SUV 검은 차량을 향해 퉤에 퉤, 침을 뱉는다.

굿

죽은 사람이 살아왔다. 67년 전 죽은 최용호가 부귀리 일대를 들쑤시고 다녔다. 마을에 몇 안 되는, 생전의 그를 기억하고 있는 사람이나 그런 사람이 부귀리에 살았다는 것조차 전혀 모르는 젊은 사람들도 꽤 여럿 그 사람을 만났다고 했다. 듣고 보니 마을 사람들은 죽은 최용호에 대해 이런저런 이야기를 캐묻고 다니는, 같은 이름을 가진 사람을 만난 것이 분명한데 막상 그를 만난 사람들의 말은 그게 아니었다. 자신이 분명 오래전 둔짓골에서 마을 사람들의 쇠스랑에 찔려 죽은 그 최용호가 맞다고 했다는 것이다. 그렇다면 정말 죽은 사람이 살아왔다? 이 무슨 변괴인가. 그 일로 해서 마을 전체가 술렁술렁, 금방 난리라도 터질 것처럼 뒤숭숭했다.

그런 생뚱맞은 상황에도 누군가 칠십대로 보이는 그 작자의 정체를 밝힐 요량에서 시골 사람 특유의 막말로 다그쳤던 모양이다.

당신 누구야, 그 난리 통에 죽은 최용호가 살아왔다고? 영화두 아니구, 죽은 놈이 어떻게 살아오느냐 그 말이야.

그 말을 기다리고 있었다는 듯이 그가 큰소리를 내질렀다.

어허, 그놈이 죽었다! 최용호 그놈이 죽었다는 걸 제대로 아는 자가 여기 있었구나. 그렇다면 어디 한번 들어보자. 그때 그놈이 왜 죽었는지, 죽어 어디에 어떻게 묻혔는지 그 얘길 한번 들어보자꾸나.

신들린 무당이 푸닥거리 굿판에서나 내지르는 그런 호령으로, 술주정뱅이 계정 부리듯 시비판을 벌인 것이다. 이 느닷없는 상황에 기겁한 것은 그 사람을 윽박지르던 마을 사람이다.

아이고, 어른, 제가 뭘 잘못 알고 그랬습니다. 전 그저……

난리가 나기 전 부귀리 장터에 그런 어른이 살았다는 것을 마을 사람들을 통해 전해 들었을 뿐, 자기로서는 그때 일에 대해 아는 게 전혀 없다고 굽실굽실 말꼬리를 사렸다는 얘기. 그래서일 것이다. 마을 사람들 중 꽤 여럿이 최용

전상국 소설집

호를 만난 모양인데 직접 만나 뭔 얘기를 나눴다고 내놓고 말하는 사람을 만나기가 쉽지 않았다. 만나긴 했어도 그 사람 행색이 하도 괴이쩍어 별 이야기를 나누지 않았다고 홰홰 손사래를 쳤다. 그러다 보니 최용호가 마을에 나타난 일로 해서 마을 사람 사이에 얼굴 붉히는 일까지 벌어졌다.

부귀리 장터 살았다는 최용호란 그 사람이 누구예요?

그런 사람이 있었어야.

오랜 세월 그 이름 자체를 금기시하다 보니 최 아무개 소리만 들어도 사람들 반응이 예민했다.

그런데 그 사람, 왜 죽었어요. 아니 왜 죽였대요?

나한테 왜 그걸 묻냐, 내가 죽인 것도 아닌데.

아저씨가 그 사건을 잘 알 거라고 하던데요?

누가, 어떤 개 죽일 놈이 그런 소릴 해?

아저씨두 그때 한청단원이었다구 그러던데요.

한청. 야, 그때 우리 마을 사람들은 그런 게 있는지두 몰랐어야. 난리 끝나구 안 건데 돌아가신 느 할아버지야말로 한청대원으루 그때 그 일에 앞장을 섰어야.

아니, 왜 돌아가신 어른을 그 일에 꿰맞추는 기예유. 기분 나쁘게.

뭐, 기분 나빠? 난 사실을 얘기하고 있는 거라구.

그게 뭐가 사실이에유, 씨발.

씨발? 이런 싸가지 없는 놈이……

나만 깜깜 몰랐을 뿐 최용호가 부귀리 일대에 나타나기
시작한 것은 꽤 오래전부터였던 모양이다. 내가 춘천에서
반곡리까지 백 리 길을 드나들며 집 짓는 일에 빠져 있던
때라 그럴 만도 했다.

얼마 전 둔짓골 옆 은장골 일대 임야를 서울 사람이 시
세에 웃도는 값으로 매입했다는 그 소문의 인물도 바로 그
사람이었다. 그가 땅을 매입해 개간하면서 부귀리 마을 발
전 기금으로 금일봉을 내놓을 때의 해프닝이 쉬쉬 입막음
으로 아직까지 잘 드러나지 않은 사실도 요즘 들어 알았
다. 최용호가 부귀리 마을회관으로 찾아가 마을 이장 앞에
내놓은 마을 발전 기금이 든 봉투에 적힌 기부자 이름 위
의 직함이 문제였다.

'(전) 부귀리 인민위원회 위원장 최용호.'

인민위원장, 그거 빨갱이 감투란 말이여!

마을 회관에 있던 노인들이 기겁을 하자 젊은 이장이 최
용호 앞에 그 봉투를 팽개치며 지금이 어떤 세상인데 이게
도대체 뭐 하자는 수작이냐, 당장 경찰서에 신고를 하겠다
고 으름장을 놓았다. 그러자 최용호가 돈만 달랑 빼낸 그
봉투를 착착 접어 자기 주머니에 넣으며 하는 말,

전상국 소설집

난 그저 최용호가 이렇게 살아왔다는 걸 알리고 싶었을 뿐이여.

그동안 그가 마을에 나타나 벌인 이런저런 작태로 해서 대부분의 사람들은 그를 제정신이 아닌 사람으로 치부했다. 그러나 그가 미친 사람이 아니라 무슨 사연으론가 일부러 광대 짓을 하고 다니는 것 같다고 얘기하는 사람들도 있었다. 하는 언동이 괴이쩍긴 해도 그동안 마을에 나타나 그가 벌이고 다닌 일들이 결코 심상치 않다는 것이다.

그 여름 난리 때 부귀리에 있었던 일이며 그 일에 가담한 사람들 이름을 하나하나 입에 올려 그 가닥을 짚어내는 품새가 결코 녹록지 않았다는 얘기다. 더구나 은장골 일대 임야를 매입한 뒤 그 땅을 손수 파헤쳐 일구는 과정을 가까이서 지켜본 마을 사람들은 정말 대단한 사람이라고, 특히 일 처리의 수완이 보통이 아니라고 입을 모았다.

문제는 그렇게 멀쩡하던 사람이 어느 순간 그냥 봐주기 힘든 광대 짓을 벌인다는 데 있었다. 누가 듣건 말건 이러쿵저러쿵 혼잣소릴 지껄이고 다니는가 하면 자기 말을 듣는 사람이 서너 명만 돼도 느닷없이 청승맞은 노랫가락을 펼친다는 것이다.

"꼭 소리꾼 행세를 하더라니까요. 어떤 땐 무당이 굿하는 것도 같고. 저번에 자작고개 밑에서 만났는데 어떤 사

람 얘길 또 그렇게 횡설수설 노랫가락으로 하더라구요. 된
잿말 정대수라고, 난리 때 북쪽으로 끌려간 군인이 있었다
면서요?"

정대수, 그 이름을 듣는 순간 나는 머리가 핑, 대낮에 뭔
악몽인가 싶어 전지하던 자두나무 가지를 그대로 놓아버
렸다. 최용호란 사람이 마을에 나타났다는 이야기를 처음
들었을 때도 그랬다. 내가 그 사람을 죽인 거나 다름없다.
아버지가 어느 날 나한테 뜬금없이 던진 그 말이 생각난
것이다. 아버지가 유언처럼 남긴, 그 고해의 말이 내 인생
을 짓눌렀다. 사실은 그때 아버지가 최용호란 사람의 이름
을 입에 올렸을 때 정작 내 머릿속을 친 것은 정대수였다.
그렇게 최용호나 정대수는 내 기억 속에 그 사람이 그 사
람이었다.

특히 정대수에 대한 기억이 각별했다. 정대수 꿈을 자
주 꿨다. 된재 돌배나무 고목 밑이다. 대한민국 국군 일등
병 정대수가 둘러선 아이들을 향해 쓰쓰돈 돈 쓰쓰 돈돈돈
쓰쓰…… 휴가 나온 통신병 정대수는 자기 집 앞 고목 돌
배나무 껍질을 손가락으로 두드려가며 무선통신 모스부
호를 아이들한테 가르쳤다. 쓰쓰돈, 쓰쓰돈…… 적군이 나
타났다. 적군이 나타났다! 그러면 아이들은 돈 쓰쓰, 돈돈,
알았다, 알았다! 하면서 황급히 돌배나무 뒤로 몸을 숨긴

다. 그럴 때 정대수 어머니가 뚱딴지나 옥시기 찐 주전부리를 들고 나왔다. 그 기억에 겹쳐 정대수가 손이 뒤로 묶인 채 인민군들에게 끌려가는 장면이다. 끌려가는 아들을 따라가며 정대수 어머니가 울부짖는 모습도 보인다. 악몽의 주 모티브다. 자작고개, 면사무소가 있는 도관리로 가기 위해 반드시 넘어야 하는 고갯길이다. 자작고개 비탈길로 끌려 올라가면서 정대수가 벗겨진 신발 뒤축을 세우려고 몇 번씩이나 주저앉는다. 더 이상 정대수가 보이지 않는다. 대수야, 대수야아, 맨발에 머리를 풀어헤친 대수 어머니가 보인다. 대수 언제 와유, 우리 대수 언제 와유? 길에서 만나는 사람마다 붙들고 대수가 언제 오느냐고 묻는다. 대수 어머니가 감두리천 용소를 내려다보면서도 대수 언제 오느냐고 묻는다. 용소 물이 빙빙 돈다. 대수 어머니 시신이 네 활개를 펴고 물속에서 휘돈다. 보인다. 아니, 아들 때문에 미친 여자가 용소에 빠져 죽었다는 이야기를 듣는다. 열 살 그 무렵의 기억이다. 대체로 그 나이의 기억이 그렇다. 직접 보고 겪은 것과 그렇지 않은 것이 뒤섞여 일으키는 기시감 혹은 모든 것이 실제의 것이라고 느끼고 믿는 일종의 기억 조작 같은. 악몽의 단골 레퍼토리가 대개 그랬다.

"최용호 그 사람이 그랬다니까요. 자작고개에서 정대수

유골을 자기가 수습했다고 말입니다.”

　마을 청년의 말이다. 자기도 어른들로부터 된잿말 정대
수라는 사람이 난리 때 북쪽으로 끌려갔다는 소리를 여러
번 들은 기억이 있어 그 사람 유골을 수습했다는 최용호란
사람한테 그 사실을 따져 물었던 모양이다.

　정대수 유골이라니, 그렇담 그 사람이 납북된 게 아니고
죽기라도 했다는 말입니까?

　마을 사람들은 된잿말 정대수가 군인 신분으로 납북되
었기 때문에 아직도 북쪽 땅 어디엔가 국군 포로로 살아
있을 것이라 믿고 있었던 것이다. 그 기대를 무너뜨린 것
이 최용호다.

　죽었어. 자작고개도 못 넘고 죽었어. 나 때문에 죽어 그
원혼이 황천에도 못 가고 구천에서 떠돌았다네.

　이쯤 되면 67년 전 죽은 최용호가 살아온 것이 분명하
다. 아니, 최용호를 사칭하고 다니는 그 사람이 했다는 말
을 믿기로 한다. 그러나 꿈인가, 혼란스럽다. 뒤죽박죽인,
내 어린 시절 기억 속의 그 일들이, 수시로 나를 괴롭혀온
불면의 그 악몽이 최용호란 사람의 출현과 함께 다시 도질
조짐이다. 쓰쓰단 단쓰쓰, 정대수 일등병이 벗겨진 신발
뒤축을 세우지 못한 채 주저앉는다. 총소리가 들린다. 가
을 하늘 위로 아득히 총소리가 울린다. 나는 눈을 뜬 채 꿈

을 꾼다.

"아니, 어디 편찮으세요?"

정대수가 죽었다는 소식을 전하던 마을 청년이 걱정스러운 얼굴로 나를 쳐다본다.

"정대수가 죽은 걸 그 사람이 어떻게 알았다는 거야?"

"저도 그게 궁금했는데, 그 사람이 느닷없이 자작고갤 쳐다보며 흥얼흥얼 뭔 소릴 하지 뭡니까. 첨엔 아리랑 곡조였다가 나중엔 뭔 창 같기도 하고……"

"……죽었도다 죽었어. 아리랑 아리랑 아라리요, 자작고개 넘다가 대수가 죽었구나. 내 친구 대수가 죽었다고 면에서 사람이 왔구나 왔어. 자작고개 자작자작 넘을 때 도망 도망, 죽기 살기 도망을 쳐 어쩔 수 없이 죽였다네, 죽였어, 내무서원 총에 맞아 죽었다네. 아니지, 그게 아니지. 내무서원 즈덜이 죽여놓고 도망가 죽였다고 그럴 수도 있어야. 난리, 난리 때가 아닌가. 이렇게 죽어두 죽은 거구, 저렇게 죽어두 죽은 거라네. 구렁텅에 처박힌 시체 위에 총 개머리판으로 흙을 대충 덮었으니 어서 가서 확인하라, 정말 죽었는가 알아보라 하였으니, 무서워, 가슴 벌벌 떨려 갈 수가 없었구나. 아리랑 아라리요, 그때 못 간 죄로 67년 만에 저기 저 자작고개 올라가서 여기 파고 저기 파길 보름 만에 찾았구나 찾았어, 대한민국 국방군 정대수 일등병, 뼈다귀 옆에 눈에 번쩍 172829 군번이 거기에 있었도다⋯⋯."

영락없이 소리꾼. 느리고 빠른 가락을 넘나들며 아리랑 곡조에 맞춰 정대수가 죽은 사연을 사설로 엮더란 얘기다. 그 사람이 노랫가락으로 했다는 그 얘기를 통해 나는 내 열 살 적 기억의 오류를 발견했다. 정대수를 잡아간 것이 인민군이 아닌 내무서원들이었다는 것. 최용호의 말이 맞다. 정대수가 잡혀갈 때만 해도 인민군들은 마을에 나타난 적이 없었다. 열 살 적 내 기억이 그랬다.

고향이란 게 원래 그랬다. 고향은 산천, 그 산천에 아직 머물러 사는 사람들 모두가 그동안 잃어버리고 산 기억의 재생 창고나 다름없다. 내가 60여 년 전 다니던 모교 교장으로 와서도 그랬고 교장을 끝내고 고향 마을 근처 반곡리에 집을 짓고 사는 그 하루하루 일상이 잃어버린 기억의 복원 놀이였다. 지금 부귀학교 전교생이 열한 명이라고? 야, 세상이 이렇게 바뀔 수가 있냐? 우리 다닐 때 3백 명 두 넘었잖아, 뭐, 375명이었다구? 뭐라구, 춘자가 죽었다고, 교실에서 공부할 때 몸에서 피 나온다고 울고불고 하던 개 춘자가 맞지? 걔가, 영춘이 아니고 춘자였나? 이렇게 나이 먹으면서 나날이 흐려지는 기억 추스르기가 바로 고향 생활이기도 했다.

문제는 이제까지 가뭇없던 어떤 기억이 불현듯 살아나는 일이다. 기억하고 싶지 않은 어떤 기억으로 해서 밤새 몸을 뒤채는 불면으로, 어쩌다 눈을 붙였다 싶으면 악몽으로 잠을 설쳤다. 솔직히 고향에 들어와 살기로 한 것도 그 수면 장애 요인인 기억하고 싶지 않은 기억과의 정면 승부 같은 것이었다. 그 기억이란 것이 대체로 장터, 탑둔지, 솔치재, 가막골, 된재, 자작고개, 복골, 은장골, 둔짓골, 감두리 등 고향 마을의 지명으로부터 왔다. 동시에 그 지명의 속성 묶음으로 사람 이름이 우줄우줄 떠오른다. 희대, 종구, 재신이, 최용호, 정대수…… 어린 시절에 각인된 이름들이다. 대수야아, 대수야아, 아들 이름을 부르며 마을 집집을 뒤지고 다니는 정대수 어머니의 산발한 머리칼이 보인다. 구덩이 속에 묻히는 인민군이 보인다. 빡빡머리 인민군의 징징 우는 소리도 들린다. 나, 집에 가야 해, 할머이가 나 죽으면 안 된대. 환시 환청이 아니다. 또렷이 보이고 분명하게 들린다. 이렇게 뒤죽박죽 떠오르는 기억으로 숨을 헐떡이면서 잠을 깬다.

꿈이니까 다행이지 그게 현실로 나타나면 조현병 초기 증상과 다르지 않다는 것이 신경과 의사의 말이다. 사실과 다르게 생각하거나 자신의 공상을 덧붙이기, 근거가 없는 일을 사실처럼 말하는 망상 현상. 어릴 때 머릿속에 깊이 박힌 기억은 대체로 시간이 흐름에 따라 쇠퇴하거나 명료성을 잃어가게 마련인데 그 기억의 흔적이 어느 순간 윤색까지 되어 더욱 또렷이 나타났다. 우울증 초기 증상일 수 있다는 진단이다.

치매 또한 다르지 않다고 했다. 오늘 일은 깜깜 잊은 채 오래전 각인된 그때의 일들이 당시보다 더 또렷이 살아나는 현상. 기억하는 기능과 망각하는 기능이 서로 맞추어 응하기, 즉 잊지 않아 득이 있다면 잊었기에 얻는 것이 있을 것인데 그 얻고 버림의 기능의 마비가 곧 치매라는 이야기다. 시간 개념의 무너짐이다. 아득히 사라졌던 옛 기억이 현재형으로 복원된다. 화장실 불 끄기를 깜깜 잊은 채 열 살 기억이 가을 단풍 빛깔처럼 선연하게 피어오를 때도 있다.

센베이 과자를 먹고 있다. 어쩌면 그것이 알사탕이었는지도 모른다. 종구도 함께 알사탕을 먹었다는 기억이다. 통신병 정대수가 끌려가는 것을 멀리 바라보면서도 쓰쓰돈, 쓰쓰돈…… 도망쳐라, 도망쳐라, 그렇게 입으로 모스부호를 소리내고 있었다는 기억이다.

불면, 그 악몽의 주범을 확인하기 위해 어릴 적 친구 종구를 찾은 적이 있었다. 그 시절 함께 한 그 기억 공유에 대한 은밀한 유대감 같은 것. 그러나 종구의 반응이 뜻밖이었다. 뭐, 쓰쓰단, 그게 뭔데? 된재에 같이 간 적은 있지만 정대수가 그런 놀이를 자기한테 가르쳐준 적이 없다고 잡아뗐다. 정대수를 알고 그가 여름 난리 때 납북 포로가 됐다는 사실은 알면서도 쓰쓰단단…… 정대수가 가르쳐준 모스부호놀이를 기억하지 못했다. 기억하지 못하는 것이 아니라 아예 그런 일이 없었다고 잡아뗐다. 그래, 정대수 어머니가 미쳐 죽은 거 나두 알아. 정대수 어머니가 용소에 몸을 던져 죽은 것은 알면서도 정대수가 끌려가며 벗겨진 신발 뒤축을 세우기 위해 몇 번씩 주저앉던 그 장면은 기억하지 못했다. 어떻게 이럴 수가 있는가. 더 정면으로 다그친다. 정대수가 된재 자기 집에 있다고 우리가 최용호한테 일러바친 그것두 모른다고 할 거야? 종구가 어이없다는 얼굴로 머리를 내저었다. 난 안 그랬는데. 그럼 너, 내친김에 인민군 이야기까지 내질렀다. 이것두 아니라구 할 거야? 왜갈봉에 인민군이 숨어 있다고 우리가 마을 어른들한테 이른 거. 그래서 그 인민군 잡아다가 산 채로 땅에 묻었잖아. 종구가 펄쩍 뛰었다. 자네 흭교 선생 하면서 거짓말도 가르치나? 내가 기억을 날조하고 있다는 것이다. 나는 할 말을 잃었다. 내 기억에 대한 의구심보다는 형언키 어려운 분노가 치밀었다. 아득한 절망감과 함께 어깨에

맥이 풀렸다. 사는 일이 싫었다. 세상 일이 다 개떡 같았다. 그런 저런 생각으로 몸을 뒤채다보면 날이 밝았다.

"형, 미안해요, 저 이번에 못 갈 것 같아요."

아버지 기일에 못 오겠다는 동생 정배의 전화다. 이번뿐이 아니라 정배는 늘 집안 대소사 때마다 별거 아닌 일로 계정을 부리는가 하면 바쁘다는 핑계로 아예 얼굴을 내밀지 않았다. 아버지와의 불화 그 앙금이 아버지가 돌아가신 지금까지도 가시지 않았다는 그 속내를 그런 식으로 드러내고 있는지도 모른다.

아버지가 팔십도 못 넘겨 돌아가신 것도 정배가 정치판에 뛰어들어 귀향리 땅을 다 날려버린 그 낙심과도 무관하지 않을 것이다. 아버지는 당신이 눈을 감기 전에는 조상 대대로 물려온 부귀리 땅만은 단 한 평도 남의 손에 넘어가서는 안 된다는 소신으로 사신 분이다. 난리 때 피난 나가 다시는 부귀리로 돌아오지 않은 아버지로선 고향에 대한 애정을 그 문전옥답 지키는 일로 대신했다고 볼 수도 있다. 귀향리의 그 땅이 경매로 넘어가 주인이 바뀌던 그해에 쓰러진 아버지는 그 일을 저지른 둘째 아들 얼굴 보기를 임종하는 그날까지 거부한 채 눈을 감았다.

정배가 정치판에 발을 들여놓으면서 그 꼴이 난 것이다.

전상국 소설집

아버지는 정치하는 사람들을 내놓고 싫어했다. 깜냥이 못
되는 것들이 작당을 해 당리당략, 그 편 가르기 싸움질을
하다 보니 나라가 이 꼴로 갈라져 시끄러울 수밖에 없다는
것이다. 정치가를 보기 어려운 정치판 정치꾼들에 대한 아
버지의 그 불만이 늘 작은아들한테 쏟아지곤 했다.

아버지는 생전에 이 세상을 평범한 인생으로 사는 것이
얼마나 어려운가를 얘기하곤 했다. 아버지가 평생 그렇게
살려고 노력한 그 평범한 인생에도 어떤 피치 못할 그늘이
있었음을 은연중에 드러낸 적이 있었다. 돌아가시기 몇 년
전 동행한 고향 선산에서였다.

선산에서 벌초를 끝내고 부귀리 동쪽 은장골이며 둔짓
골이 멀리 내려다보이는 능선을 넘을 때였다.

그 난리가 왜 났겠냐. 원래 같았던 것이 갈라지면 더 원
수가 되는 법이여. 머리에 식자 든 것들이 편을 갈라놓곤
저만 옳고 다른 건 나쁘다고 하는 데서 싸움이 생긴다 그
거지. 피해 보는 건 백성들이라 그 말이다. 너 어렸을 때 일
이라 잘 모를 테지만 최용호 그 사람도 피해자라 그런 얘
기다.

느닷없이 나온 그 얘기 끝에 아버지가 작심한 듯 말을
이었다.

너한테만 처음 하는 얘기다만 내가 그 사람을 죽인 거나

다름없다. 그 사람이 더 큰일을 저지르기 전에 없애야 한다고 내가 동네 사람들을 부추겼다 그 얘기여. 친구 죽이는 데 갈 수 있냐. 그래서 그날 둔짓골까진 안 갔지만 그 일로 해서 이 애비 마음고생이 좀 컸다.

그것이 처음이고 끝이었다. 멀리 둔짓골을 내려다보며 그 말을 자식한테 유언처럼 남긴 아버지는 그 몇 년 뒤 세상을 떠났다. 아버지가 남긴 그 말이 그동안 내 안에 고인 한 가지 의문을 푼 열쇠가 됐다. 겨울 난리 때 부귀리를 떠나 청주까지 피난을 간 뒤 수복이 되고도 문전옥답이 있는 고향에 돌아가지 않고 읍내에 머물러 사는 동안도 벌초 가는 일 외엔 부귀리에 일절 발길을 하지 않은 그 이유가 짚인 것이다.

"형, 요새 부귀리에 이상한 사람이 나타났다면서요? 그 사람 그거 옛날 최용호란 빨갱이, 그 아들이란 정보가 있더라구요."

동생 정배가 전화를 건 진짜 속내를 드러냈다. 아무리 좌파 정권이 들어섰다고 해도 아직 그런 인물을 가까이 하는 건 위험하니 조심하라는 당부다.

"형, 요즘 국정원이 간첩 안 잡는 거 알지요? 빨갱이들이 활개 치고 다니는 세상이 왔다 그 말입니다. 내 생각엔 그 작자가 분명 형을 만날 거 같다 그겁니다."

뼈 있는 말이다. 내가 별거 아닌 일로 좀 어려운 처지에 놓인 적이 있었다. 시골 학교 평교사로 있을 때다. 아이들이 학교 인근 산에서 주워 온 삐라를 무심코 받아 책상 서랍에 넣어뒀던 그 일로 신고가 들어갔던 것이다. 서류철 속에 10여 장의 전단을 숨겨둔 혐의다. 하마터면 선생을 하지 못할 만큼 심각한 사태까지 내몰렸지만 당시 남북 관계가 잘 풀려가던 때라 정직 몇 달로 끝날 수 있었다.

그 불온 전단을 처리하는 과정에 문제가 있다고 해서 어려움을 겪을 때 정배가 우리 문중에 용공 분자가 웬 말이냐고 나를 성토하고 나섰다. 그즈음 동생이 당 경선을 앞두고 있던 때라 그럴 만도 했다.

"형, 아무리 세상이 바뀌었다고 해도 그런 빨갱이가 어떻게 마을에 나타날 수 있는가 그 말입니다."

"이제 전쟁이 끝날 때도 됐다, 그런 거 아닐까?"

"뭐라구요, 엿장수 맘대로 전쟁이 끝난답니까?"

"절실하면 안 될 것도 없지. 통일까지는 아니라도 우선 싸움 없는 세상 만들자고 나실 때도 됐지 않나 싶어서 하는 얘길세."

"형, 싸움 없는 세상이요? 그동안 쌓인 불신 증오, 그거 모르고 하시는 말씀은 아니지요?"

"바로 그걸세. 그동안 우리가 뭘 믿지 않고 무엇을 왜 미워했는지, 그걸 제대로 생각해볼 필요가 있다, 그런 얘기일세."

"지금 그럴 때가 아니라니까요. 망해봐야 그때 안다, 그런 얘기들 하잖아요. 형, 우리나라 적화되는 거 그거 시간문제라구요. 요새 친북좌빨, 그 기세가 얼마나 등등한지 잘 알면서 왜 그래요."

"그건 그렇고 자네 최용호, 그 사람을 정말 기억하나? 자네 세 살 때 일이라……"

"세 살 때 일을 왜 몰라요. 나 그때 일 다 기억한다고요. 형이 종구 형하고 개울 얼음판에서 놀다 물에 빠져 죽을 뻔한 것도 알고 있는데요. 우리 아버지하고 최용호 그 사람이 라이벌이었다는 거, 형도 알고 있잖아요."

어른들이 하는 이야기를 흘려들은 것이겠지만 아무튼 정배가 그런 것까지 기억하고 있다는 것이 놀라웠다. 부귀리 본토박이인 나씨 집안과 대처에서 흘러 들어와 사는 서울집이 그다지 사이가 좋지 않았던 모양이다. 새말 양구장네 딸을 며느리로 들이기 위한 두 집안의 겨룸이 결정적 빌미가 됐을 것이다. 결국 양 구장 딸을 며느리로 들이는 데 성공한 서울집과 그 겨룸에서 진 나씨 집안의 관계는 더욱 뜨악해졌을 것이 분명하다. 특히 양 구장이 일찌감치

　　　　　　　전상국 소설집

나씨 집안과 사돈을 맺겠다고 어린아이 둘을 나란히 앉혀 놓고 언약까지 했던 터라 그 당사자인 아버지로선 그 충격이 꽤 컸을 것이다. 여름 난리가 끝날 무렵 마을 사람들이 아버지를 찾아와 최용호 처리 문제를 의논한 것도 그 맥락과 아주 무관하지 않았을 것이란 생각이다.

귀신도 쉰다는 공달이라 개장하는 날을 굳이 따로 잡을 필요가 없어서일까, 근래 서너 달 동안 부귀리 마을 인근의 분묘가 꽤 많이 파헤쳐진 모양이다. 땅속에 묻힌 이들이 대부분 마을과 이런저런 연고가 있어서일까, 아버지 기일에 즈음 해 선산에 다녀오던 중 이 골짝 저 골짝에서 개장으로 파묘하는 광경이 여럿 눈에 띄었다.

훗날 벌초 등 조상 묘를 관리하기 힘든 후손들을 생각해 아예 문중의 납골당에 안치하기 위한 그런 개장이 대부분이었다. 아니면 수십 년간 묵묘로 방치된 무덤을 토지 소유주가 무연고자 묘지 개장 처리 절차를 밟아 파묘하는 일로 땅의 쓸모를 찾고자 하는 경우도 없지 않았다.

67년 전 죽은 최용호 행세를 하며 마을에 나다난 최용호란 사람이 은장골 일대 임야 여러 필지를 매입해 그곳에 가족묘를 만들고 있다는 소식도 뻔질난 윤달맞이 개장 북새통에 들었다.

조상 묘를 찾겠다며 나를 찾아온 사람도 있었다. 옛날 조롱골 솔치재 밑에 살다 거기서 죽은 김 아무개가 자기 조부라고, 솔치재 어귀 어디엔가 있다는 그 무덤을 찾아달라는 것이다.

"다들 교장 선생님을 찾아뵈라고 해서……"

부귀리 마을회관에서 보냈을 게 뻔하다. 내가 모교이기도 한 부귀학교 교장으로 부임할 무렵 마치 금의환향이라도 하듯 아예 태를 버린 마을에서 그리 멀지 않은 반곡에 집터를 잡아 눌러앉은 것부터가 문제였다. 세상 잡일을 떠나 시골에서 조용히 살자던 꿈이 그게 아니었다. 남의 일에 서로 무심해서 지내기 편한 도시 생활과 달리 시시콜콜 마을 사람들과 부딪치며 사는 일이 쉽지 않았다. 넌지시 감추고 살아야 할 사생활이 아예 없는 것은 말할 것도 없고 마을 아무개네 소가 발정을 해 우사를 뛰쳐나갔다는 소식 등 집집의 대소사에 무심했다가 낭패스러운 일 당한 경우가 한두 번이 아니었다. 열 마지기 논문서를 훔쳐 집을 나간 아들 행방을 수소문해달라는 그 부탁을 무심히 넘겼다가 당신이 젊은 날 학교에서 애 잘못 가르쳐 그렇다는 원한 뻗친 말을 들은 적도 있었다. 마을 식수를 해결하는 복골 상수원 저수탱크 묻을 자리로 서울 사람 소유의 땅이 필요한데 지주가 말을 안 듣는다든가 아무개 과수댁 아들이 음주운전으로 낸 사고 처리 문제까지 알아봐달라는, 마을 유지 노릇하기가 쉽지 않았던 것이다. 가장 어려운 것이 문중 사이에 얽힌 땅 문제라든가 이웃을 이뤄 몇 대를 살면서 서로 간에 얽히고 얽힌 과거사 안 좋은 일을 시시콜콜 짚어내야 할 경우가 많이 힘들었다.

자기 조부 묘소를 찾아달라고 온 사람이 그 무덤 주인 이름을 대는 것으로 인사를 차렸다.

"상서로울 상, 찰 만, 김상만 그 어른이 제 조부……"

듣자마자 짚이는 이름이다. 김상만, 그는 우리 할아버지 나태민과 함께 만주로 갔다가 해방 이후 다시 고향으로 돌아와 조롱골에서 홀로 외롭게 살다가 죽은 사람이다.

김상만이 만주에서 돌림병으로 작은댁과 그 아이들까지 모두 잃은 뒤 고향에 돌아왔으나 조롱골 그의 집은 이미 흔적도 없이 사라진 뒤였다. 그가 만주로 떠날 때 버려진 그의 부모며 처자식이 오래전 조롱골을 떠났던 것이다.

얼마나 뼈에 사무쳤으면 그 자식들이 즈 아버지 살았을 때는 불본이고 죽고 나서도 단 한 번도 얼굴을 안 내밀었겠느냐. 조롱골 고조부 묘에 벌초를 올 때마다 아버지가 할아버지 친구 김상만의 무덤에 벌초를 하며 나한테 들려주던 이야기다. 그때 김상만이 만주로 가면서 버리고 간 그 아들의 아들이 내 앞에 있었다.

"가친이 돌아가실 때 남긴 말씀이 있습니다. 당신 꿈에 할아버지가 자꾸 나타난다는 거지요. 언제고 조부님 묘를 꼭 찾아뵈라는 거였어요. 가능하면 개장을 해 유골을 태워 버리라는 말씀도 남기셨지요. 제 생각엔 할아버지 DNA가 사라지면 그 생기도 사라져 후손에게 더 이상 탈이 없을 거란 그런 말씀 같았어요."

듣고 보니 조상 탓이다. 이제라도 집안이 잘 풀리기 위해서는 아예 그 근본을 없애겠다는 얘기다. 그러면서 자기 할아버지 얼굴은 물론 그 무덤이 어디 있는지조차 모르는 김상만의 손자는 자기 아버지가 파킨슨병으로 10년 간 고생하다가 죽은 일이며 그 둘째 아들, 아니 셋째 아들까지 제 명을 다하지 못했다는 등 자기 집안 불상사를 줄줄이 엮기 시작했다.

그래, 파 없애라. 그런 생각으로 찾아 나선 길인데 내가 어렸을 때 몇 번 와봤던 김상만의 묘가 그 자리에 없었다.

내가 오래전 아버지를 따라왔던 그 조롱골 솔치재가 아니었다. 고조부 묘소야 벌써 오래전 조상골 선산으로 이장을 했지만 거기서 얼마 떨어지지 않은 비탈에 있던 김상만의 묘가 보이지 않았다. 묘가 있던 그곳으로 아스팔트 고갯길이 뚫려 있었던 것이다. 길을 내기 위해서는 무연고자

　　　　　전상국 소설집

분묘를 처리하는 절차를 다 거쳤겠지만 당시 그 부근에 여럿 보이던 무덤들이 하나도 남아 있지 않았다.

할아버지 유골을 캐내 아예 그 근본을 없애고자 왔던 김상만의 손자는 망연자실 분묘가 있었음 직한 고갯길 아스팔트 위에 엎드려 절을 했다. 절하고 일어난 그가 히죽 열없는 웃음을 웃으며 한마디 했다.

"이래 됐으니 선친 꿈속이 편할 수 있었겠습니까."

자기 할아버지의 그 어떤 흔적도 찾지 못한 손자의 얼굴에 엷은 웃음이 번졌다. 조상을 제대로 돌보지 못한 데 대한 겸연쩍음일 것이다.

내친걸음, 조롱골에 올라온 김에 그 옆 골짜기 복골 쪽으로 차를 몰았다. 장영팔 노인을 만나고 싶었던 것이다. 지난해 읍내 가을 축제 때 읍면 대항 가장행렬 행사에 군내 최고령자를 가마에 태워 행차하는 프로그램이 있다는 것을 알고 내가 장영팔 노인을 추천한 적이 있었다. 지난해만 해도 백한 살 노인 같지 않게 가마 위에 앉아 손까지 흔드는 기력을 보였다.

장영팔 노인은 두 자식을 먼저 보내고 손자 가족과 함께 살았다. 둘째 아들은 나하고 초등학교 동창이지만 벌써 5년 전 저세상에 갔다. 난리 때 인민군으로 끌려간 자기 형을 대신해 집안 살림을 하던 사람이다. 노인의 손자며느리 웅엔이 나를 맞았다. 베트남에서 시집을 온 지 벌써 10여 년, 아이를 셋이나 두었다.

노인은 봉당에 멍석을 깔고 앉아 멍하니 앞산을 바라보고 있었다.

"누구야, 나 누구라구?"

귀는 밝은데 사람을 전혀 알아보지 못했다. 내가 지난해 읍 행사에 모셨던 그 노인이 아니다.

"울 하라버이 나만 알아요. 우리 신랑보고, 하라버이가 아부지 아부지, 그래 불러요. 그럼 하부지 손주 우리 신랑, 하라버이 보고 영팔아, 밥 먹자 그래요. 우리 신랑 그거 나쁜 거 아니래요. 그래야 우리 하라버이 좋아한대요."

복골 장영팔 노인을 최용호란 사람이 찾아왔던 이야기를 그 손자며느리 웅엔을 통해 듣는다.

"울 하라버이 그 사람 모른다 그랬어요. 얼굴 무선 그 노인네 우리 하라버이 보더니, 자기 우리 하라버이 잘 안다고 했어. 죽은 우리 시아부지 이름두 척 맞췄어. 장부길, 나 얼굴 못 본 우리 시아부지 장터 자기 집 와서 밥 먹구 갔다 그래. 근데 증말 이상해요. 우리 하라버이가 츰에 그 사람 못 알아봤어. 근데 쬐끔 이따, 용호, 너 왔구나. 그랬어. 그러니까 그 노인, 우리 하라버이한테 이렇게 절했어."

전상국 소설집

넙죽 엎드려 절을 하면서 자기가 최용호가 맞다고 했다. 장터 살던 최용호가 맞다고 하자 장영팔 노인이 버럭 화를 내더란 것이다.

이늠아, 이 빨갱이 늠아, 내 아들 내놔, 우리 아들 부길이 인민군 보낸 이늠아. 니가 여기 어떻게 왔어?

그러면서 장영팔 노인이 땅바닥에 주저앉자 끄윽끄윽 울음을 터뜨렸다. 최용호가 노인 앞에 무릎을 꿇었다.

부길이 아버님, 제가 죽을 죄를 졌습니다.

"그러니까 울 하라버이가 나 배고파, 야, 부길아, 부길아 부르면서 논물 안 보고 뭐 하냐, 그러면서 담뱃대로 그 노인 막 때렸어,요."

복골 장영팔 노인을 만난 뒤 부귀리 장터 노인회관으로 차를 몰았다. 이 시간 종구가 있을 때가 그곳밖에 없었다. 종구가 중풍에 쓰러진 뒤 서너 번 찾아가긴 했어도 여럿 있는 자리의 의례적 병문안이었다. 종구는 같은 마을에서 태어나 초등학교를 같이 다닌 그야말로 불알친구다. 나보다 한 살 위이고 종구 어머니가 나씨 집안 사람이라 나이가 들면서 그 부인 앞에서는 그를 형이라 호칭하기도 했다. 전쟁이 끝난 뒤 우리 집이 읍내로 이사 가기 전까지 집에 들어가 잠잘 때 말고는 거의 붙어 다녔다. 특히 여름 난리가 터진 그 앞뒤로 몇 년간은 나와 종구가 함께 보고 함께 겪은 일이 새겨 넣듯 깊이 기억된 것이 많다. 내가 본 것이 종구가 본 것이고 종구의 그것들이 모두 내 것이나 다름이 없었다. 때로 종구 혼자 본 것이 나와 함께 본 것이 되고 나 혼자 본 것이 종구와 같이 본 것으로 뒤섞이기도 했다.

그 기억의 공유 사실 유무를 따져볼 기회가 별로 없었다. 초등학교를 졸업한 뒤 두 사람이 서로 떨어져 살면서 그런 이야기를 나눌 기회가 많지 않았던 것이다. 대처에 나가 여기저기 떠돌며 산 나와 달리 종구는 고향 마을에 그대로 남아 마을 인근 중학교를 졸업한 뒤 농사일을 하며 나중에는 면 농협 조합장까지 지낸 그야말로 자수성가한 사람이다. 두 사람의 만남은 내가 어쩌다 고향을 찾을 때뿐이다. 그래서인가 그 만남이 늘 데면데면했다. 오랫동안 다른 환경에서 다른 생활을 하는 사이에 바뀐 민낯에 대한 실망 같은 것일 수도 있었다. 변한 겉모습보다 상대가 생각하는 것이 이쪽과 많이 다르다는 데서 오는 실망이었을 것이다. 학교 선생 하던 선비하고 뼈 빠지게 일해도 땅뙈기 팔아먹고 살아야 하는 농투성이 생각이 같을 수 있냐. 매사 이런 식이다.

그래서였을 것이다. 그 간극을 메울 요량으로 다짜고짜 우리들 어린 시절로 그를 내끌었다. 그 기억의 저장 유무

가 완연히 다르다는 것을 확인한 뒤에도 미련처럼 종구의
동의를 구하고 싶었던 것이다.

형, 왜갈봉 그 쇠 부처 생각나지?

쇠 부처는 종구와 나의 어린 시절 기억 공유의 실마리
말이라 믿고 있었다. 그때 우리가 왜갈봉 부처바위 밑에
감춰놨던 그 쇠 부처는 어떻게 됐을까, 그 행방이 정말 궁
금했던 것이다. 그러나 뜻밖에도 종구의 얼굴이 낯설다.
종구가 풍으로 쓰러지기 전이다.

쇠 부처, 그게 뭔데?

우리가 감춰놨던 금동부처 있잖아.

나 교장, 지금 무슨 뚱딴지같은 소릴 하는 거야. 금동부
처라니, 어디 도굴이라도 한 거야?

이럴 수가 없다.

그래, 그 쇠 부처 생각은 안 난다구 해두, 그때 왜갈봉에
서 만난 그 인민군 생각은 나겠지?

왜갈봉에서 인민군을 왜 만나?

그 인민군이 우리한테 자기 고향이 어디라구 말했잖아.
그거 생각 안 나?

인민군 고향이 어디긴 어디야, 삼팔선 북쪽이지.

이쯤 되면 할 말이 없다. 장난인가 싶어 다시 다그친다.

정말 생각 안 나는 거야? 가막골에 끌려가 죽은 그 인민

군 살았는지 가보자고 우리 둘이 벌벌 떨면서 거기 올라갔었잖아. 그때 거기서 죽은 인민군……

야, 그때 여기서 죽은 인민군이 한둘이냐?

그때부터였을 것이다. 우리 두 사람은 만나도 그때 그 시절 이야기를 애써 입에 올리지 않았다. 두 사람이 같은 시간 같은 장소에서 함께 겪은 일이라 해도 그것이 이처럼 다르다는 것을 확인하게 되는 순간의 그 배신감이 싫었던 것이다.

종구는 뇌혈관 장해로 쓰러지기 직전 내가 반곡리에 집을 짓고 정착하는 일을 그리 달갑게 생각하지 않았다. 교장으로 잠깐 머무는 거야 괜찮겠지만 대처 살던 사람이 시골 생활이 그리 쉽지 않을 거란 그 속뜻이 뜨끔하게 짚였다. 산천은 그대로인데 시골 사람들 마음이 많이 변했다고 한 내 말에 대한 공박만 같아서다. 그의 말은 시골 사람들 마음이 바뀐 게 아니라 대처에 나가 굴러먹던 네가 변해놓곤 시골 사람들을 깔본다는 그런 얘기일 것이다. 어쩌면 그것은 내가 생뚱하니 어린 시절 일에 집착하고 있는 것이 마음에 크게 내키지 않았다는 뜻일 수도 있었다.

그랬다. 단순히 전원생활에 대한 동경이라든가 모교에서 교장을 했다는 그런 위세의 귀향이 아니었다. 귀향을 서두르고 있는 자신을 발견했을 때는 이미 늦었다. 어쩌면 종구 등 고향을 떠나지 않고 거기서 늙어가는 고향 사람들에 대한 선망을 통해 내 불면 그 악몽으로부터 구제받을 수 있을는지 모른다는 기대 때문이었을 수도 있다. 아무튼 시골에 들어가 살려면 함께 사는 사람의 동의가 절대적인데 내 경우 집사람이 쉽게 동의하지 않았다. 내가 그네를 설득할 수 있었던 말은 간단했다. 사람이 이렇게 잠을 자지 못하고 어떻게 살겠냐.

잠을 못 잤다. 모교 교장으로 발령을 받기 오래전부터 신경과 의사의 처방으로 신경안정제를 복용했다. 잠을 못 자면서 사람 만나는 일이 두려웠다. 내가 고향 아이들 학교의 교장으로 간다는 다소 들뜬 마음도 없지 않았지만 그보다는 그 학교 아이들을 만날 일이 두려웠다. 그 아이들 앞에 어른으로 서는 일이 부끄러웠다. 아이들을 향해 뭔가 큰 소리로 말하는 학교 선생들이 싫었다. 그들 앞에서 교육 이야기를 하는 내 자신이 가증스러웠다. 텔레비전 화면을 채우는 정치꾼들 얼굴만 봐도 마음이 뒤틀렸다. 역겨웠다. 세상이 뭔가 잘못 돌아가고 있었다. 나쁜 사람들, 보기 싫은 사람들이 화면에 나오기만 하면 티브이를 껐다. 제기랄, 그런 날 밤 악몽을 꿨다. 악몽 때문에 죽을 수 있다는 생각을 했다. 세상사가 다 그랬다. 의사가 말했다. 스트레스를 많이 받으시는가 봅니다. 이를테면 요즘 담배를 끊었다든가. 담배는 아예 배우지 않았다. 그런 물리적인 것으로 악몽을 꾼다는 것이 이해되지 않았다. 스트레스를 안받고 사는 삶이 어디 가능하겠는가. 스트레스가 잠을 빼앗아 간다는 것이 문제였다.

신경과 의사는 내 악몽 속에서 문제를 찾아내려고 나와 눈싸움을 벌였다. 아하, 누군가 선생님을 땅속에 파묻고 흙을 덮는다, 그 땅속이 너무 캄캄하고 숨이 막힌다. 아무리 발버둥 쳐도 그 속에서 빠져나올 수가 없다. 다행이군요. 그 꿈이 가해자가 아닌 피해자 입장이니 말입니다. 가해도 악몽이 됩니까? 의사가 웃었다. 그런 경우가 더 무서운 악몽으로 나타날 수도 있지요. 살인한 사람이 잠을 제대로 자지 못하는 거와 같은 거겠지요. 스스로 벌을 받는다고나 할까요. 아하, 고향에 집을 짓고 이살 가신 것도 불면증 때문인데, 막상 이사를 와보니 더 잠을 잘 수가 없다, 그렇습니다. 집을 짓는 일, 생활환경을 바꾸는 그 일이 바로 엄청난 스트레스가 될 수 있지요. 특히 고향의 산이나 물을 다시 본다는 것, 그리고 고향 사람들을 다시 만나면서 뭔가 심적으로 꺼림하게 걸리는 일이 알게 모르게 스트레스가 될 수도 있다, 그런 말입니다.

전상국 소설집

"와쩌?"

마을회관 비닐 장판 바닥에 앉는 것보다 나았을 것이다. 휠체어에 앉아 있던 종구가 성한 왼손을 내밀었다. 손도 찼지만 작은 몸이 더 수척해진 듯싶어 그 휑한 눈을 맞추기가 좀 그랬다. 종구 부인이 꾸부정한 허리로 접이의자를 끌어다가 남편의 휠체어 옆에 놓았다.

"김 조합장, 최용호란 사람이 찾아왔었다면서?"

나는 종구가 한때 일했던 기관의 직함 호칭으로 그를 예우했다. 내 단도직입 물음에 종구가 쉽게 입을 열었다. 뜻밖이다.

"용흐 아이구 용흐 아, 아드 와쩌."

종구는 풍을 맞은 뒤 불편한 몸만큼 언어장애가 심했다. 종구보다 나이가 두 살 더 많은 부인도 귀가 많이 어두웠다. 귀 어두운 만큼 목소리가 커 최용호와 종구가 나눈 이야기를 전하는 품이 꼭 싸움하는 것 같았다.

"아이구, 츰엔 저 양반두 많이 놀라더라니까유."

아예 종구 부인이 남편을 제치고 나섰다.

"그 양반이 다짜고싸 저이한테 몬 데유. 옛날 장터 살던 최용호네 집터가 어디쯤인지 아느냐. 그러니까 저이가 최용호 집터 찾는 당신은 누구냐, 그렇게 물으니까, 나 최용호유, 장터 살던 최용호 그러데유. 그때 저이가 뭐랬는지 알아유? 장터 살던 최용호가 자기 살던 집터를 왜 몰라, 그랬더니 글쎄 그 양반이 우리 마을회관 여길 극장으루 알았나 봐유. 글쎄 여기 회관에 있는 사람들 들으라구 하는 건지 갑자기 먼 타령을 하는 거예유."

— 아이고 대고 흥 흥 흥, 웅 웅 웅, 꿈이로구나 꿈이로다, 부귀리 장터가 그 장터가 아니로구나, 아니로다, 헤에, 옛날 장터 코빼기두 안 남았는데 여기 떠난 지가 벌써 얼매라구, 헤, 우리 어머이 우리 부인 살던 초막집이 보이지 않네, 보이지 않아라, 꿈이로구나 꿈이로다 흥 흥 흥……

이런 황당한 상황에서도 종구가 어눌하긴 해도 다부지게, 당신 누구냐, 최용호를 사칭하고 다니는 놈이 있다더니 바로 너냐, 그렇게 윽박질렀다는 것이다.

"그러니까 그 양반이, 나 최용호다, 강릉 최씨 32세손, 얼굴 용 클 호, 최용호로다, 그러데유. 그러니까 저이가 최용호, 그래 맞구면 빨갱이 최용호 아들 준세이가 맞다니까. 최, 최준세이, 마, 맞지? 그랬다니까유."

최용호 아들 최준성이 맞느냔 종구의 다그침에도 그가 여전히 흥타령으로 받더란 이야기.

— 아이고 대고 헤, 꿈이로구나 꿈이로다, 빨갱이도 맞고 최용호 맞고 용호 아들 최준성이도 맞구나 맞아, 용호두 오구 준세이두 왔구나, 부귀리에 왔어, 헤……

그 우스꽝스러운 광대놀음은 최용호가 종구 앞에 무릎을 꿇은 뒤 지금까지와는 전혀 다른 목소리를 내면서 끝을 냈다.

종구 으르신. 으르신께서 말씀하신, 저 최용호 아들 최용호 인사올립니다.

그 인사 끝에 아명은 준성이지만 뜻한 바 있어 돌아가신 자기 선친과 같은 이름을 쓰고 있다는 사연을 정중하게 덧붙이더란 것.

종구 부인이 전하는, 말이 어눌한 종구와 최용호란 사람이 서로 만나 주고받은 그 황당하고도 우스꽝스러운 상황이 대충 어림잡혔다. 아무튼 부귀리에 나타난 최용호가 죽은 최용호의 아들이라는 사실만은 분명했다.

지난 이야기를 전하는 종구 부인 목소리가 워낙 크다 보니 마을회관에 있던 또래의 노파들이 다 모여들었다.

"또 난리 날라는가 봐유. 그렇지 않구서야 으떠케 죽은 사람이 다시 살아왔난 말이에유."

"그때 그 빨갱이가 아니구, 그 아들이라잖아."

"아들두 그렇지, 어떻게 여길 온딘 말이에유."

"세상이 그렇게 바뀐 거지 뭐."

"세상 바뀌는 거 증말 무서워유. 텔레비에서두 그러데유. 큰 난리가 날 거 같다구."

종구가 냅다 소릴 질렀다.

"시꺼! 건 소리 지껄이믄 즈,즈말루 나,난니 나."

종구가 빨갱이 최용호를 기억하는 것은 이상할 것이 없다. 최용호는 당시 마을 사람들 모두의 기억에서 결코 지워질 수 없는 사람이기 때문이다. 그러나 놀라운 것은 종구가 최용호 아들 준성이, 그 이름을 기억하고 있다는 사실이다. 그것을 기억하고 있는 사람이 우리 둘이 함께 본 된잿말 정대수가 잡혀가던 그때의 일을 전혀 모른다고 잡아뗀다. 내가 종구가 될 수 없듯 내 기억 또한 그의 것에 가닿을 수 없다는, 아득한 절망, 그 불면이 문제다.

왜갈봉 부처바위 굴속에 숨어 있다가 잡혀간 그 인민군 일만 해도 그렇다. 마을 어른들이 그 인민군을 흙구덩이에 산 채로 묻었다는 말을 확인하기 위해 종구와 내가 벌벌 떨면서 가막골까지 올라갔던 그 생생한 기억이 왜 내게만 남아 있다는 것인가.

여름 난리가 터진 그해 가을이다. 종구와 나는 왜갈봉 부처바위로 올라갔다. 왜갈봉 꼭대기 소나무들은 대부분 누렇게 말라죽었다. 아주 오래전부터 왜가리들이 둥지를 틀고 살아도 죽지 않던 소나무가 누렇게 마르면서 마을 사람들이 걱정을 했다. 왜갈봉의 소나무가 죽거나 왜가리가

전상국 소설집

오지 않으면 마을에 무슨 변괴가 생길 징조라고 했다. 실제로 여름 난리가 터진 그해, 한 해도 거르지 않고 찾아오던 왜가리들이 왜갈봉에 모습을 보이지 않았다.

왜갈봉 중턱은 오래 묵은 갈참나무며 고로쇠나무가 울울하게 우거져 대낮에도 어둑했다.

우리 부처님 잘 있을까? 종구와 나, 두 아이 중 하나가 그렇게 말했을 것이다. 종구와 나는 탑둔지 옛날 절터 도랑에서 주운, 아니다. 도랑에 있는 걸 주웠다고 말하기로 종구와 내가 입을 맞췄을 것이다. 어떤 아이가 가지고 놀고 있는 것을 훔쳤다, 아니 빼앗았는지도 모른다. 누군가에게서 훔친, 아니 빼앗은, 옥수수 큰 토생이만 한 쇠 부처를 왜갈봉 부처바위 굴속에 숨겨놨던 것이다. 부처님은 부처바위 거야. 그런 말도 했을 것이다. 며칠에 한 번씩 부처바위에 올라 녹이 덕지덕지 붙은 쇠 부처를 나무껍질이나 나뭇잎으로 닦았다. 와, 금이다, 금부처님이야. 녹을 지워내자 드문드문 금빛이 보였던 것이다. 아니야, 구리 부처야. 드문드문 금빛이 보이는 부분 말고 나머지는 모두 짙푸른 녹이 슬어 있었다. 금부처는 구리 부처든 쇠에 붙은 녹을 다 긁어내야 백 리도 더 가야 있는 읍내까지 가지고 가 엿장수한테 팔 수 있었다. 탑둔지 사는 희대 아버지는 옛 절터에서 아이들 키 크기의 큰 돌부처를 파내 집 안에

모셔놨다고 했다. 돌부처 뒤에 세우는, 큰 두리반보다 둥
그레 넓은 광배란 돌도 있었는데 그것만 잘 모시고 있으면
언제고 나라에서 큰 상을 준다는 얘기도 있었다. 돌보다
쇠가 더 비싸지? 쇠 아니구 구리라니까. 구리 아니구 금부
처님이야.

그날 우리는 왜갈봉 부처바위 굴 앞에서 털썩 주저앉았
다. 부처바위 굴속에 숨어 있는 인민군을 본 것이다. 그가
우리를 굴속에서 내다보며 웃고 있었다. 그 때문인가, 그
때 나는 인민군이 무섭지 않았다는 기억이다. 인민군이 열
아홉, 아니, 열일곱 살 정도로 어려 보였기 때문일 것이다.
아무튼 부처바위 굴속에 숨어 있던 인민군은 어른들이 무
서워하는 그런 빨갱이가 아니었다.

야, 느덜 밥 먹었니? 뭘 먹었어? 맛있었니? 배부르니? 나
중에 생각해보니 정말 웃겼다. 그때 그 인민군이 종구와
나한테 그런 걸 물었던 것이다. 너무 뜻밖의 말이라 그것
이 쉬 잊히지 않고 있는지도 모른다. 인민군이 우리한테
내보이던 그의 키보다 긴 구구식 장총 생각도 난다. 남쪽
멀리 낙동강인가 하는 데서 싸움에 진 뒤 우리 마을을 거
쳐 북쪽으로 도망가는 인민군들 중 총을 멘 사람들은 많지
않았다. 그들이 입은 옷도 마을 사람들이나 입는 헌 잠방
이에 너덜너덜 그 밑바닥이 다 떨어져 나가 너덜거리는 군

화에 새끼줄을 동여맨 그런 꼴이었다.

　인민군이 구구식 장총의 노리개를 뒤로 빼 장전한 뒤 방
아쇠를 당겨 격발하는 장면을 우리한테 보여줬다. 인민군
이 작은 소리로 말했다. 이건 비밀인데, 총알이 없어야. 총
알도 없는데 이거 왜 가지고 다녀요? 우리 둘 중 누군가 그
렇게 물었을 것이다. 물론 그가 어떤 대답을 했다는 기억
은 없다. 그러나 그 어린 인민군의 험하게 터 퉁퉁 부은 입
술과 웃을 때 하얗게 드러나던 이빨만은 생각난다.

　울 할머이가 나 죽으면 안 된다고 했어야. 살아서 꼭 집
으로 돌아오래. 그가 징징 우는 소리로 이런 말도 했다. 나
집에 가고 싶어. 그러면서 인민군이 징징 울었다. 인민군
이 우는 것이 우스워 그랬을까. 집이 어디에요? 우리 중 누
군가 그렇게 물었을 것이다. 충청북도 충주군 ××면 ××리
××번지. 정말 우스웠다. 집이 어디냐고 묻자 그가 벌떡 일
어나 우리한테 거수경례를 하며 그렇게 큰 소리로 말한 것
이다. 그래서일 것이다. 충청도 충주라는 지명이 지금까지
기억에 남아 있다. 충청도 그 마을에 그 어린 인민군의 할
머니가 살아 있다. 손자가 집으로 돌아오기를 기다리고 있
다. 그 인민군이 할머니가 기다리고 있는 집으로 가기 위해
서는 남쪽으로 가야 한다. 그런데 왜 그때 그는 북쪽으로
가고 있었던 것인가. 인민군은 빨갱이잖아. 그러니까 빨갱

이는 빨갱이들 사는 북쪽으로 가야 살 수 있잖아. 그 인민
군이 가막골에서 죽은 뒤 종구와 내가 그런 따위 말을 나눴
다. 아니, 그랬을 것이란 기억을 뒤지고 뒤진다.

　기억의 꼬리는 어둡고 길다. 잠을 잘 수 없는 밤, 꼬리에
꼬리를 물고 떠오르는 기억의 절정은 그 어린 인민군이 어
른들한테 잡혀 가막골로 끌려가던 장면이다. 그 어린 인민
군을 가막골로 끌고 올라간 마을 어른들이 얼마 안 돼 산
속으로 뿔뿔이 흩어져 숨었다. 스무 명도 넘는 인민군 패
잔병 떼거리가 솔치재를 넘어오고 있다는 전갈이 왔던 것
이다. 산속에 숨어 밤을 새운 마을 어른들이 수군수군 이
야기를 나눈다. 인민군이 오고 있다는 전갈을 받고 어린
인민군을 산 채로 땅속에 묻었다는 이야기다. 흙을 제대로
덮지 못해, 살아 나왔을는지도 모른다는 이야기. 또렷이
떠오르는, 지워지지 않는 기억은 그 어린 인민군이 파묻
힌 가막골 골짜기, 고목 호두나무 아래 둔덕이다. 종구와
내가 벌벌 떨면서 가막골에 올라간 것이 그 어린 인민군이
산 채로 땅속에 묻힌 바로 그날이 아닌, 꽤 여러 날이 지난
어느 날이었을 것이다. 땅을 판 흔적이 분명해 보이는 호
두나무 아래에 청설모가 따 내린 호두가 지천이었겠지만
우리는 그것을 거들떠도 안 보았을 것이다. 다만 가막골의
그 호두나무 우듬지가 가을 하늘을 배경으로 선명했던 것

만은 지금도 또렷이 기억하고 있다.

그것이 작화증이든 과대망상이든 열 살 때 그 기억은 천벌처럼 수시로 내 영혼을 잠식했다.

"종구 형, 우리 옛날 그 쇠 부처 누구한테 빼앗았는지 생각 안 나?"

마을회관을 나오기 전 나가 뜬금없이 물었다. 종구가 눈을 끔벅끔벅 나와 눈을 마주친다. 아주 오래전 어릴 때의 그 모습이다.

"소 부터…… 그거 나 몰라."

얼굴을 돌려 아예 외면한 채 누군가를 찾는 기색이다.

"쇠 부처 그거 형이 장터에서 어느 애한테 빼앗았다고 했잖아."

"아니야. 그거 나, 아,아니야."

"그럼, 내가 어디서 훔친 건가?"

"모,몰라."

"생각날 거야. 그 쇠 부처, 금동여래상, 보물……"

종구가 얼굴을 찡그리며 몸을 뒤튼다. 종구 부인이 달려왔다.

"이이, 오줌 싸겠네유."

"형님, 저 기억하시겠습니까? 용호, 부귀리 장터 살던 최용호입니다."

소문으로 만난 그 사람이다. 우리 집 돌담 쌓는 일로 마을 사람 둘이 와 있는데 최용호가 나타난 것이다. 반가웠다. 그동안 그 사람 이야기를 많이 들어서일 것이다.

"우와, 제가 다섯 살 때 마지막으로 뵌 그분이 맞습니다. 어릴 때나 다름없이 신수 여전히 훤하십니다. 교장까지 지내셨다니 그만함 성공한 인생을 사신 거고……"

서로 주고받는 수인사를 차릴 겨를도 없이 독판 너스레를 떨었다. 죽은 최용호 출현이 아닌, 그 아들인 것만 해도 다행이다 싶었다.

"아무튼 형님은 저보다 한 수 위십니다. 수구초심, 여우도 죽을 때는 제 살던 언덕을 향해 머리를 둔다지 않습니까. 형님, 제가 왜 부귀리에 돌아오려고 하는지 형님만은 이해하실 것 같아 이렇게 찾아왔잖습니까."

대단한 넉살이다. 상대가 입도 뻥끗하기 전에 자기가 누구고 자기 다섯 살 때 마지막 본 사람의 얼굴까지 짚어내는가 하면 그동안 부귀리 일대를 뒤숭숭하게 만든 것이 바로 자기 귀향을 위해 그런 거라는 것을 능쳐 내비치는 그 화법이 놀라웠다. 그 독판에 선뜻 끼어들지 못한 채 뜨악하니 바라만 보고 있는 내 표정이 좀 뭣했는지 그가 다그쳤다.

"형님, 저 정말 기억 안 나십니까? 종구 형님은 풍 맞은 그 몸으로도 절 대뜸 알아보시던데."

"최준성, 종구 그 사람이 형씨 이름을 알아냈다는 얘긴 들었지요. 형씨 춘부장이 장터 살던 용 자, 호 자 함자 쓰시던 분이라는 거는 나도 알고 있지요."

"형님, 최준성이는 이 세상에 없는 사람입니다. 어릴 때 그런 이름을 가졌는지는 몰라도 전 형님들이 얘기하는 그 최준성이가 아닙니다. 이해하시기 쉽게 말씀드리자면, 저는 지금까지 최용호 아들이 아닌, 최용호 그 사람으로 살아왔다 그겁니다."

부리부리 억실한 그 눈망울도 그렇지만 눈의 총기가 결코 크다고 할 수 없는 그의 꾸부정한 체구를 얕잡아 보기 어려웠다. 그는 내가 궁금한 것을 들춰내 물을 때까지 기다리지 않았다. 이쪽에서 무슨 이야기를 듣고 싶은지 이미 알고 있었다는 듯 그 궁금증을 주저리주저리 풀어냈다. 꿍쳐 감추며 상대를 염탐하는 그런 내숭이 전혀 보이지 않았다.

이미 이 세상 사람이 아닌 자기 아버지 이름으로 이 세상을 사는 그 이유에 대해서 그는 단호했다. 죽은 최용호 이름으로 사는 것이 아니라 죽지 않고 살아 있는 그 최용호를 자신이 살고 있다는 것이다. 젊어서 억울하게 죽은 사람의 한풀이로 이해하면 좋으냔 내 물음에 그가 그 이상도 그 이하도 아니라면서 덧붙인 말이 있다.

"믿지 않겠지만 내가 최용호란 이름을 쓰는 순간부터 죽은 최용호가 아니라 살아 있는 최용호가 된다 그 말씀이여. 지금 나정기 교장 앞에 앉아 있는 이 사람, 최용호의 아들로 생각하면 안 된다는 그 얘기지. 뭔 얘긴고 하면 지금 이 순간 최용호가 그 아들놈 몸을 통해 환생했다 그거구먼."

그 반말 투부터가 그랬다. 나를 바라보는 최용호의 부리부리한 눈에서 나는 나보다 다섯 살 아래인 최용호 아들 최준성을 찾을 수 없었다. 실성했다는 것이 정말 이런 것이구나 싶었다. 해도 너무했다 싶었던지 그가 다시 먼저와 다른 말소리를 냈다.

"솔직히 말씀드리면 그 아들이 그 애비 몫까지 하며 살고 있다 그겁니다. 내가 부귀리에 나타나 죽은 최용호 행세를 하고 다닌 것도 여기서야말로 죽은 최용호가 아니라 살아 있는 최용호로 다시 살아야 한다는 생각 때문이다 그겁니다요."

돌담 쌓는 일을 대충 끝낸 마을 사람들이 자리에 합류하면서 집사람이 날더덕무침 안주로 간단한 주안상을 내왔다. 내가 황매로 담근 매실주를 그 사람 앞에 놓인 술잔에

전상국 소설집

따르자 그가 손사래를 쳤다.

"형님, 전 술을 전혀 못 합니다. 곁에서 안주나 먹을 거니 맛있게들 드십시오."

"술을 못 하시다니, 그동안 험한 세상을 살다 보면……"

"우리 돌아가신 어머이가 입에 달고 사신 말이 있어요. 술 먹지 마라, 싸우지 마라, 당에 들지 마라, 다섯 살 내가 봐두 우리 아버지가 마을 사람들하고 잘 싸웠어요. 대처 살다 시골에 처박혀 살다 보니 가슴이 먹먹해 술을 먹었을 게고, 그 성질 못 이겨 마을 사람들과 많이 싸웠겠지요. 그리고 술만 먹으면 시골 사람들이 들어보지도 못한 남로당이니, 한독당이 어떠니 저쩌니, 김구 여운형 그런 이름을 주절거렸을 거니, 세상 바뀌자, 그래, 너 그거나 해먹어라 하면서 인민위원장 감투 씌운 거 아닙니까."

함께했던 마을 사람들이 자리를 뜨려는 기색이자 그가 술까지 권하며 극구 눌러앉혔다. 그때부터 바깥마당 평상 위에서 그의 독무대 이야기판이 벌어졌다.

죽은 최용호 아닌, 그 아들 최용호가 자기 아버지 이야기를 하고 있었다.

"우리 아버진 시대를 잘못 타고난 겁니다. 당시 서울 가서 중학교 다닌 사람 드물었잖아요. 난리 나기 한 해 전 밭에서 일하던 할아버지가 급성 맹장염으로 쉰셋에 돌아가셨지요. 그때부터 집안 기둥이 우리 할머이로 바뀔 수밖에요. 우리 할머이 어떤 사람인지 아시잖아요. 구한말 안동 김씨 세도가집 딸 아닙니까. 그 세도가 집사 아들이, 즉 우리 할아버지가 그 집 딸을 데리고 도망쳐 이 강원도 땅 부귀리에 들어와 숨어 살았다는 거 아닙니까. 우리 아버지가 서울 올라가 학교 다닐 수 있었던 것도 우리 할머이 그 빽이 있었기 때문이라 그 말입니다. 그때 아버지가 서울에 그대로만 있었더래두 그렇게 비참하게 죽진 않았을 거라 그 얘기예요. 문제는 시골 사람들 앞에서 유식한 빨갱이 행세를 한 게 잘못이지요. 당신 아들이 동네 사람들한테 맞아 죽자 서울집 우리 할머이가 가장 애통한 게 뭔지 아십니까. 영감님 죽자 사대 독자 최 씨 대 끊길 것이 겁나 서둘러 새말 양 구장집 딸을 며느리로 맞아들여 그 아들을 시골에 눌러앉힌 거지요. 새말 양 구장 딸, 우리 어머이 말이지요, 근동에서 그만한 색싯감이 없었다지 뭡니까. 형님도 아시는지 모르지만 그때 탑둔지 나씨 집안에서도 양 구장 딸을 데려갈 작정을 하고 있는데 우리 할머이가 선수를 쳤다는 거 아닙니까. 그러니 두 집 사이가 별로 안 좋았을 것이고. 형님은 아실 거요. 색시 맞춰놓았다 뺏긴 나씨 집안 그 사람이 누군지."

이 사람, 미치지 않았구나. 그가 우리 아버지 이야기를

전상국 소설집

하고 있었다. 아버지 이름까지 들먹이기 전 화제를 바꿔야 할 것 같았다. 그동안 그가 부귀리 일대를 들쑤시고 다니면서 벌인 그간의 행장이 궁금하기도 했다.

"들자니 은장골에 가족묘를 조성하셨다고 들었는데. 정말 부귀리에 들어와 사실 겁니까?"

"우선 은장골에 돌아가신 이들부터 한데 모셔야지요. 그거 하나 제대로 하자, 오직 그 작심 하나로 살아온 인생이니까요."

최용호의 몸가짐이나 그 표정이 정중하고 의연했다.

"10월 스무닷새, 그날로 어른들 밀례 장삿날을 잡았습니다."

"어른들이라면……?"

"이참에 그동안 묵묘가 된 돌배미 할아버지도, 목매달아 돌아가신 우리 할머이, 그리고 우리 오뉘 살리기 위해 영감을 여럿 바꿔가며 살다 3년 전에 돌아가신 우리 어머이까지 모두 함께 모시기로 했지요."

"둔짓골서 돌아가신 어른 망해는 잘 거두셨는지?"

둔짓골 최용호 묻힌 장소를 알아내기 위해 그동안 그가 꽤 여러 사람을 만난 일을 두고 한 말이다.

"거뒀지요. 거기 오기까지 67년, 그게 그렇게 쉽진 않았지요. 막상 와서도 둔짓골 그놈의 골짜구니 파 뒤집기 꼭

두 달 만에 아버지가 나오데요. 은장골에 다시 모실 거라 그 자리에 대충 가묘를 만들었지요."

그는 이 대목에서 큼큼 잔기침을 하더니 술병을 들어 자기 앞에 놓인 술잔에 술을 따랐다.

"가끔 술 생각이 날 때가 있습니다. 이 아들놈한테 아버지가 오셨다는 것이지요."

자기가 따른 술잔을 단숨에 비운 그가 나한테 그 술잔을 건네며 말을 이었다.

"오늘 제가 말씀드리고자 하는 요점은 요 근래 있었던 모든 일은 우리 아버지가 하신 일이라 그겁니다. 당신 유골 거두는 일이며 자작고개에 묻힌 정대수 찾는 일까지, 그걸 누가 할 수 있겠습니까. 다섯 살 때 내 기억 그거 가지곤 어림 반 푼어치도 없었다 그 얘깁니다요."

그는 한동안 말을 끊고 고개를 쳐들어 어둑한 저녁 하늘을 오래오래 치어다봤다. 다섯 살 그 기억을 뒤지고 뒤져 이뤄낸 그간의 일들을 되짚어보는 감회일 것이다.

그 틈을 타 마을 사람들이 일어설 차비를 보이자 그가 취태 가까운 몸짓으로 그들을 눌러앉히며 일갈했다.

"이거 왜들 이러셔. 자고로 들어주는 사람이 있어야 말하는 사람도 있다고 했어. 남의 말 잘 들어주는 사람이 있어야 세상이 제대로 돌아간다 그 말이지."

그렇게 좌중을 제압한 그가 마을 사람들을 향해 다시 말했다.

"지금 젊은 사람들은 몰라. 6·25전쟁, 그 비극이 어떤 건지, 그것이 아직도 끝나지 않고 있다는 걸 모른다, 그 얘기야."

부귀리 사람들은 단 한 방의 총소리도 들어보지 못한 채 그 여름 난리를 맞았다. 북쪽에서 삼팔선을 뚫고 내려온 탱크는 물론 총을 든 인민군 병사들을 한 사람도 보지 못했을 만큼 부귀리는 두메산골이었다. 세상이 바뀐 것을 안 것은 인민군 대신 무슨 당 중앙정치위원이라는 사람을 중심으로 면에서 왔다는 당 서기 등 대여섯 사람들이 붉은 완장을 차고 마을을 휘젓고 다니면서였다. 그들은 조선인민군이 이미 서울까지 장악했기 때문에 남쪽을 완전히 해방시키는 일은 며칠 남지 않았다고 했다. 이제 그 좋은 세상을 만들기 위해 부귀리 인민위원회를 조직해야 한다고 마을 사람들을 장거리에 불러 모았다.

장터 사는 최용호가 인민위원장이 됐다. 자위대장은 김장수, 서기장에 용재호가 뽑혔다. 최용호 인민위원장은 당 사업에 가장 중요한 일을 맡는다는 부귀리 세포위원장까지 겸임했다. 그들이 붉은 완장을 팔에 걸고 마을에 나타나기만 하면 마을 사람들이 슬슬 자리를 피했다. 인민이 잘 사는 나라를 만들기 위해 혁명 과업을 이뤄야 한다는 면 당 서기의 연설을 들으라며 사람들에게 장터마을로 모이라고 해도 노인 대여섯 명 외에는 마을 사람들이 모습을 잘 보이지 않았다. 마을 사람들은 멀리 산 밑 으슥한 곳에 모여 숙덕거리다가 붉은 완장이 올라온다는 전갈만 오면 뿔뿔이 흩어져 자취를 감췄다. 마을은 붉은 완장을 찬 그 사람들의 세상이었다.

부귀리 마을 사람들이 인민군을 처음 본 것은 벼가 누렇게 익어가는 가을날 면 인민위원회에서 나왔다는 서기장을 따라 부귀리 인민위원회 사람들이 마을 논 곳곳을 다니며 벼 이삭을 세고 있을 때였다.

인민군을 처음 본 마을 아이들의 실망이 컸다. 낙동강까지 쳐 내려가 남쪽을 해방시키고 북으로 돌아간다는 붉은 완장을 찬 사람들 말과는 달리 인민군들의 모습이 너무 초췌해 보였기 때문이다. 많을 때는 스무 명 정도 적을 때는 두서너 명이 떼를 이뤄 띄엄띄엄 마을을 지나 북쪽으로 사라지는 그 모습이 아무래도 수상쩍었다. 누르스름한 군복이 너덜너덜 헤졌는가 하면 어떤 인민군은 마을 사람들이나 입는 헐렁한 무명 홑바지를 입고 있었다. 거기다가 총을 멘 인민군이 별로 없어 마을 아이들의 실망은 더 컸다.

전상국 소설집

그들이 낙동강 전투에서 지고 유엔군에게 쫓겨 도망가는 패잔병이라는 것이 여기저기 숨어다니며 뭔가 숙덕거리기 시작한 어른들 입을 통해 알려졌다. 그때부터 난리가 터진 지 서너 달 만에 처음으로 마을에 무서운 일이 벌어지기 시작한 것이다.

"위원장님, 계십니까. 어느 날 잘 보이지 않던 마을 사람들 몇이 아버질 찾아왔다 그거요. 둔짓골 박 씨네 집에서 인민위원장 대접하려고 닭을 잡았다고, 아버질 거기 가자는 겁니다. 다른 건 생각 안 나도 그때 아버지가 둔짓골 올라가기 전 어머이한테 하던 말만은 지금도 잊지 않고 있어요. 쟤가 사대 독자요. 어머니 잘 모시고…… 웅얼웅얼. 우리 어머이가 놀랄 수밖에요. 준성이 아버지, 왜 그래요? ㅎㅎㅎ. 그때 아버지가 이런 소리로 웃었던 게 생각나요. 그 웃음소리가 지금도 귀에 생생한 건, 그때 아버지가 내 손을 잡아 쥐고 한 말 때문일 겁니다. 야, 니가 이제부터 이 애비 최용호로 살아야 한다. 내가 우리 아버지가 마지막 남긴 그 말을 이떻게 잊을 수 있겠습니까. 그날이 우리 아버지 제삿날이라 그겁니다. 둔짓골 박가네 집에서 담근 막걸리 한 잔에 닭 다리를 막 입에 문 순간 밖에 숨어 있던 사람들이 방으로 들어와 아버질 쇠스랑으로 찔렀다 그 말입니다. 쇠스랑에 등을 찔리고도 방을 뛰쳐나가 도망치다가 밭두렁에 엎어진 거지요. 그게 다 한청 사람들이 주동이 돼 한 일 아닙니까. 알아보니 지금 그 사람들 거의 다 죽고 몇 없더라 그겁니다. 살아 있대두 그걸 어쩝니까. 죽이지 않으면 내가 죽는 게 난리인데 어쩌겠습니까. 다 피해자라 그겁니다. 그래서 우리 아버지 억울하게 죽었다, 그 생각만은 안 하기로 작심하고 살았다 그 말입니다. 그게 억울하면 또 세상이 뒤집히길 바랄 거 아닙니까. 솔직히 이놈의 세상 언제 뒤집히나 그런 생각 많이 하고 살았지요. 허나 그거 아닙디다. 세상 또 뒤집히면 지금까지 억울하게 살았다고 생각한 사람들이 가만히 있을 겁니까? 그럴 수밖에 없지요. 그렇게 되면 다 죽어요. 죽으면 민족이고 나라고, 그거 다 소용없다 그 얘깁니다."

다소곳이 이야기를 듣고 있던 마을 사람 하나가 불쑥 껴들었다.

"정말 쇠스랑으로 사람을 찔러 죽였다고요? 아무리 난리 때라 해도 뭔 죄를 그리 졌다고 사람을 그렇게……"

아무리 큰 죄를 졌다 하더라도 이웃 간에 어떻게 그런 일이 있을 수 있었느냔, 듣는 사람으로서 이야기하는 사람을 두둔해서 한 말인데 최용호가 갑자기 술상을 주먹으로 내리쳤다.

죽은 최용호가 살아온 것이다.

"뭔 죄를 졌느냐. 나 부귀리 인민위원장 최용호가 그 난리 때 마을 사람들한테 맞아 죽을 그 죄가 뭔지 내 입으로 불어라, 그 말 아니야?"

역시, 미쳤구나. 나는 그의 부리부리한 눈에 번득이는 섬뜩한 빛을 보았다.

"……너 이놈, 네가 왜 죽는지 알겠지? 쇠스랑에 허리와 어깨를 찔려 밭두렁에 엎어졌는데 어떤 놈이 괭이로 내려치면서 그렇게 물었것다. 이런 우라질, 피를 철철 쏟으며 죽어가는 놈이 알긴 뭘 알어. 암튼 죽을 죄를 지긴 졌어. 그러니까 그렇게 재판도 없이 쇠스랑으로 찔러 죽였을 아닌가. 인민위원장 감투 쓴 죄, 그게 바로 죽을 죄여. 감투 썼으니 위에서 시키는 대로 해야 해. 해 올리라는 것도 지랄같이 많았어야. 논이고 밭이고 만 평 이상 가진 자, 그 지주 명단을 올려라. 그렇게 큰 땅 가진 자 부귀리에 딱 하나, 나씨 집안이라 그 지주 나 아무개 이름 올린 죄. 그해 가을 논농사 작황에다 예상 수확량 보고한 죄. 자위대장 뽑아라, 서기장을 뽑아라, 그래서 뽑은 죄. 조속한 혁명 과업 달성하기 위해 부귀리 농맹, 민청, 여맹을 조직해 보고한 죄. 허허, 최용호 이놈 두어 달 동안 죄도 많이 졌다. 또 있어. 남조선 해방 위해 복골 장영팔이 아들 인민의용군 내보낸

죄. 아, 또 있구나 또 있어. 탑둔지 전형균이 돼질 외상으로
잡아먹은 죄. 마을에 내려온 군당 사람들 대접하려고 잡았
는데, 바뀐 세상에 이승만 돈 쓸 수 없고 인민 화폐인가 뭔
가 있다는 얘기만 들었지 구경도 못 해, 돼지 외상으로 끌
고 와 잡아먹은 죄. 최용호 죽을 죄 또 있구나, 또 있어. 휴
가 나왔다 난리 터져 집에 숨어 있는 정대수 색출한 죄. 이
런 우라질, 포로로 잡아가는 줄 알았지. 그놈이 자작고개
서 그렇게 죽을 줄 모른 죄. 죄 중의 가장 큰 죄는 이 죄 저
죄 다 짊어지고 갓 서른에 쇠스랑에 찔려 죽은 그 죌 걸세.
이보시오, 나정기 선생. 그때 최용호 이놈 그렇게 안 죽었
으면 당신 이렇게 살아 있을 거 같아?"

　이 무슨 행패란 말인가. 죽은 최용호의 환생이다. 그가
아니고서야 누가 이런 말을 어떻게 떠벌릴 수 있겠는가.

　"그래, 첨엔 나 때문에 죽은 정대수 유골이라도 제대로
수습하자, 그렇게 시작한 일이여. 그때 정대수 잡아가던
읍 내무서 자위대원 얘기만 듣고 자작고개 골짜길 파헤치
기 시작한 거라구. 정대수 어머이 물에 빠져 죽었단 얘길
들은 지 나흘 만에 이 최용호두 죽었다구. 그 어머이 심정
으루다 여기저기 땅을 파헤쳤단 그 얘기여. 막상 정대수
뼈를 찾고 나니 둔짓골 밭고랑에서 죽은 최용호 생각이 나
더라 그거야. 생각은 간절했지만 그게 어디 쉬운 일인가.

허나 정대수 뼈를 거두고서야, 그래 못 할 게 뭐냐, 그렇게 시작한 일이라 그 얘기여. 아무리 죽을 죄를 져 죽은 놈이라도 뼈다귀라도 제대로 묻어줘야 할 거 아니냐, 그렇게 시작한 일이라 그거여."

갈수록 기고만장, 죽은 최용호가 자기 아들 최용호 이야기를 하고 있었다.

"……나정기 선생, 아까 내 아들놈 얘기 들었잖은가? 지 애비가 둔짓골로 올라가면서 저를 쳐다보고 웃더란 얘기. 웃었지. 뭔 놈의 세상이 뭐 이렇게 빨리 바뀌냐, 겨우 석 달 만에 세상이 바뀌었다 그 말이여. 그게 하도 기가 막혀 웃었던 거야. 된재 정대수도 즈집 헛간에서 끌려가며 나를 보고 웃었다니까. 친구 때문에 잡혀가는구나, 그게 기가 막혀 웃었겠지. 나 선생, 사대 독자 우리 아들놈이 이 최용호 옆에다 정대수 뼈를 묻기로 한 거, 그거 이제 이해가 가나?"

최용호가 눈을 감았다. 그가 다시 눈을 떠 나를 바라보며 웃었다. 번뜩이던 그 눈빛이 아니었다. 나도 그를 따라 웃었다. 미친 사람이 미친 사람으로 보이지 않으면 그렇게 보는 사람도 세정신이 아닐 것이다. 최용호는 미치지 않았다. 미친 척할 뿐이다. 집착이 깊을수록 그 몰입에 대한 확신으로 신명을 낸다. 그래, 지금 최용호의 아들 최준성은 그 일을 즐기고 있는 것이다.

아니나 다를까, 역할 연기의 그 배역이 죽은 최용호에서 그 아들로 바뀐다.

"이렇게 형님 만나 속의 것을 털어놓고 나니 정말 좋습니다. 자, 이제 형님 차례요. 형님이라고 풀어놓고 싶은 사연이 왜 없으시겠소. 형님 얼굴에 그게 씌여 있어. 나도 할 이야기가 있다. 내 말 맞지요, 형님?"

그랬다. 어찌 보면 황당하기 짝이 없는 그의 짓거리에 넋을 놓고 있었던 게 맞다. 그가 평상 주변을 왔다 갔다 하며 떠벌리는 말을 들으면서 나는 된잿말과 가막골을 오가고 있었다. 정대수도 만나고 징징 울던 그 인민군도 보았다. 악몽에서 깨어나는 느낌이었다. 그것을 이야기하고 싶었다. 그 순간은 내가 무슨 이야기를 늘어놔도 다 들어줄 것 같았다. 뭔가 긴한 것을 풀어놓고 싶은 그런 충동이었다.

"최 형……"

그를 최 형이라 불렀다. 그가 생면부지나 다름없는 나를 형님이라 불러 첫 만남의 어색함을 단번에 지운, 이쪽보다 다섯 살 어린 사람에 대한 나름의 배려였다.

"최 형이 정대수 유골을 거뒀다는 얘길 듣고 문득 생각난 겁니다."

동병상련일까, 굿판의 장구재비 장단 맞추듯 내 입에서 뜬금없이 몇 년 전 충청도와 중원군청에 넣었던 민원 건을

전상국 소설집

풀어놓고 있었다.

정년으로 교직을 떠나던 해 생뚱하니 벌인 일이다. 한번 해볼 수도 있는 일이다 싶어 전전긍긍 시작했는데 막상 벌이고 보니 결과가 신통치 않았다. 어쩌면 그때 유난히 심했던 불면증에서 조금이라고 벗어날 수 있으리란 기대가 그 일을 벌인 직접적인 동기였는지도 모른다.

67년 전 마을 사람들이 가막골에 생매장을 한 그 어린 인민군의 유골을 수습해 그 가족에게 돌려주자는, 그 황당한 생각을 실천한답시고 충청도 도청과 지금은 그 명칭마저 사라진 충주(중원군)에 민원을 넣은 일이다.

DMZ 일대 안보 관광을 갔다가 길에 걸린 현수막을 본 것이 발단이 됐다. 6·25 전사자 유해 소재 제보를 기다린다는 내용의 글귀 밑에 곁들인 말이 가슴에 와닿았다.

당신의 관심이 그들을 가족의 품으로!

그래, 그 아들이, 그 형제가 죽었는지 살아 있는지 그것만이라도 알려줘야 한다는 것, 그게 관심이다. 낯선 땅 깊은 골에 처박힌 그 유골이라도 가족의 품에 안겨줄 일이다. 그것이 죽은 자의 권한이기도 할 터이다. 그를 가족의 품으로! 그런 충동으로, 게다가 술 한잔 걸친 호기로 저지른 일이다.

1950년 6·25 때 충청도 충주(현재 중원군)에서 인민의용군에 끌려간 김씨 성을 가진 사람의 가족을 찾습니다.

※ 당시 그 인민의용군의 나이 18세쯤. 가족이 연락을 주시면 그 유해 소재를 알려드리고자 합니다.

다른 내용은 더 쓸 수도, 더 쓸 것도 없었다. 열 살 때 그 기억을 뒤지고 뒤져 찾아낸 것이 그 전부였다. 그런 황당한 민원을 넣은 것은 그 난 중에 충주에서 인민의용군에 끌려간 사람을 찾고자 하면 그리 어렵지 않을 수도 있겠다 싶었던 것이다.

워낙 어이없는 유아적 발상이라 벌여놓고 금방 잊을 줄 알았다. 그러나 충청도에 민원을 넣은 뒤 전전긍긍 그 답이 오기를 기다리는 동안 잠을 잘 수가 없었다. 자다가 숨이 막혀 죽을 수도 있다는 생각을 했다. 그렇게 숨을 쉬기 힘든 가위눌림의 악몽에 시달렸다. 캄캄한 흙구덩이 속에 파묻혀 발버둥 치는 꿈이다. 이게 꿈이라는 것을 느끼는 그런 안도 속에서도 너무 숨이 막혀 죽을 것 같았다. 이게 죽는 것이구나 하는 그 죽음의 공포로 버둥거리다 잠을 깨면 온몸이 흥건히 젖어 있었다. 악몽에서 깨어나면서부터

전상국 소설집

가 더 문제다. 악몽 속의 일들을 기억하고 있다는 것이 두려웠다. 두려울수록 그 기억이 더 또렷이 살아났다.

중원군 민원실에서 답이 왔다. 이쪽에서 민원실에 요청한 사안을 검토한 결과 그 사실 관계를 확인할 그 어떤 실증 자료를 찾지 못했다는 것이다. 검불밭에서 바늘 찾기라는 것을 모르는 바 아니었으나 그쪽에서 덧붙인 글귀 하나에 다시 매달린다. 충주 혹은 중원군 어느 면 어느 마을인지 구체적으로 알려주면 그 현지에 나가 다시 한번 확인해 볼 수 있다는 것이다. 기억의 그물에 걸려 있지 않은 기억을 뒤지는 것은 더 무서운 악몽이다. 이쯤에서 그 마을 이름을 분명히 들었다고 기억하는 기억과 그것을 기억해 내기 위한 기억이 뒤얽힌다. 지도를 펴고 인터넷을 뒤지고 다시 머릿속을 뒤지면서 급기야 기억 조작으로 넘어간다. 충청북도…… 인민군이 자기 집 주소를 우리한테 말했다. 나도 듣고 종구도 들었다. 부처바위 속에 감춰둔 쇠 부처도 들었다. 수면 상태 속에서의 그런 암시로 최면을 건다. 수백 수천 개의 마을 이름에 빠져 숨을 헐떡이다 보면 날이 샜다.

"교장 선생님, 68년 전 그 기억 때문에 정말 잠을 못 주무신단 말이에요?"

마을 사람 하나가 어떻게 그런 일이 있을 수 있느냔 그런 얼굴로 나를 쳐다봤다. 또 다른 마을 사람이 껴들었다.

"결국 적군의 유해를 발굴하자는 그 말씀이신데 그
거 반공법에 안 걸리는가 모르겠네요. 더구나 그때 그 일
에 직접 가담한 마을분들이 아직 생존해 계실 수도 있는
데……"

바로 그 문제로 고민이 클 수밖에 없었다는 이야기를 하
려는 참에 최용호가 불쑥 내달았다.

"형님, 부역자 아니 그 부역자 가족 못 돼봤지요? 연좌
제 얘깁니다요. 잘 아시잖습니까. 난리 끝난 뒤 사상범이
나 부역자 그 가족을 옴짝달싹 못 하게 묶어놓은 그 올가
미 말입니다. 내가 왜 중학교밖에 못 다녔는데요. 그 알량
한 중학교를 졸업하기까지 얼마나 많은 데를 떠돌아다녔
는지 아십니까. 전학 가는 그날로 선생들이 나를 불러 야,
빨갱이 놈, 그러면서 반공 글짓기를 시켰어요. 멸공, 빨갱
이 자식한테 빨갱이 때려 잡자는 그런 글을 써내란 겁니
다. 우리 누난 아예 학교에 다니질 못했다니까요. 어머이
가 빨갱이 소리 듣는 게 무섭다고 누나가 입은 빨간 저고
리까지 박박 찢어버렸지 뭡니까. 살면서 해외 나가는 건
말할 것도 없고 공무원은 꿈도 못 꿨지요. 어디 일하려고
하면 그놈의 신원 조회, 그게 얼마나 무서웠는데요. 연좌
제, 그거 80년대 들어 폐지됐다곤 하지만 빨갱이 바라보

는, 이놈의 세상 그 관행 어디 갑니까. 이날 입때까지 빨갱이 자식이란 꼬리표 못 떼고 살았다 그 말입니다."

그는 이야기 중에 마을 사람이 내미는 술잔을 받아 단숨에 들이켰다. 술을 못한다고 한 사람이 그때까지 받아 마신 술만 해도 꽤 여러 잔이었다. 술이 들어가 그런가 빨갱이 자식으로 사는 일이 얼마나 힘들었는가는 이야기하는 대목에서는 눈시울까지 붉어졌다.

"이제 얘기 듣고 보니 최 형이 이번에 조상님들을 은장골에 모시는 감회가 남다를 수밖에 없겠습니다."

내가 그의 이야기에 얼씨구, 추임새를 넣은 꼴이 됐다.

"뭐라, 그랬으면서 왜 이제 왔냐, 그거 아니요? 형님, 나 여기까지 오기 정말 쉽지 않았어요. 그게 어디 맨 정신으로 떳떳하게 나설 일이냐 그겁니다요. 그렇게 67년이 흘렀지요. 그런데 절실하면 통한다고, 어느 때부터인가 아버지가 나한테 오기 시작한 겁니다. 이놈아, 너 이 애비, 최용호로 살기로 한 거 잊었냐? 그래, 니 애비가 돼서 거길 가는 거여. 그러면서 앞장을 서더라 그겁니다. 아버지가 그렇게 오구부터 세상에 그 어떤 것도 겁나는 게 없었다 그 말입니다."

이쯤에서 끝나나 싶던 그의 이야기가 자기 술잔에 직접 술을 부어 마신 뒤 점입가경, 술잔을 마이크처럼 입 앞에 대고 소리판을 벌인 것이다.

"······절치부심 그 세월, 잊을 수가 없구나. 아아, 어찌 잊을 거냐. 잠을 자도 그 생각, 잠을 깨도 그 소리, 먹고 사는 일판에서도 그 생각, 우리 할머이 그날 저녁 벼락같은 그으 소오리······"

최용호의 눈빛이 심상치 않았다. 어느 순간 어깨까지 들먹들먹 무당 굿판 소리하는 폼을 잡았다. 그때까지 자리를 뜨지 못한 마을 사람들도 그의 신들린 또랑광대 놀음에 잔뜩 긴장하는 눈치다.

"······아이고, 아범아, 아범아, 이놈, 네가 누구라고, 넌 죽어선 안 돼 이놈아! 에미야, 그래 아범 안 죽었지? 그래, 에미야 둔짓골에 가보자. 이거, 풀어라 이놈들아, 내 새끼를 네놈들이 어떻게 죽여? 아이고, 애통절통 울부짖는 우리 식구들 밧줄에 묶여 방 안에 갇혔구나. 할머이가 울면서 오줌을 질질, 어머이가 방 벽에 머리를 쿵쾅 어이쿠. 할머이 앞에서 울 어머이 울면 안 돼. *끄윽끄*윽 숨죽여 우는구나. 뜨개 뜨러 친구 집 갔던 우리 누나까지 잡혀 방 안에 갇혔구나. 세상에 어떻게 이런 일이. 어둑어둑 날이 저물자 마을 어른들이 우리 식구 이리 몰고 저리 몰아 한 번도 못 가본 낯선 골짜기로 끌고 가네. 거기 그 골짜기에(지금 고속도로 뻥 뚫린 연애골 그 골짜기지요), 넓고 넓은 구덩이가 파여 있구나. 구덩이 앞에 우리 식구 네 사람 주욱 늘어 세우는구나. 우리 식구 울며불며 벌벌 떨고 있을 때 마을 사람들 머리 맞대고 쑥덕쑥덕, 의논하고 있구나. 아이고, 저걸 어째, 우리 할머이 이때다 싶어 구덩이로 펄쩍 뛰어내리는구나. 이눔들아 나 하나로 끝을 내거라. 사대 독자 죽인 그 죄 어찌하려고 그러느냐. 어머이, 안 돼, 안 돼. 어머이! 어머이도 구덩이로 떨어지는구나. 살려줘요, 우리 애들 살려줘요. 그때 우리한테 달려온 마을 사람 하나 나를 이렇게 붙잡고 물읍디다. 장터에서 이발하는 장 씨 아저씨, 아저씨 입에서 마늘 냄새 고약하구나. 장 씨 아저씨 목소리 이상하게 떨리네요. 너, 느 아버지가 왜 죽었는지 아느냐, 그렇게 묻네요. 죽였으니 죽었지요, 안다고 고개 끄덕끄덕, 그러니까 장 씨 아저씨 그러네요. 느 아버지 오늘 안 죽으면 내일 동네 사람 다 죽어. 알겠냐, 알겠느냐구. 그래서 또 고개 끄덕끄덕, 장 씨 아저씨 벌벌 떨며 또 말하네요. 느 아부지 빨갱이라서 죽었어. 너두 빨갱이 되면 안 되니까 그래서 죽이는 거다. 알았냐, 알았느냐구 그러면서 장 씨 아저씨 훌쩍훌쩍 우네요. 할머이 어머이도 구덩이에서 서로 끌어안고 아이고아이고. 그때 저쪽에서 뭔 이야기 쑥덕대던 아저씨 하나 우리한테 오네요. 구덩이에 떨어진 우리 할머이를 손 내밀어 끌어올리면서, 어서어서 도망가요, 멀리멀리 도망가라 하네요. 여기서 우리 가족 모두 죽었으니 세상천지 어디에도 흔적 없이 살라네요. 최준성이 너도 여기서 죽었으니 죽은 듯이 살아라. 할머이 어머이 밧줄 풀고 주저앉아 아이고아이고 우리 아범 불쌍하고 불쌍해 예 놔두고 어딘 가란 말이냐……"

집사람까지 안에서 달려 나올 정도로 또랑광대 그 짓거리가 더욱 신명을 탔다.

죽었다 살아난 그 밤에 전국 방방곡곡을 떠돌며 고생하고 산 이야기며 최용호가 마을 사람들한테 잡혀 죽던 그때의 그 정황을 이야기할 때는 마치 넋 건짐 굿하듯 대여섯 살 애 목소리에, 어느 대목에서는 째지는 노파 목소리까지 내질렀다.

자리를 뜰 틈만 찾던 마을 사람들까지 이제는 아예 긴장을 풀고 그가 벌인 놀이판에 얼씨구 추임새라도 넣을 태세다.

"……서럽고 서럽구나, 갈팡질팡 세상천지 떠돌 때 불쌍한 우리 어머이, 아버지 타령 한번 들어보소. 이 집 기웃 저 집 기웃, 이놈 붙잡고 여보, 저놈 끼고 여보, 불쌍한 우리 애들 밥 좀 주소, 헌 잠방이 옷 좀 주소. 야들아, 오늘부터 이 어른이 느 아버지다, 아버지라고 불러야 한다, 아버지, 아버지, 우리 아버지 어디 가고 소문난 노름꾼이 우리 아버진가, 아편쟁이 아버지도 있었구나, 약 떨어지면 미쳐 날뛰는 아편쟁이 무서워 도망치던 첫 새벽에 개 새끼는 왜 그리 짖어대던지. 중풍 든 늙은이도 우리 아버지, 소 훔쳐 먹고살던 소도둑 아버지도 있었구나, 술 먹으면 우리 어머이 목 조르는 주정뱅이 아버지도 있었네요. 우리 누나 다니던 예배당에도 하나님 아버지, 하루 종일 눈 감고 나무아미타불 관세음보살 중얼대던 우리 할머이 부처님 아버지도 있었고, 신 지펴 작두 타던 우리 어머이 몸주로 남이장군 아버지, 인천 상륙 작전 맥아더 장군도 아버지, 산신 장군신 동자신 칠성신, 아버지 꾸러미로 여럿 모신 우리 어머이, 족집게 무당 뚝방촌 우리 판잣집 문전성시 이뤘지만 우리 어머이 당신 운세 볼 줄 몰라 풍 맞고 몸 못 쓰다가 눈 감기 전 내 손잡고, 여보, 여보, 여보 세 번 부른 뒤에 꼴깍 숨넘어갔네요. 아이고, 불쌍하고 불쌍한 우리 어머이……"

사설 엮듯 풀어내는 그 신명이 그대로 소리꾼이다. 이러기로 작정하고 찾아와 벌인 판에 싫고 말고가 없었다. 소리 품새로 이야기하는 중에 그가 내 두 손을 더듬어 잡았다. 어머이 타령하던 그 아들은 어디 가고 또다시 난리 때 둔짓골서 죽은 최용호의 등장이다.

"이보게 정기, 나 알아보겠나? 만주 갔다 돌아온 자네 할아버지가 서울서 내려온 날 보고 부귀리 인물 났다, 그런 얘기 한 거 자넨 모를 걸세. 인물이야 자네 할아버지지, 기미만세운동 때 장터에서 독립선언서 읽은 분이 자네 할아버지 아닌가. 그때 돌아가셨으면 그 양반 열사여 열사. 자네 할아버지 생각 하니까 장터 이장곤, 장영준, 이성진, 복골 장영팔, 탑둔지 나종태, 김은중, 황덕재, 수하리, 김병진이, 새말 용호식…… 이보게, 내가 왜 이 사람들 이름을 아직까지 잊어버리지 않고 있는지 아는가?"

미치지 않고 이럴 수가 없었다. 미친 사람이지만 그가 줄줄이 늘어놓는 사람들 이름을 듣는 순간 사람이 이렇게 미칠 수도 있구나 싶었다. 특히 그가 입에 올린 이름 중에 몇 사람 이름이 귀에 익었다. 열 살 그 무렵에 귀에 새겨진 이름이다. 다행히 그때까지도 우리 아버지 이름은 그의 입에 오르지 않았다.

"야, 나 선생, 세월 앞에 장사 없어야. 복골 장영팔 영감 하나 남고 거의 다 죽었어. 탑둔지 김은중이가 안양 산다기에 찾아갔더니 이 최영홀 못 알아보데야. 송장 다 된 영감 귀에다가 내가 이렇게 말했지. 형, 나 최용호요. 형이 그때 나한테 물었잖소. 네가 왜 죽는지 아느냐고. 그때 못한 대답하러 여기까지 온 거요. 형을 장바닥에 집어 던져 팔

전상국 소설집

부러뜨린 거, 그게 바로 내가 죽을 죄지요. 대처 물 처먹고 건방 떠는 거 보기 싫다며 내 귀싸대기를 쳤을 때 내가 참지 못한 죄, 그거 알고 있다고 하니까, 은중이 형이 날 쳐다보며 웃었어야. 내가 사다가 입힌 겨울 잠바가 그리 좋은지 입이 헤벌떡 웃더라 그 얘기여."

그냥 듣고 있으면 됐다. 다중 인격 장애와는 다른, 어쩌면 그는 자기 생각을 제대로 전하기 위해 일부러 무병 걸린 사람의 그 신기를 화법으로 하고 있는지도 몰랐다. 이야기 품새와는 상관없이 최용호와 최용호 아들 관계의 변신 그 넘나듦이 그럴싸했다.

"형님, 나 기억 좋은 거 자랑 좀 합시다. 누가 우리 아버지를 어떻게 죽였는지 그거 알아보다 보니, 내가 다섯 살때 알고 있던 게 하나도 틀리지 않았다 그 얘기지요. 사람들 이름 하며, 그 사람들이 했던 말까지 생생하다 그겁니다. 암, 생생하고 말고요. 이제 아시겠지요? 아버지가 그렇게 나한테 수시로 온다 그겁니다. 죽은 우리 아버지가 그 자식 놈을 통해 부귀리에 나타났다, 그 말이지요."

죽은 최용호 아들 최용호가 다시 내 손을 잡았다.

"아까 들어보니 형님도 나하고 같습디다. 악몽을 왜 꿉니까. 어릴 때 봤다는 그 인민군이 형님한테 실린 거요. 구천에 떠돌던 귀신이, 그래 이 사람이면 되겠다 싶어 형님한테 들어와 형님을 괴롭히는 거라 그겁니다. 형님, 내가 도와드리지요. 귀신 모시는 덴 내가 선배 아닙니까."

접신한 사람 특유의 그 서늘한 눈빛으로 내 아래위를 훑어본다. 자기 말에 취해 좀 전에 내가 하는 이야기에 시큰둥하던 사람이, 그 말을 꺼낸 일을 내내 후회하고 있는 이쪽 마음을 들여다보기라도 하듯 성큼 은밀히 숨겨둔 내 생각의 갈피를 헤집는다.

"돌이켜보면 다 피해잡니다. 나 이렇게 당했다고 그 억울한 거만 생각하고 살고 있다 그거예요. 모두가 가해자로 보이는 데 그 가해자들 말을 믿습니까, 미워하면서 살 수밖에 없는 것이지요. 이래가지곤 미래가 없어요. 우리 모두가 피해자인 동시에 가해자라는 생각으로 살 때만이 희망이 있다 그겁니다. 형님이 하는 일이 바로 그거 아닙니까. 열 살 그 나이에 본 걸 지금도 잊지 않고 있다. 그 일로 잠을 못 잔다, 그 방관, 그게 바로 가장 무서운 가해가 아니냐, 그런 생각을 하고 있지 않습니까. 그거 맞지요?"

내 대답이 필요 없는, 그 말을 끝으로 그가 벌인 놀이판이 쉽게 끝났다. 그가 우리 집에 찾아온 그 목적만은 분명히 하고 서둘러 자리를 뜬 것이다.

"형님, 그날 꼭 와주셔야 하겠습니다. 은장골 밀례 장사 말입니다. 그날 군수도 와달라고 했는데 잘 모르겠네요."

전상국 소설집

10월 스무닷샛날이라고 했다. 그날 부귀리 은장골에서 그가 어떤 굿판을 벌일 것인지 그 기대가 자못 컸다.

휴대폰 벨이 울린다. 화면에 종구 이름이 뜬다.

"교장 선생님, 우리 애 아버이가 스무닷샛날 은장골에 좀 데리구 가달라구 그러는데유."

종구 부인이다. 10월 스무닷새, 둔짓골 골짜기 어딘가 파묻힌 최용호 유골이 햇빛을 받는 날이다.

"우리 애 아버이가 저번 교장 선생님 만난 뒤 좀 이상해 졌어유. 아니네유. 그 최용혼가 하는 사람 왔다 간 뒤부터 그러는가봐유. 잠두 잘 못 자구, 자꾸 뒤척이면서 이상한 소릴 해유. 그러면서 뭐라는 줄 아세유. 교장 선생님이 많이 위험하대유. 저인 그게 무섭대유. 사람이 왜 그렇게 달라졌는지 모른다고 하면서, 교장 선생님이 치매가 걸린 거 같다구 그런 말두 하던 걸유."

"허허, 내가 치매라구요? 조합장이 치매 아닙니까? 왜갈 봉 부처바위에 숨겨놨던 그 쇠 부처도 기억 못하잖아요."

"아이구, 그 말씀 잘 하셨에유. 그 얘긴데유. 애 아버이가 교장 선생님 가신 뒤 그 얘길 했어유. 그게 생각난다구유. 그 쇠 부천가 돌부천가 교장 선생님이 읍내루 이사갈 때 가 져갔을 거라구 그러던데유."

"하하, 그 말이 맞다면 내가 치매에 걸린 게 분명합니다."

"아니에유. 접때 뵈니까 교장 선생님은 멀쩡하시던데유. 우리 애 아버이가 뭔가 잘못 알고 그러는 걸 거예유."

그 행방이야 어찌됐든 왜갈봉 부처바위 밑에 감춰놨던 그 쇠 부처를 종구도 잊지 않고 있다는, 그 기억의 공유 확인만으로도 마음이 풀렸다.

"그날 출발하기 전에 전화하겠습니다. 괜찮으시면 아주머니도 같이 모시지요."

아내가 흔들어 깨워 눈을 떴다. 온몸이 젖어 있었다. 늘 그러하듯, 내가 산 채로 땅속에 묻히는 꿈이다. 여러 사람들이 삽으로 흙을 떠 땅속에 있는 내 몸 위에 던졌다. 나는 땅 구덩이 속에 서 있는 자세로 흙에 묻히고 있었다. 이승만 만세, 대한민국 만세, 그렇게 소릴 쳐야 하는데 목구멍에서 소리가 나오지 않았다. 얼굴만 남고 온몸이 흙에 묻혔다. 죽어가는 내 모습이 보였다. 빡빡머리 인민군이다. 할머이, 나 집에 가고 싶어, 할머이, 나 살려줘.

"또 무서운 꿈 꿨는가 보네. 나이가 얼마라고 할머이를 그렇게 찾고 그래요?"

10월 스무하룻날, 며칠 전 벌초를 끝낸 선산 조상들 묘

전상국 소설집

를 다시 찾는다. 그 무덤들 앞에 오래 엎드렸다. 이들이 있어서 내가 여기 있는 것이다. 만주에서 돌아와 마을 유지 행세를 하며 살던 조부 옆에 할머니와 작은할머니가 나란히 누워 있다. 우리 할머니보다 먼저 죽은 할아버지의 시앗에 대한 할머니의 배려로 그렇게 묘를 쓴 것이다. 작은할머니 배에서 나온 그 자식들, 삼촌들이 우리 아버지한테 하는 이야기를 들었다. 형님, 우리 어머니가 조상골 선산에 묻혀 계셔서 우리들이 이렇게 잘 사는 거 잊지 않고 있어요.

다시 한번 헤집어봐도 내 기억에는 아버지가 나를 데리고 선산에 올 때 말고는 단 한 번도 고향 마을 부귀리에 발을 들여놓지 않았다. 여름 난리 때까지 살던 부귀리 마을의 그 문전옥답을 지키기 위해 그렇게 애를 쓰면서도 어떻게 그렇게 그쪽으로 발길을 하지 않았을까. 그 사람이 나 때문에 죽었다. 당신이 그때 무심코 흘린 회한의 그 말이 훗날 그 자식에게까지 대물림될 수도 있다는 것을 알기나 하셨는지.

선산에서 멀리 은장골 쪽을 바라보고 있으려니 아래쪽에서 먼 촌수의 문중 사람이 나를 찾는다. 어릴 때 고향을 떠나 객지에 살던 그가 문중 선산에 묻힌 자기 아버지가 6·25 참전 용사라는 것을 뒤늦게 안 뒤 그 유골을 국립호국원으로 모시는 날이라고 나를 우정 선산으로 불렀던 것이다.

"이제 선친 뵐 면목이 설 것 같습니다."

집안 동생뻘 되는 그 사람은 산역꾼들이 묘를 파헤쳐 유
골을 수습하는 동안 자기 아버지가 참전 용사라는 것도 모
르고 산 일이 자식으로서 많이 부끄럽다고, 뒤늦게 그 사
실을 알게 된 전후 사정을 늘어놓은 뒤 국방부가 발급한
참전사실확인서까지 내 앞에 내보였다. 병적증명서와 다
름없는 그 참전사실확인서에는 그 사람 아버지가 1953년
6월 27일 입대한 것으로 돼 있었다. 국립호국원 묘지에 묻
힐 자격은 6·25전쟁이 터진 1950년 6월 25일부터 휴전협
정이 발효된 53년 7월 27일까지로 규정돼 있다. 자기 아버
지가 휴전이 되기 한 달 전에 입대했기 때문에 참전 용사
로 국립묘지에 묻힐 자격이 있다는 것을 뒤늦게 알아냈던
것이다. 이제 화장증명서와 개장신고필증만 떼면 자기 아
버지가 국립묘지로 들어갈 수 있다면서 새삼 안도의 한숨
을 내쉰다.

그동안 벌초도 제대로 안 오던 사람이 이제야 자식 노릇
을 하게 됐다면서 유골 수습을 위해 파묘하는 사람들을 닦
달하고 있었다.

산역꾼들은 이렇게 좋은 지실에, 누운 위치도 이만한 데
가 없다고 그 개장을 아쉬워했다. 실제 개장 유골로 지실

좋은 땅에 가지런히 누워 있는 고인의 유해는 보기에도 좋았다. 두개골은 물론 늑골이며 양쪽 대퇴골 아래 정강뼈와 종아리뼈들까지 다소 허물어지긴 했어도 비교적 온전한 꼴로 놓여 있었다. 위턱뼈와 아래턱뼈가 벌어져 있는 모양이 박장대소하는 형태라 생전의 그 생이 어떠했든 죽어서만은 팔자 좋은 모습이 아닐 수 없었다. 산역꾼들이 유해 파헤치는 걸 저어할 만도 했다.

화장을 해 호국원에 안장될 그 유해를 내려다보며 나는 다른 생각을 하고 있었다. 충청도에 민원을 넣은 가막골의 그 인민군 유해는 어떤 모습일까. 사실은 며칠 뒤 은장골에 안장될 둔짓골 그 골짜기, 거기서 죽어 봉분도 없이 67년 동안 묻혀 있는 최용호의 유해는 어떤 모습일까, 그걸 생각하고 있었는지도 모른다.

"형님, 제씨 전합니다."

동생뻘 되는 그 사람이 나한테 자기 휴대폰을 건넸다. 알고 보니 지금 자기 아버지 유해를 호국원에 모시기 위해 문중 선산에 온 그 사람이 내 동생 정배와 초등학교 동창이라고 했다. 동생은 자신이 그 친구 아버지가 참전 용사라는 것을 알아내는 일에 결정적 역할을 했다며, 그 사람 잘 챙겨주라는 당부다.

"형, 그리고 지난번 내가 얘기 한 그 빨갱이가 밀레 장사인가 뭔가 벌인다고 하던데, 그거 뭐하는 짓이에요?"

"만나보니, 동생이 말하는 그런 사람 아니데. 걱정 안 해도 되겠데."

"형, 그 빨갱이한테 세뇌된 거 아니에요? 그 작자 돈 좀 있다고 허세 부리고 다닌다던데, 형, 정말 조심해야 해요."

동생 정배의 말이 마음에 걸린다. 세상이 왜 이 꼴인가. 이쪽 아니면 저쪽으로 갈라져 중용이 설 자리가 없다. 정권이 바뀌면서 빨갱이 세상 되는 것은 시간문제라고 했다. 빨갱이 세상이 오면 다 죽는다고 했다. 그 말을 두고 수구 골통들의 넋두리라고 했다. 그럴 것도 같고 그렇지 않을 것도 같았다. 혼란스러웠다. 무서운 건 전쟁이다. 당해봐야 안다고 했다. 세상이 그렇게 감당하기 어렵게 바뀌고 있다는 뜻이다.

전쟁, 그건 안 돼. 나는 선산을 내려와 부귀리 마을 정자나무 밑에 차를 세우면서 중얼거린다.

수령이 6백 년이나 된 이 느티나무는 살아온 그 세월보다 더 오랜 세월을 그 자리에 서 있을 것이다. 내가 열 살 그 나이에도 느티나무는 거기 그 모습으로 서 있었다.

난리가 났다고 했다. 부귀학교 4학년 여름이다. 마을 전체가 뒤숭숭, 빨갱이들이 쳐내려오고 있다고 했다. 그때

전상국 소설집

의 부귀리는 네 바퀴로 씽씽 달린다는 자동차가 다닐 수 있는 신작로가 없는 아주 궁벽한 시골이었다. 고개를 서너 개 넘어야 면사무소가 있는 도관리에 갈 수 있었다. 도관리까지 가기 위해서는 25리를 걷거나 옹기흙이나 숯을 싣고 가는 소달구지를 타야 했다. 도관리에서도 50리를 더 가야 읍내가 나왔다. 그 읍내가 집인 선생님을 통해 빨갱이란 말을 처음 들었다. 읍에서 멀지 않은 곳에 삼팔선이란 줄이 그어져 있고 그 삼팔선 북쪽에 빨갱이가 산다고 했다. 빨갱인 어떻게 생겼어요? 어떤 아이가 그렇게 물었을 것이다. 빨강 하면 뭐가 생각나냐? 선생님이 우리한테 물었다. 피요, 피! 그렇다. 피다. 빨갱이는 피를 먹고 사는 아주 무서운 사람들이다. 얼굴도 마음도 모두 피처럼 빨갛다. 선생님은 읍내에서 빨갱이들과 싸우기 위해 자동차를 타고 삼팔선으로 달려가는 경비대(때로는 국방군이라고 했다) 군인들을 많이 보았다고 했다. 어떤 날은 빨갱이와 싸우던 경비대 군인들이 피를 흘리며 자동차에 실려 나오는 것도 봤다고 했다. 읍내 가까운 공작산 아래 야시대리에는 무장공비라는 빨갱이들이 나타나 마을 사람들을 열세 명이나 죽였다고 했다. 여름 난리가 나기 전부터 삼팔선 일대에서 싸움이 벌어지고 있었다는 이야기다.

부귀리에도 경비대에 들어가 군인이 된 사람이 있었다.

그 군인이 집에 휴가를 나왔다고 했다. 난리 터지기 며칠 전이다. 된재 정대수 일등병은 자기 주특기가 통신병이라며 마을 아이들을 모아놓고 쓰쓰 단단 쓰쓰 단, 이렇게 모스부호놀이를 했다. 적군이 나타나면 쓰쓰단단, 쓰스. 누군가, 종구 아니면 내가 물었을 것이다. 아저씨, 빨갱이하고 싸워봤어요? 그때 그가 고개를 가로저어 좀 실망스러웠던 기억이 있다. 그러나 정대수 통신병이 가르쳐주는 쓰쓰단단 쓰스, 막대기로 돌배나무 밑둥을 때리는 그 모스부호놀이는 정말 재미있었다.

그러나 난리가 터지면서 우리는 더 이상 된재에 올라가지 않았다. 난리가 난 그 전날까지도 우리가 만났던 정대수 일등병이 빨갱이와 싸우기 위해 부대로 돌아갔을 것이라고 생각한 것이다. 우리는 된재에 올라가는 대신 장터 느티나무 밑에서 정대수가 가르쳐준 쓰쓰단단 쓰스, 모스부호놀이를 했다. 그런 어느 날이었을 것이다. 붉은 완장을 찬 최용호가 느티나무 밑에서 놀고 있는 아이들을 불러 모았다. 아버지 친구이기도 한 최용호가 내 머리를 쓰다듬어주며 센베이 과자를 주던 생각이 난다. 맛있다, 그치? 종구도 함께 그 과자를 먹었을 것이다. 느덜 쓰쓰단 쓰스, 그거 뭐하는 소리니? 그거 토끼 잡을 때 하는 소리니? 아니요. 우리는 모스부호도 모르는 빨갱이 아저씨가 정말 우스웠다.

전상국 소설집

그리고 며칠 뒤 된재 정대수가 인민군에게(인민군이 아니라 읍에서 나온 자위대원이라는 걸 나중에 알았다) 끌려가는 걸 보았다. 그때부터였을 것이다. 붉은 완장을 찬 아저씨들 눈에 이상한 빛이 났다. 살기였다. 그 아저씨들 눈의 살기보다 더 무서운 살기가 마을 어른들 눈에도 번쩍였다. 복골 장영팔의 아들이 인민군에 끌려갔다고 했다. 아들이 인민군에 갔기 때문에 장영팔이도 빨갱이가 됐다고들 사람들이 수군거렸다.

마을을 지나 북쪽으로 가는 인민군 패잔병들이 많이 줄어들 무렵부터 마을 어른들의 눈에 핑핑 살기가 돌았다. 마을을 지나가는 인민군 패잔병들을 어느 마을에서 때려 잡았다는 소식이 들려오기 시작하면서부터였다. 우리 마을 어른들도 그 일을 하느라 마을 전체가 술렁거렸다. 낮은 보여서 두렵고 밤은 보이지 않아 더 무서웠다. 부귀리 인근에서 잡혀 골짜기 여기저기에 묻힌 인민군이 스무 명도 넘는다고 했다. 인민군을 잡았다는 이야기가 들려올 때마다 할머니가 혀를 차며 혼잣소릴 했다. 저리 객귀 된 것두 모르구, 은제 오나, 집에선 기다릴 거구먼.

마을 사람들에게 하루가 가장 길고 무서웠던 날은 부귀리 인민위원회 최용호 위원장이 죽던 날이다. 그 전날 가족을 데리고 밤에 몰래 북쪽으로 도망치는 인민위원회 자위대장 김장수를 내면 내린천까지 쫓아가 잡아 죽였다는 이야기가 들릴 때만 해도 최용호는 낙동강 전투에서 패한 인민군이 곧 전열을 다시 갖춰 내려올 것이라고 큰소리를 치면서 집에 머물러 있었다. 인민위원회 서기장 용재호마저 솔치고개까지 유인해 처치했을 때도 최용호는 집에 들어앉아 그 모습을 보이지 않았다.

마을 사람 여럿이 장터 최용호네 집으로 몰려갔다. 둔짓골 박 씨가 위원장 대접하려고 닭을 잡았다고 하자 최용호가 선선히 따라나섰다. 그를 가막골에서 죽인 뒤 곧바로 그 가족까지 모두 없앴다는 이야기가 마을에 퍼지면서 마을 전체가 불안에 휩싸였다. 더구나 마을 빨갱이 모두를 처치한 일을 알게 된 인민군 큰 부대가 마을에 들이닥칠 것이란 소문이 돌면서 마을 남자들이 모두 산속으로 숨어들었다.

그러나 그 무렵부터 인민군은 더 이상 마을을 지나가지 않았다. 인민군 대신 비이십구 비행기와 쌕쌔기가 부귀리 하늘을 지나 북쪽으로 날아가는 것이 보였다. 유엔군 참전 소식이 전해지면서 산에 숨어 있던 마을 어른들이 하나둘 집으로 돌아오기 시작했다.

여름 난리를 치르고 난 마을 사람들은 모두 입조심을 하는 분위기였다. 난리가 또 터질지 모른다는 생각 때문이었

전상국 소설집

을 것이다. 마을 사람들 생각이 맞았다. 전쟁이 끝나지 않았던 것이다. 눈이 펑펑 쏟아지는 겨울 아침에 희끔한 누비옷을 입은 중공군 떼가 마을에 나타났다. 중공군 세상이 된 것이다. 그리고 얼마 뒤 솔치재에서 중공군 수천 명이 유엔군 비행기 폭격에 타 죽는 그 불길이 마을까지 훤하게 비쳤다. 밤이면 중공군 대장이 타고 왔던 말이 산속에서 히잉히잉 며칠씩이나 울고 다니는 소리를 들었다. 그 말 울음소리가 죽은 중공군들 귀신 우는 소리라며 마을 사람들은 귀를 막았다. 그리고 얼마 되지 않아 또 세상이 바뀌었다. 부귀리 강변에 낙하산을 타고 유엔군 외국 병사들이 날아 내린 것이다. 키가 크고 얼굴빛이 검은 외국 병사들이 강변에 텐트를 쳤다가 떠난 뒤 아이들이 강변으로 달려가 모래밭을 파헤쳤다. 땅속에 묻고 간 분말우유며 시커먼 가루가 든 깡통 들이 여러 개 나왔다. 그 시커먼 가루를 입안 가득 퍼 넣던 아이들이 도리질을 쳤다. 어떤 아이들은 그 모래밭에서 외국 병사들이 싼 똥을 헤쳐 들여다보며 낄낄거리기도 했다.

다행히 SUV 차량이라 종구 휠체어를 차에 실을 수 있었다. 내가 종구를 운전석 뒷자리에 태우기 위해 끙끙거리자 종구 부인이 말했다.

"그런 델 뭣 하러 가구 싶어 교장 선생님을 고생시키구 그런대유?"

미리 운전석 옆에 탄 종구가 밖을 향해 뭔가 소릴 친다.

"시꺼, 집에 가! 기따 이, 이 사람 하구 머, 먹을……"

나하고 자기 집에서 저녁을 함께 먹고 싶다는 주문이다. 내가 말을 꺼냈지만 종구의 반대로 종구 부인은 동행하지 못했다.

은장골로 차를 모는 중에 종구가 나를 쳐다보며 히죽이 웃는다. 나도 그냥 웃음이 나온다. 어린 시절로 돌아간 기분이다. 부귀리 장터를 지나면서 불현듯 우리가 어릴 때 하던 마을 이름 대꾸 달기 놀이가 생각났다.

"형, 지금 우리 어디 가는지 알아? 부자 나온다 부귀리, 술술 넘어간다 술고개, 까악까악 가막골, 금 나와라 뚝딱 금정골……"

이쯤에서 내가 짐짓 뜸을 두자 종구가 날름 받는다.

"으, 으은 나와라 뚜다, 으, 자골."

"그래, 은 나와라 은장골, 형, 우리 옛날 은장골에 같이 간 적 있지?"

학교 다닐 때 토끼몰이를 함께 갔던 곳이 은장골이 아닌가 싶었던 것이다.

"앙 가쪄. 난니 끄, 끄나구 거기 가다가 니가 두, 두짓골

용호 죽은 거 무섯다구 그래짜나. 그래서 앙 가쩌."

내 기억에는 없는 부분이다. 그러나 나는 종구의 말을
부인하지 않는다. 두 사람의 기억이 그 시절에서 만나고
있는 것만 해도 좋았다.

"으잔골, 느 하라부지 마,만세우동 하구 수,숨어 이떤 데
라구 니가 그래짜나."

함께 가는 것이 그처럼 좋은 것인가, 내 마음을 사기 위
한 종구의 기억 더듬기가 절정이다. 은장골. 자랑삼아 그
런 이야기를 했을 것이다. 기미년 4월 부귀리 만세운동 때
일본 헌병의 총에 마을 사람 여덟이 죽어, 그들은 열사가
되었고 그 운동에 앞장섰던 우리 할아버지는 은장골에 숨
어 살았기 때문에 그 이름이 남지 않았다. 숨어 있는 할아
버지한테 밥을 해 날랐다는 할머니를 통해 나는 은장골이
옛날 농민전쟁 때 관군에 쫓겨 온 동학군 마지막 무리들이
숨어 있다가 떼죽음을 당한 곳이라는 이야기까지 들었다.

덤으로 따라온 그런 내력 때문인가 불알친구와의 은장
골 가을 나들이가 마냥 가을하다. 그 마음을 감추기라도
하듯 내가 종구를 갈군다.

"아주머니가 그러데. 형, 옛날 왜갈봉 그 쇠 부처 생각이
났다면서?"

"아니, 나, 그거 모,모라."

"그 쇠 부철 내가 가지고 갔다면서?"

"모라, 나 처,천주님 미더. 즈,즘말 공소 다녀."

"천주님도 이건 알고 계실걸. 우리 둘이 벌벌 떨면서 올라갔던 가막골 골짜기 말이야. 그 인민군 죽은 데."

"소,소치재서, 주,주공군 마이 주거써."

"형, 기억해봐. 왜갈봉에서 그 인민군이 우리한테 자기 집이 어디라구 말했잖아. 그거 생각 안 나? 충청도 충주 …… 어디랬지?"

"나, 모라. 우리, 가,감두리 논, 파,파라야 해. 서울 아,아들이 도,도니 피료하대."

"오늘 된재 정대수두 은장골에 온다는 거 알아?"

"대수가 주거때. 용흐 그래써. 지가 유골 거둬따구."

"형, 쓰쓰, 쓰쓰단. 옛날 대수 아저씨가 우리한테 가르쳐준 그거 생각나지?"

"오즘 마려. 차, 세. 오즘, 눠야 해."

칭칭 울기까지 했다. 풍 맞은 뒤 전립선까지 안 좋아 오줌을 못 참는다는 얘기를 들었지만 이 정도일 줄은 몰랐다.

"스퍼."

차에 싣고 온 휴대용 소변기에 오줌을 누면서 종구가 슬프다고 했다. 먼 가을 하늘에 구름 떼가 유난히 희다. 이제 인생 마지막 큰일 하나만 남겨놓은 그 나이의 나 또한 마음이 그랬다. 어릴 적 친구와의 동행, 그 들뜸의 정체가 바로 그것이었다. 추억, 그리고 허망.

은장골로 들어서는 둔짓골 입구에 차를 세웠다. 좁은 길에 차가 즐비해 더 나갈 수도 없었다.

부귀리 장터부터 은장골로 올라가는 농로가 경운기며 트럭에 승용차까지 꽉 찼다. 군수까지는 안 왔어도 면 농협장에 새마을 지도자며 부귀리 반곡리 수하리 마을 이장들도 보였다. 탑둔지 교회 목사도 오고 산기슭 노송 밑에 수하리 운주사 스님도 보였다. 대부분 부귀리 일대 주민들로 시골에서 이만한 사람들 모이기 쉽지 않았다. 멀리 경찰 순찰 오토바이까지 경광등을 번쩍이고 있었다.

길이 좁아 더 이상 휠체어를 밀고 올라가기 힘들어 장터 사는 아는 사람한테 종구를 부탁하고 은장골까지 올라갔다. 고랭지 배추 농사를 하던 은장골 너른 언덕에 행사용 천막이 세 개나 쳐 있었다.

삼태기 모양을 한 은장골 막바지 언덕에 올라서면 부귀리 일대 산야가 한눈에 내려다볼 정도로 앞이 훤히 트였다. 오늘 유골 장례가 치러질 묘역은 남향받이 언덕에 그리 크지 않은 규모였다. 묘역 서너 곳에 비닐이 덮여 있어 그것이 바로 여기저기 흩어져 있던 혼백들이 옮겨 누울 자

굿

리 같았다. 비닐이 덮인 구덩이 한쪽에 봉분을 만들 흙이 쌓여 있고 그 옆에 자그마한 비석과 거기 어울리는 자그마한 상돌들이 보였다. 맨 위쪽에 고 최석구·고 이분례, 조금 아래쪽에 고 최용호·고 박영분. 부부 합장이 분명한 그 두 곳에서 대여섯 걸음 떨어진 곳에 일등병 정대수 이름이 새겨진 비석과 상돌이 놓여 있었다.

문득 정대수 비 뒷면을 보니 가족 이름은 없고 부귀리 이장과 부귀리 주민 일동이란 글씨가 박혀 있었다. 거기까지 미처 살피지 못한 다른 비석 뒷면을 보니 두 군데 모두 아들: 최용호, 손자: 최성식 그 이름만 달랑 새겨져 있었다. 묘역 그 밑에 가지런히 쳐 있는 행사용 천막 주변에서는 오늘 개장 행사를 위해 음식을 준비하는 마을 아낙네들이 부산하게 움직이고 있었다.

아아……

종구를 두고 온 둔짓골에서 이제 막 개장 행사가 시작되려는지 음향 설치 마이크 소리가 삑삑거렸다.

하늘이 쩡쩡 맑고 햇볕마저 따가웠다. 전날까지 추적인 가을비로 스산하던 날씨가 개장 행사에 큰 부조를 하고 있었다. 하늘과 동색인 쑥부쟁이가 산비탈로 지천을 이루고 밭 가장자리로는 산국이며 산씀바귀꽃이 샛노랗게 흐드러졌다.

전상국 소설집

은장골로 올라가기 전에 바른쪽으로 휘어들면서 나타나는 침침한 골짜기가 둔짓골이다. 여름 난리 때 그 일이 있은 뒤 최용호를 유인했던 박 씨 집터마저 없어지면서 둔짓골 일대는 지금까지도 휘휘하게 버려진 골짜기다. 은장골 땅이 그 정도 헐값에 넘어간 것도 그 어귀에 위치한 둔짓골 덕일 수도 있었다.

둔짓골 입구에서부터 사람들이 북적댔다. 오긴 했어도 아직 그 분위기에 서먹한 사람들이 끼리끼리 모여 낮은 소리로 수런대고 있었다.

"은장골에 납골당을 만든 게 아니더군. 화장한 분골을 모시는 게 아니라 유골을 그대로 매장한다는 거야."

"그러게 말이야. 화장을 하면 DNA가 다 타버려 그 망자의 기가 후손에게 못 미친다고 하더구먼서두."

"아니지, 태우지 않는 이유가 따로 있을 걸세. 이제 그 흉지에서 파내 길지에 매장하면 나쁜 기는 죽고 좋은 기가 다시 살아날 거라, 그 기대 아니겠어."

"맞는 말이야. 은장골 좋은 기가 자손에게 감응, 그 자식들이나마 좋은 세상 누리라는 거라구."

"그래. 명당, 발복 얘기가 왜 나오겠어. 이제 우리 부귀리두 잘될 거야. 이번에 한 푼 귀신이 얼만데 그래."

"맞아. 최용호 저 양반이 그러더래. 이제 부귀리가 그 이

름처럼 다시 부자 동네 될 거라구. 그러면서 마을 번영 기
금두 좀 내놨다던데."

　이날 개장은 은장골로 가기 위해 그 초입을 거쳐야 하는
둔짓골 안쪽 묵밭에서 시작됐다. 그 입구에 부귀리 동막골
상엿집의 상여가 종이꽃으로 줄레줄레 치장을 한 채 대기
하고 있었다.

　둔짓골에 묻혔던 최용호 유골을 거두는 개장 장례를 그
망자의 아들인 최용호가 주관하고 있었다. 상주가 아예 장
례 집사 역까지 맡은 그 곁에 사십 안팎으로 보이는 젊은
사람이 검은 양복에 검은 넥타이를 맨 상주 정장 차림을
하고 차분하게 움직였다. 다리를 조금 절긴 해도 그 반듯
한 외양으로 보아 속이 꽉 찬 사람 같았다.

　이장을 하기 위해 겨우 봉분 형태만 갖췄던 가묘 좌우로
서 있던 산역꾼이 최용호한테 휴대용 앰프에 선이 꽂힌 마
이크를 내밀었다. 앰프 위치 때문인가 빼액 잡음이 터지기
를 그쳐 최용호가 마이크에 입을 댔다.

　"아, 아, 마이크 시험, 아, 잘 들리십니까. 아, 예, 지금부
터 제 선친 망해를 은장골 묘소에 모시기 위한 간단한 절
차를 거행하기에 앞서 한 말씀 올리도록 하겠습니다. 지금
보고 계시는 바로 이곳에 제 선친이 계십니다. 자식이 이

렇게 살아 있으면서도 67년 그 세월을 여기 이렇게 버려져 계셨다 그겁니다."

이쯤에서 그는 말을 끊고 잠시 쉬었다가 다시 마이크에 입을 댔다.

"부귀리 주민 여러분, 그동안 선친 망해를 수습하는 일에 가족 그 이상으로 힘을 보태주신 주민 여러분, 고맙습니다. 정말 고맙습니다."

최용호가 밭둑으로 둘러선 마을 사람들을 향해 땅바닥에 넙죽 엎드렸다. 생각하지 못했던 일이라 둘러섰던 사람들이 나름으로 몸을 움직여 예를 표했다. 마을 사람들을 향해 큰절을 하고 난 최용호가 아아, 다시 한번 마이크 시험을 한 뒤 말을 시작했다.

"그동안 선친 망해 수습하는 일이 쉽지 않았습니다. 다들 여기라곤 하는데, 여기저기 아무리 파헤쳐도 나오질 않아요. 그 경황에 깊게도 묻어드렸구나 싶어 더 깊이 파도 나오질 않았다 그 얘깁니다. 여북하면 제가 백 세 넘으신 복골 장영팔 아저씰 여기까지 모시고 왔었겠습니까. 절 보자마자 용호, 이놈아, 너 여기 어떻게 왔어? 그러던 양반이라 기대를 하긴 했지만 여기 올라오면서 바로 이 비탈로 저를 끌고 오는 게 아니겠습니까."

최용호가 가묘 앞에 상석처럼 놓인 돌 하나를 가리켜 보이며 말을 이었다.

"바로 이게 상돌에다 빗돌 역할을 했던 겁니다. 그렇게
여러 곳을 파헤쳐도 찾을 수 없던 선친 묻힌 데를 그 어른이
이 돌을 보고 찾아냈다 그 말입니다. 그때 선친 돌아가실
때 이 현장에 있던 분이니까 저 돌이 기억에 남았을 수밖
에 없던 것이지요. 내가 오죽 감복했으면 그 아저씨를 붙
잡고, 아버지 아버지 하면서 통곡을 했겠습니까. 너무 오
랫동안 참아왔던 울음이라 그칠 수가 없었지요. 그때 나만
운 게 아닙니다. 껵껵 울다 보니까 누가 뒤에서 나를 붙잡
고 나보다 더 서럽게 우는 사람이 있었다 그 말입니다. 맞
습니다. 영팔이 그 아저씨 여기 모시고 올 때 함께 왔던 그
며느님이었지요. 웅엔이라던가, 월남에서 시집온……"

그는 장영팔 노인이 자기 아버지 묻힌 데를 눈짐작으로
찾아내던 그때의 상황을 더 실감 나게 이야기했다. 치매
노인이 비척비척 묵밭을 헤치고 다니다가 밭 가장자리 비
탈진 곳에서 발을 멈췄다. 손바닥 크기로 삐죽이 드러난
돌 모서리를 가리켜 보이면서 노인이 말했다. 이걸 거여,
이거. 내가 이걸루 최용호 다릴 눌러놨다니까. 그 돌 가장
자리의 흙을 파내자 다듬잇돌보다 더 넓적하고 길쯤한 돌
이 드러났다. 그 돌 밑에 뼛조각이 보였다. 바른쪽 넓적다
리뼈 하나와 왼쪽 정강이뼈, 그게 전부였다.

전상국 소설집

"땅을 파고 여기에 선친을 묻은 게 아니었다 그 말입니다. 이 비탈에 쓰러진 그 위에다가 대충 흙을 끼얹어 덮을 때 시신이 밑으로 흘러내리지 않게 다리 쪽에 돌을 눌러놨던 거라 그겁니다."

다리에 눌러놨던 그 돌 덕에 오랜 세월이 흐른 뒤에도 그 뼛조각 두어 개만은 유실되지 않았다는, 67년 전 그 가을의 둔짓골 사건 전말이다.

"이럴 수가 없다, 이 돌이 놓인 주변을 샅샅이 파헤쳤지만 더 이상 나오는 게 없었다 그겁니다. 그런 중에 누렇게 녹이 슨 혁대 버클 하나를 찾았지요. 선친이 맸던 혁대 그 버클 말입니다. 그거였어요. 서울 살 때 백화점에서 산 거라고 자랑하던 그거였다니까요. 그때 부귀리에서 가죽 혁대를 맨 건 우리 선친 하나뿐이었을 겁니다. 그 가죽 혁대가 얼마나 신기했으면 선친 허리춤에서 그걸 빼서 장난감으로 가지고 놀았겠습니까. 혁대 끝을 쥐고 그걸 돌돌 버클까지 말아 쥐었다가 확 내던지면 우리 누나가 기겁을 했지요. 그걸로 남폿불 등피까지 박살 냈지 뭡니까. 그뿐이 아니지요. 한번은 확 풀어낸 혁대 버클이 우리 할머이 얼굴에 맞았지 뭡니까. 우리 할머이가 그때 나를 쳐다보고 웃던 생각이 나요. 할머인 웃는데 아버지가 화를 내면서 그 혁댈 빼앗았다니까요. 지금도 우리 할머이 생각하면 눈물이 납니다."

이 대목에서 최용호가 느닷없이 며칠 전 우리 집에 와 하던 소리꾼 그 품새로 사설을 엮었다.

"……아이고, 할머이가 죽었구나. 우리 할머이가 죽었어. 우리 할머이 원통 절통 죽은 사연 들어보소. 양 구장집 따님 우리 어머이 남편 죽고 사방천지 떠돌면서 아들 죽고 넋이 나간 시모에 어린 자식 멕여 살리려 이 서방 저 서방 얻어 다닐 때 세번쨴가 네번쨴가 그 서방, 소도둑 놈, 그놈이 우리 할머이 겁탈했어, 겁탈을 했구나. 아이고아이고, 눈을 뜨나 감으나 나무아미타불 관세음보살 불러대던 우리 할머이, 솟을대문 양반집 뼈대 있는 우리 할머이가 그날 밤에 목을 맸네, 오십도 못 넘긴 곱디고운 그 나이에 죽었구나, 대추나무에 목을 매 죽었구나 죽었어……"

둘러선 사람들이 놀라고 어쩌고 할 겨를도 없었다. 언제 그랬느냔 듯 시침 뚝 노랫가락을 거둔 그가 양복 윗주머니에서 뭔가 꺼내 가묘 앞의 돌 위에 올려놓았다. 검측하게 녹슨 혁대 버클이다.

"여러분, 이게 바로 그겁니다. 호랑이는 죽어 가죽을 남긴다지만 우리 선친은 뼛조각 두어 개에 이거 하나만은 확실하게 남기셨습니다."

멀리서 누군가 박수를 쳤다. 짝짝, 딱 두 번. 그 박수 소리

전상국 소설집

에 사람들이 웅성웅성 긴장된 몸을 풀고 있었다. 최용호가 다시 마이크를 입에 가까이 댔다. 이러자고 벌인 판 아니겠는가. 둘러선 마을 사람들의 분위기가 다시 숙연해졌다.

"이 버클 하나 가지고 어떻게 압니까. 그래서 선친 대퇴골을 가지고 DNA 검사까지 했다는 거 아닙니까. 저기 휠체어 옆에 계신, 나정기 교장 선생님, 이 얘기 지난번에 제가 반곡 가서 한번 말씀드린 적이 있지요? 우리 선친 뼈 검사했다는 그 얘기 말입니다. 맞았어요. 맞을 수밖에요. 선친 아닌, 그 누가 이 골짜기 이 밭두렁에서 쇠스랑에 찔려 죽었겠습니까."

그가 하늘을 향해 머리를 쳐들었다. 둘러선 사람들도 쩡쩡 맑은 가을 하늘을 쳐다본다.

그동안 부동의 자세로 고개를 깊이 숙이고 서 있던 최용호의 아들이 몸을 재게 움직였다. 가묘 옆에 놓인 넓적한 돌 위에 뭔가를 올려놓는다. 망자의 뼛조각을 지켜준 그 돌이 밀례 장사 제사상 역할을 하고 있었다. 조금 전 최용호가 꺼내놓은 혁대 버클 그 옆으로 술과 포해가 차려지고 스텐 향로에 향이 피어올랐다.

최용호와 그 아들이 두 번 절한다. 그리고 최용호가 흠, 흠, 흠 세 번 기침한 뒤 북쪽으로 꿇어 앉아 고한다.

"이제 파묘! 이를 신명께 고합니다. ……유세차, 전 부귀리 인민위원장 고 최용호, 장우자지 세월자구 체백불녕 금장개장 복유존령 불진불경."

제사상 위에 놓인 축문을 읽은 최용호가 마이크를 옆에 선 아들에게 넘긴다. 아들이 마이크를 받아 대본도 없이 축문을 푼다.

"할아버지, ……이곳에 묻히신 지 너무 오래되어 체백이 편안치 못할까 염려되어 다른 장소로 옮기고자 하오니 존령은 놀라지 마십시오."

그리고 부자가 가묘를 향해 두 번 절하고 아이고 아이고 아이고 세 번, 길게 곡한다.

이어 산역꾼들이 장난하듯 무덤의 서쪽을 괭이로 한 번 쿡 찍고 파묘, 또다시 그 옆을 찍으며 파묘! 하면서 사방의 흙을 파내기 시작한다. 구구구, 먼 산속에서 산비둘기가 운다.

정말 최용호가 말한 대로 꽤 큼직한 넓적다리뼈 하나와 정강이뼈 하나가 그 흙구덩이 속에서 나왔다. 아들이 그 뼛조각을 한지 깔린 칠성판 위에 조심스레 놓는다. 최용호가 준비해 온 향물로 그 뼛조각을 씻어 시신을 염습하듯 조심스레 삼베로 감싼 뒤 관 속에 넣는다. 남은 관 속이 구겨진 한지로 채워진다.

입관 절차가 끝나자 최용호가 다시 마이크를 잡는다.

"이제 조금 있다가 보시게 되겠습니다만 얼마 전 자작고개에서 정대수 어른의 유골도 이렇게 제가 직접 수습해 저기 상여 속에 모시고 왔습니다. 그 어른의 경우, 육탈이 잘된 편이라 수습하기가 그리 어렵지 않았습니다."

이때 둘러선 사람들 속에서 잘했소, 정말 잘했소이다, 그런 소리가 추임새 넣듯 흘러나왔다. 그 분위기를 탄 것인가. 아아, 하고 그가 다시 마이크를 입에 댔다.

"부귀리 여러분, 제가 아직 못 한 일이 또 있다는 것을 이 자리에서 말씀드리고자 합니다. 67년 전 부귀리 인민위원회 자위대장 감투 썼다가 내면에서 죽은 김장수, 솔치재까지 끌려가 죽은 서기장 용재호 그 두 사람 유골을 거두는 일 말입니다. 정대수처럼 그분들도 제 선친으로 해서 그렇게 되었으니 그 객귀 거두는 일을 제가 하는 것이 맞다 그 말씀입니다. 곧 그 일로 또 찾아뵈올 것을 약속드리면서 지금부터 운구 절차를 진행하겠습니다."

그의 말이 끝나자 둘러섰던 사람들이 잠시 술렁거렸다. 또 다른 객귀를 거두겠다는 그 말 때문이었을 것이다.

최용호와 그 아들이 달랑 뼛조각 두어 개가 든 관을 맞들고 일어섰다. 조금 떨어진 곳에 운구할 상여가 놓여 있었다. 부귀리학교 교장으로 부임하던 해 아이들 교육 삼아 선생들과 함께 돌아봤던 동막골 상엿집의 그 상여가 오랜 만에 제구실을 하고 있었다.

상여 앞에 관을 내려놓은 뒤 최용호가 다시 마이크를 들었다.

"아, 아, 잘 들리십니까? 원래 한 분씩 따로 모셔야 하는데, 형편상 다섯 분을 함께 모시기로 했지요. 지금 저 상여 안에서 자작고개에서 유명을 달리하신 정대수 어른, 그리고 제 조부모님, 우리 어머이까지 이렇게 네 분이 선친을 기다리고 계십니다."

그쯤에서 상여꾼 두 사람이 상여 중앙의 휘장을 걷어 올리자 최용호 부자가 다시 관을 들어 그 속으로 정중히 밀어 넣는다.

무슨 말인가 더 하려는 최용호에게서 그 아들이 마이크를 사정하듯 넘겨받았다. 상여가 고인들이 오매불망 간절히 그리던 고향 마을을 들러 은장골 장지까지 올라오게 되는, 그 한 시간여 노제에 대한 문상객들의 양해를 구하기 위한 인사말이었다.

다섯 사람의 유골이 든 상여를 메기 위해 청장년 10여 명이 우르르 몰려왔다. 대부분 낯이 익은 사람들이지만 그동안 못 보던 얼굴도 몇 보였다. 놀라웠다. 고향에 와 살면서 이처럼 마을 청장년들이 많이 모인 것을 본 적이 없었다.

이미 각본이 짜여 있었는지 여덟 명이 상여를 메자 나머

전상국 소설집

지 사람들이 밭두렁에 걸쳐놓았던 긴 깃대들을 하나씩 들어 올린다. 울긋불긋 만장이 휘날린다.

상여 앞에 망자 다섯의 이름이 나란히 적힌 위패를 최용호의 아들이 들었다.

상여 뒤를 다섯 개의 만장이 우줄우줄 따랐다.

卍 오호통재라, 대한민국 국군 일등병 정대수

卍 살아왔다, ~~(전) 부귀리 인민위원회 위원장~~ 최용호

분한 마음 녹고 녹아 티끌보다 가볍구나

살기 좋은 내 마을 우리 힘으로 만드세

과거지사 불문!

다섯 개의 만장 중 최용호 앞에 (전) 부귀리 인민위원회 위원장이란 글귀 위에는 검은 줄이 그어져 있었다. 마을 이장단이 문제를 제기해 그 현장에서 검은 매직펜으로 줄을 그었다는 얘기가 둘러선 사람들 속에서 들려왔다.

"저 양반, 자기 부친이 썼던 그 빨갱이 감투 왜 자꾸 들먹이겠어. 감투 때문에 죽었다, 감투 욕심내면 다 이렇게 된다, 뭐 그런 걸 얘기하고 싶은 거 아니겠어."

상여가 부귀리 장터 마을을 향해 움직이기 시작했다. 선소리꾼을 따로 세우지 않았지만 흥이 난 상여꾼 중 한 사람이,

─북망산천이 머다더니 내 집 앞이 북망일세, ……이
제 가면 언제 오나 오실 날이나 일러주오.

　이렇게 매기니 다른 상여꾼들이,

　─에헤 어허이 어허, 어허 넘차 어허.

　하고 받는다. 이 무슨 흥인가, 유골 입관 상여가 마을을
향해 움직인 지 얼마 되지 않아 노제랍시고 그 출발부터
앞뒤로 왔다 갔다, 이리 흔들 저리 흔들, 제자리걸음이다.

　─여보시오, 사자님네, 노잣돈도 갖고 가오, 만단개유
애걸한들, 어느 사자가 들을손가, 불쌍하다 이 내 신세, 인
간 하직 망극하다.

　망자 최용호의 아들 최용호가 눈짓하자 그 아들이 달려
가 노잣돈 봉투를 상여 앞머리 무명천 줄에 꽂는다.

　휠체어에 담요로 무릎까지 덮은 종구를 이곳저곳으로
밀고 다니는 일이 쉽지 않았다. 더 난감한 일은 종구가 혼
잣소리로 뭔가 계속 웅얼거리고 있었던 것이다. 곡하는 소
리다. 아이고, 아이고…… 최용호 주역으로 둔짓골에서 벌
어지는 일을 곁에서 함께 지켜본 나름의 감회인가 싶어 눈
을 맞추자 엉뚱한 소리를 한다.

　"자, 자네 마, 말하던…… 인미군두 오느 여기 와쩌?"

　"종구 형, 가막골서 죽은 그 인민군 지금 생각나는 거야?"

"행각 안 나. 그전 일, 하나두 행각 안 나. 그,그래서 나, 풍 마자쩌. 아이고, 아이고……"

그러잖아도 둔짓골에 올라오면서 내내 그 어린 인민군 생각을 했다. 잠을 자지 못하는 상태에서의 그 악몽이다. 어둡다. 구덩이 속, 숨이 막힌다. 퉁기듯 가슴에 전율이 온다. 그 어린 인민군이 파묻혀 있을 가막골 그 구덩이를 파헤치고 싶은 충동이다.

아이고, 아이고…… 마을로 내려가는 상여 소리 때문인가. 종구의 곡소리가 그럴싸하니 어우러진다.

"남의 밀례 장사에 형이 왜 우는 거야?"

그렇게 핀잔을 주자 종구가 아이고, 아이고 한 술 더 뜬다. 풍 맞은 늙은이의 칠푼이 짓이 아니라 꼭 애들 어릴 적 그 어리광이다.

"친구분 모시고 오셨네요."

돌아보니 면장이다. 면장은 내가 읍내 초등학교 있을 때 담임을 했던 제자다. 공무원으로 고향에서 정년을 하게 돼 조상 뵐 면목이 섰다며 내년 안식년에 시골에 집을 짓고 싶다며 반곡리까지 나를 찾아왔던 사람이다.

"선생님, 제가 올 자리가 아닌데 온 것 같아요. 면사무소에 개장 신고가 들어와 별거 아닌 줄 알았는데……"

막상 와보니 보통 개장 행사가 아니라 당황한 기색이다.

사실 공무원 신분으로 이런 자리가 그리 편하진 않았을 것이다.

"교장 선생님께서도 잘 아시는 분이라고, 저분이 며칠 전 지서에 오셔서 말씀하셨지요."

면 지서에서 나온 차석이다. 최용호가 지서에까지 오늘 개장 행사가 있다는 것을 알린 모양이다.

"잘 알지요."

"선생님, 정말 이래도 되는 겁니까?"

면장이다. 무엇이 이래서는 안 된다는 것일까. 내 대답을 듣자고 하는 말이 아니라는 걸 알면서도 마음이 편치 않다.

"나도 잘 모르겠네."

그러나 나중에 마음이 더 편치 않을 것 같아 앞의 말을 지우듯 덧붙인다.

"이제 그럴 때도 됐잖은가. 나라가 진작부터 이런 일을 했어야 하는 게 아닌가 하는 생각이 드는구면."

다행히, 그럴 때라니, 나라가 할 이런 일이 뭐냐고 맞대 묻지 않는다. 면장과 지서 차석이 서로 눈길을 맞춰 그냥 웃을 뿐이다. 나도 그들을 따라 웃는다.

"아이고, 아, 아이고……"

종구의 곡소리에 흥이 실린다. 듣자하니 애통하여 우는 소리가 아니다. 기쁘고 반가울 때 내는 그런 소리 같기도 하다.

마을로 내려가는 상여를 바라보고 있자니 안도의 숨이 나간다. 최용호가 벌이는 그 느닷없는 광대 짓을 더 이상 보지 않을 수도 있겠다는 생각에서다.

"아이고, 됴타. 용흐두 오구 정대수두 가치 와따잖아!"

종구가 나를 쳐다보며 웃는다. 마을을 또 한 번 떠들썩하니 뒤집어놓을 것이 분명한, 김장수와 용재호 그 두 사람의 유골도 거두겠다는 최용호의 그 말을 제대로 못 알아들은 것이 분명하다. 기분이 썩 좋을 때의 아이마냥 종구의 얼굴에 히득히득 신명이 실렸다.

이제 좀 있으면 마을을 돌아온 널 속의 망자들 유해가 은장골 묘지 굿 속에 들어가 눕고 그것이 메워지면 이 마을에만 전해지는 상두꾼들의 두발차기 세발차기 율동에 맞춘 메나리조 가락의 흥 있는 회다지소리를 들을 수 있을 것이다. 그러나 그때까지 이곳에 머무는 일이 아무래도 무리일 것아 휠체어를 마을 쪽으로 돌린다.

그 낌새를 알아챈 듯 종구가 휠체어 브레이크를 잡으면서 몸을 뒤튼다.

"가지 마아. 재미쪄. 토,통일이 된 거 가터. 인제 난니 안나, 아이고 됴타."

서스펜스의 해원(解冤)

조형래(문학평론가)

1.

전상국의 소설은 문제적이다. 단순히 사회적으로 화제를 불러일으켰다거나 독자 대중에게 널리 회자되었다는 의미에 그치는 것이 아니다. 「아베의 가족」(1979)이나 「우상의 눈물」(1980)이 분단과 전쟁으로 인해 희생된 개개인의 얽히고설킨 트라우마나 교실을 축도(縮圖)로 삼아 한국 사회의 억압적 현실이 야기하는 여러 부조리와 질곡 등의 문제에 천착한 1970~1980년대 한국 소설의 명편(名篇)이라는 사실은 잘 알려져 있다. 발표 당시는 물론이거

니와 이후에도 오랫동안 주목받았다는 것은 말할 필요도
없다.

심지어 2020년대 신냉전 체제에 진입한 작금의 위태로
운 국제 정세 및 분단의 고착으로 말미암아 상대방을 악
으로 간주하는 데 여념 없는 남북 간 대립 및 남남 갈등이
날로 격화되고 있는 현실에 비추어 전상국 소설이 내포하
고 있는 문제의식은 오늘날에도 새롭게 반추해볼 만한 가
치가 있다. 뿐만 아니라 「고려장」(1978)이나 「음지의 눈」
(1986)처럼 소시민들의 일상 속에서 불가피하게 저버리
게 되는 가족과 이웃 및 그로 인한 죄의식의 문제에 천착
한 단편들이, 초국적 자본의 전일적 지배로 말미암아 혈연
과 지연에 기초한 전통적 공동체의 역할이 극도로 위축된
작금의 세태에 관한 일종의 예언처럼 다가오는 것 또한 의
미심장하다. 그만큼 그의 소설은 여전히 문제적이다.

2.

그러나 전상국 소설에 관철되어 있는 진정한 특장(特長)
은 정작 이러한 문제의식을 거듭 음미하도록 하는 강렬한
정서의 환기와 교감의 형식에 있지 않을까. 다름 아닌 미

스터리를 둘러싼 서스펜스의 전경화일 터다. 이러한 형식
은 전상국의 데뷔작 「동행」(1963)에서부터 이미 나타나
있었다고 해도 과언이 아니다. 최억구는 춘천에서 김득칠
을 살해했다는 사실을 구태여 숨기려들지 않는 기색이 역
력하며 그와 함께 눈길을 걷고 있는 큰 키의 사내는 그 살
인 사건의 범인을 추적하는 형사라는 신분을 드러내지 않
고 억구의 고백을 내내 경청한다. 두 사람은 서로의 정체
를 어느 정도 직감하고 있으며 따라서 그들의 우연한 동행
은 언제 파국을 맞이할지 알 수 없는 긴장감을 조성하고
있다.

　물론 이야기의 초점은 억구의 술회를 통해 그가 왜 득
칠을 살해할 수밖에 없었는지에 관한 전말이 차츰 밝혀지
는 과정에 맞춰진다. 그리고 그것은 한국전쟁 당시 자신의
맥락 없는 증오에서 비롯된 이웃 간 살상과 복수의 사후적
귀결이다. 억구는 득칠의 형 득수를 죽였고, 득칠은 억구
를 놓친 대신 그의 아버지를 죽이는 것으로 보복했다. 그
리고 휴전 후 오랜 세월이 지나 우연히 만나게 된 득칠을
억구가 다시 우발적으로 살해한 것이다. 하지만 스스로가
이 모든 사태의 원흉임을 통렬하게 자각하고 있는 억구는
득칠이 매장한 아버지의 무덤 곁에서 생을 마감하는 것으
로 자기 처벌에 이르고자 한다. 큰 키의 사내, 곧 형사는 유

　　　　　　　　　　　　　　전상국 소설집

년 시절 목도했던 육친을 잃은 어미 산토끼의 광포한 발악(초식동물이므로 더욱 처절한)에 억구를 겹쳐 본다. 그들의 옷을 뒤덮은 눈과 얼음처럼 전쟁이 원념(怨念)과 복수의 연쇄를 회피 불가능한 것으로 수반했다는 감각 또한 부지불식간 공유되고 있는 것 같다. 이러한 이해에 입각한 연민이 형사로 하여금 억구를 체포하지 않는 것을 선택I would prefer not to"[1]하도록 한다.

그러나 형사의 이러한 최종 선택 직전까지 동행의 긴장은 지속된다. 살인 사건의 범인을 알게 된 그가 스스로의 신분을 밝히고 억구를 체포할 것인가 말 것인가라는 또 다른 문제가 서스펜스를 고조하는 것이다. 그리고 그것은 다음과 같은 장면에서 절정에 이른다.

"노―형, 잠깐!"
말소리 속에 강인한 무엇인가 깔려 있는 듯싶었다.
언 바짓가랑이를 데걱거리며 걸어가던 억구가 주춤 멈춰서 이쪽으로 몸을 돌렸다. 큰 키의 사내가 성큼성큼 다가갔다.

---

1) 질 들뢰즈, 「바틀비 또는 상투어」, 『비평과 진단』, 김현수 옮김, 인간사랑, 2000.

오버 안주머니에 손을 넣어 무엇인가 움켜진 그런 자세였다.[2]

큰 키의 사내가 안주머니에서 수갑 대신 담배를 꺼내 억구에게 건네주기 직전까지 한껏 고양되었던 긴장감은, 대단원에서 이루어지는 억구의 사적 방면과 삶의 지속에 대한 요구로 인한 갈등의 해소를 더욱 극적인 것으로 만든다. 하지만 그렇다고 해서 스스로가 모든 비극의 원인이며 따라서 아버지 또한 자신이 죽인 것이나 다름없다는 자책에 시달리는 억구의 고통이 과연 덜어질 수 있을까. 뿐만 아니라 형사가 억구를 체포하지 않는다는, 즉 공권력의 작동을 중지한다는 선택을 감행했다고 해서 그의 원념이 근본적으로 해소되거나 죄 자체가 사해질 수 있는 것일까. 큰 키의 사내는 현생에서 인간답게 살아보고 싶었다는 억구의 고백을 통해 삶에 대한 격렬한 미련을 읽어내고 (토끼의 구조에 실패한 유년 시절의 기억에 비추어 이번에는 하지 못했던 것을 한다는 식으로) 동조한 것에 지나지 않는다. 형사의 사적인 관용으로 말미암아 억구의 삶은 연장될 테지만 그의 고통과 죄가 덜어질 수 있을지는 미지수

2) 전상국, 「동행」, 『우상의 눈물』, 동아출판사, 1995, p. 35. 이하 본문에 쪽수로 표기.

전상국 소설집

다. 대단원 이후에도 이 사실은 고스란히 남아 있다. 미스터리는 풀렸지만 억구의 울음 섞인 웃음에서 어느 정도 감지되듯이 그의 원념과 죄악감은 해결되지 않았다. 따라서 자기 처벌의 여부 역시 미결정 상태에 계류되어 있다. 형사는 선택했다. 동행으로 인한 긴장감은 결말에서 해소되었다. 이제 억구의 차례. 그는 어떻게 할/될 것인가. 억구의 선택을 둘러싼 서스펜스는 여전히 남아 있다. 그러나 전쟁이나 득칠과의 우연한 만남 같은, 억구 외부에서 압도적으로 작동하는 운명의 위력은 전혀 불식되지 않았다. 그의 선택은 과연 가능하기나 한 것인가.

「고려장」이나 「아베의 가족」처럼 분단과 전쟁에 의한 역사적 상흔의 문제를 다룬 소설들 역시 유사한 여운을 남기고 있다. 어머니의 광증(「고려장」) 그리고 아베의 유기와 실종(「아베의 가족」)을 둘러싼 가족사의 누적된 비극은 전쟁이라는 불가항력적인 사태로 인해 강요된 결과다. 「동행」의 폭설처럼 그것은 개인으로서는 도무지 어찌할 도리가 없는 불가피성 내지는 운명의 장난으로 부하(負荷)되었다. 그들의 존재로 인한 불행 또한 전후의 일상을 영위하고자 하는 가족들에게 있어서 감당하기 어려운 것이다. 그렇기 때문에 「고려장」의 현세는 어머니를 유기하며 '아베의 가족'은 생모로 하여금 아베를 버리게 하고 미국으로 이민을 떠난다. 그렇게 현세와 아베의 가족은 자신의 악을 확인하게 되었다는 점에서 동질적이다. 뿐만 아니라 아베의 가족이 감행한 이민의 후과는 실로 만만치 않은 것으로 어머니를 사실상 폐인으로 만들었고 가족 모두를 미국 사회의 냉대와 차별에 직면하게 했으며 무엇보다도 아베의 종적은 끝내 알 수 없게 된다. 그렇게 사태는 더욱 감당할 수 없는 것으로 악화되었다. 하지만 모든 문제의 근본적인 원인은 전쟁이나 생존의 기갈(飢渴) 같은 불가항력성에 굴복한 사실 자체에 있다. 이제 와서 이러한 근원을 부정한다는 것은 불가능하다. 단지 그들은 무력했고 그렇기 때문에 가족을 버리는 악(惡)을 자행할 수밖에 없었다는 사실을 확인한 상태에 머물게 되는 것이다. 따라서 고려장 이후, 그리고 아베의 행방을 둘러싼 해결되지 않은 문제가 남는다. 아들로부터 버려진 어머니는 어떻게 될 것이며 사라진 아베는 과연 찾을 수 있을 것인가. 가족을 버린 그들 자신의 악업은 어떤 후과를 초래할 것인가.

「우상의 눈물」 그리고 「음지의 눈」 같은 한국 사회의 축도로서의 교실을 무대로 한 소설들은 또 어떤가. 전자의 최기표는 학교 전체를 지배하다시피 하는 무뢰한이자 소위 '재수파'의 우두머리다. 그의 예사롭지 않은 교활과 포악과 독기는 그 어떤 선도에도 간단히 길들여질 수 없을

전상국 소설집

것 같다. 하지만 학교 전체의 악의 축과도 같은 존재로 지목된 그는 담임과 반장 형우의 선의를 가장한 술책으로 말미암아 가난한 집안을 지탱하는 효자이자 그를 도와왔던 재수파의 우정을 중심으로 한 미담의 주인공으로 둔갑하여 학교를 넘어서 전 국민적인 관심의 대상이 된다. 그 자신이 구축한 강압과 폭력의 세계에서 악의 화신처럼 군림하던 우상의 신화는 붕괴하고 대신 학교를 대표하는, 사회적으로 누구에게나 동정을 살 만한 미담 속 우상이 그 빈자리를 차지한다. 그는 어느새 누구나 친근하게 굴 수 있는 "부끄러움을 잘 타는 아이로 변"(p. 183)모하지만 담임의 의도대로 순응하는 것을 끝내 거절하고 종적을 감춘다. 기표가 가출 전 여동생에게 남긴 마지막 편지에 씌어진 무서워서 견딜 수가 없다는 절박한 문장은 스스로를 자신의 의사와 무관한 우상으로서 의미 부여하여 순치시키려드는, 보이지 않지만 그래서 더욱 강력한, 보다 거대한 위력의 작동에 관한 두려움을 가감 없이 드러내고 있다고 해도 과언이 아니다. 담임의 계획은 완벽한 성공 직전에 기표의 실종으로 말미암아 좌초되었지만 악으로 지목된 대상을 교실로부터 완전히 축출하고자 했던 애초의 목표는 달성되었다. 하지만 이것을 과연 바람직한 귀결이라고 할 수 있는가. 기표가 남긴 마지막 문장은 이에 관한 어떤 근본적인 물음을 던지고 있지는 않은가.

기표를 악으로 지목하고 순치시키려들며 결국 배제시켰던 것은 「음지의 눈」에서 보다 직접적으로 제시된다. 과거 오영호는 익사했고 친구 김형수와 담임이었던 현상만은 그의 죽음에 직간접적인 원인을 제공했다. 하지만 이 사실은 학교의 책임을 면피하고자 하는 교장의 요구를 우선시하여 스스로의 출세를 도모하려 했던 상만의 술수에 의해 형수가 영호를 구하기 위해 애썼지만 역부족이었다는 미담으로 둔갑한다. 이로써 두 사람은 완전히 면책되었고 상만은 자신의 의도대로 승진을 거듭하여 현재에 이른다. 하지만 상만과 달리 영호의 죽음에 계속해서 구애될 수밖에 없었던 형수는 상만이 날조해낸 미담 속 논리가 강요하는 스스로에 대한 의미 부여를 거절[3]했다는 점에서 기표를 연상케 한다. 학교를 자퇴하고 공장노동자 생활을 하면서 영호의 가족을 건사하는 '음지'의 삶을 영위해온 것이다. 그리고 오랜 세월 후에 우연히 이루어진 두 사람의 눈길 속 재회와 동행은 그러한 음지의 삶을 고백함으로써 상만으로 하여금 망각하고 있던 죄의식에 새삼스럽게 고

---

3) 가라타니 고진 「의미라는 병―맥베스론」, 『문학론집』, 고은미 옮김, 도서출판b, 2021, p. 175.

전상국 소설집

착되도록 하는 과정이라 해도 틀리지 않다. 양지의 삶에 대한 형수의 거절은 학교의 관료제적 요구 및 출세와 보신이라는 양지의 삶의 논리에만 충실하고자 했던 상만의 삶을 낯선 것으로 회고하게 되는 계기가 된다. 그런 만큼 이제 상만은 이전과 같은 삶의 방식을 어떤 회의도 없이 긍정하거나 고수할 수 있을 것인가.

전쟁의 승패나 관료제의 작동, 출세나 보신의 논리 등에 입각한 양지의 삶은 그것에 거스르는 음지(의 눈)라고 할 만한 대상 일체를 배제하고자 하는 논리에 입각하여 그야말로 가차 없이 작동한다. 영호의 죽음이나 「우상의 눈물」의 기표, 나아가 「고려장」의 어머니나 「아베의 가족」의 아베, 「동행」의 억구 같은 존재가 바로 그 대상이 된다. 하지만 형수와의 우연한 동행이 상만을 이미 완전히 끝났다고 생각한 과거의 사건으로 회귀시켰던 것처럼, 또한 아베의 유기/실종이 '나'를 도리어 가족사의 불행한 기원으로 소급시키는 계기로 작용하고 있는 것처럼 그들은 배제되었다고 해서 완전히 사라지지 아니하며 오히려 망령처럼 귀환하게 된다. 이들 소설의 전개처럼 이야기는 막을 내렸지만 물음과 여운이 사라지지 않는 전상국 소설의 일반적인 결말 또한 그러한 것들의 치명적인 회귀를 잠재적으로 예고하고 있는 부재의 자국이지 않겠는가. 단순히 열린 결말에 대한 이야기가 아니다. 소설은 끝났고 미스터리는 해소되었지만 문제는 해결되지 않았다. 그 어떤 악몽도 아직 끝나지 않은 셈이다. 새로운 서스펜스가 동반되는 것은 당연하다. 하지만 재차 단언컨대 소설은 종결되었다. 서스펜스는 오로지 물음과 여운이라는 아직 도래하지 않은, 그러나 언젠가 반드시 회귀할 무엇에 관한 결정 불가능성 내지는 부재의 형식으로서만 체감된다. 이것은 소설의 내용과 형식, 서사와 역사적 현실의 안팎을 마치 뫼비우스의 띠처럼 뒤집어 연동시킨다. 그 물음과 여운에 입각한 부재의 형식은 결코 간명한 결론이나 의미화로 수렴되지 아니하는 문제를 독자들로 하여금 온몸으로 끌어안고 고민하게 만드는 위력을 지녔다. 그렇게 전상국 소설이 도입하고 제기하는 문제의식은 결코 끝나지 않은 결정 불가능성에 한없이 계류되고 그리하여 현재에도 여전히 유효한 것이 된다. 이러한 복잡다단한 내용과 형식의 정교한 구현에 있어서 나는 아직 전상국 소설의 탁월한 장인적 솜씨에 필적할 만한 사례를 목도하지 못했다.

3.

『굿』이 김유정과 황순원의 유명한 단편의 결말 이후를 이어 쓴 세 편의 오마주로 시작되는 것은 이 점에 비추어 우연이 아닐 터다. 각각의 소설이 남기고 있는 부재의 자국에 관한 경외 어린 천착의 방식이기 때문이다. 무엇보다도 「집을 떠나 집에 가다」에서 '나'는 일생을 구애되어온 욕망 모방의 간접화된 대상[4]이라고 할 수 있는 유인수가 실종되자 그 부재의 흔적을 좇아 답습한다. 그 추적의 과정은 첫사랑이자 그의 아내인 '그네'를 향한 열망을 확인하는 오랜 여로와도 같다. 무엇보다 유인수의 죽음이 확인된 후 '나'는 유인수와 마찬가지로 '집을 떠난다'는 사실을 그네로부터 확인받게 된다. 이것은 유인수의 출가와 실종을 집을 떠났다고 표현했던 그네의 말을 스스로의 것으로 전유한 것이다. 그 자신의 오래된 욕망의 모방이 사실상 종식되었다는 선언이라고 해도 틀리지 않다. 스스로의 부재증명을 바로 (유인수가 그랬던 것처럼) 그네의 말을 통해 이룩하게 된 셈이다.

그러나 '그네'에 대한 열정의 기억은 이미 과거의 것이다. 유인수를 추적/답습하는 과정에서 그 기억에 대해 사

---

4) 르네 지라르, 『낭만적 거짓과 소설적 진실』, 김치수·송의경 옮김, 한길사, 2001.

후에 전율하는 일은 집을 떠나는 것, 즉 출가를 반복하는 것으로 종결되었다. 여운은 남지만 서스펜스는 없다. 세 단편의 결말 이후를 다루는 오마주 작품들처럼 이것은 사후를 매듭짓는 이야기이기 때문에 그럴 수밖에 없다. 「오래된 나무는 나무가 아니다」역시 그렇다. 남편 없이 홀로 '나'를 키워냈으며 극심한 멀미로 인해 차를 타지 못하는 '나'를 위해 함께 걸어주기도 했던 '그네' 어머니의 죽음을 계기로 신변을 정리하고 '떠남'을 결심하게 되는 이야기다. 간단히 말해 그 떠남이란 산길을 계속해서 그러나 특별한 목적 없이 단독자로서 걸으면서 나무에 스스로를 투영하는 것이고 무엇보다도 나무에 올랐(다가 추락했)던 어머니를 반복하는 일이다. 아버지의 부재에 관한 '나'/그네의 오래된 트라우마에 겹쳐진 나무에 대한 무의식적인 동경은 '나' 자신이 산길을 걷는 주요한 이유이자 삶에 관한 다양한 의미 부여를 가능케 한다. 이는 일생 동안 구애되어온 출생과 삶에 관한 어떤 사후의 문제를 매듭짓는 계기로 작용하며 이야기는 그렇게 종지부를 찍는다. 하지만 미결정성에 의한 서스펜스 대신 어떤 사후적 달관의 태도가 여운의 자리를 차지하고 있다. 앞서 언급한 「집을 떠나 집에 가다」또한 떠남과 산길을 걷는 일과 나무에 관한 유사한 모티프를 공유하고 있는 만큼 이러한 대상들을 매개

전상국 소설집

로 하여 떠남에 대해 의미 부여하고 달관의 매듭을 짓는 일은 최근의 작가 전상국을 사로잡고 있는 문제인 것 같다.

그러나 전상국 소설이 오랫동안 다루어온 내용과 형식의 고유한 특장 또한 여전히 위력적이다. 성 노동자 출신의 여성들이 모여 구축한 공동체를 미담의 대상으로 둔갑시켜 이용하려는 협잡꾼을 '우리 집 여인들'이 함께 쫓아내는 소동극 「조롱골 우리 집 여인들」은 소위 '웃픈' 여운과 결코 간과할 수 없는 문제의식을 남긴다. 「저녁노을」은 과거 전쟁으로 인해 가족을 잃은 울분과 화병으로부터 평생 벗어나지 못했던 한 노인이 (유일한 이해/동질자였던 아내를 잃은 후) 유년 시절 '자기 편'을 자처하면서 죽이고 죽는 일에 관한 원념을 부추기고 동시에 조롱했던 '나' 나영수의 죄를 추궁하게 되는 일종의 후일담이다. 「어디에도 없고 어딘가에 있는」은 이미 과거에 어떤 형태로든 끝이 났다고 여겼던 사건들, 예컨대 장기수를 남편으로 둔 임양희 선생에게 집착하여 학교까지 그만두게 했던 화자 조신해의 과거라든가 강대규와 인애 사이의 관계, 무엇보다도 이미 고착화된 분단의 문제 등이 결코 매듭지어지지 않았다는 사실을 환기시켜 현재로 회귀하도록 하는 '어디에도 없고 어딘가에 있는' 강대규라는 존재에 관한 단편이다. 특히 '나'를 비롯한 주변의 많은 이들이 이미 돌이킬 수 없는 기정사실로 여기고 있는 남북 분단의 현실로 말미암은 여러 사람의 불행을 어떻게든 타개하고자 하는 강대규의 엄연한 노력에 관한 소문은 전상국 소설이 지속적으로 천착해온 분단의 문제가 아직 현재진행형의 사건이라는 망각하기 쉬운 사실을 재차 환기하도록 한다는 점에서 의미심장하다. 분단도 성 노동도 그리고 그러한 현실에 의한 희생과 상흔도 아직 매듭지어지지 않은 현재의 문제인 것이다. 그런 만큼 강대규와 같은 존재는 어디에도 없고 어딘가에 있는 모습으로 계속해서 망령처럼 회귀할 터다.

표제작인 「굿」의 최용호 또한 그렇다. 전쟁 당시 부귀리의 인민위원장을 지냈다가 전세가 역전되자 마을 사람들에게 살해당한 지 오래인 그가 귀향했다는 믿을 수 없는 소문이 들려온다. 물론 아들 최준성이 최용호의 행세를 하는 것으로 밝혀지지만 그것은 스스로가 살아 있는 아버지로서 귀향해야 한다는 믿음을 관철하고자 한 결과다. 그러나 이것을 단순한 착란이나 기만으로 볼 수는 없다. 그가 결정적인 순간마다 접신한 듯 토로하곤 하는 타령과 사설은 살해당한 당사자 최용호가 아니라면 결코 발설할 수 없을 한 맺힌 언사로 채워져 있었기 때문이다. 그야말로 죽은 최용호가 회귀한 듯한 사태 앞에서 그의 죽음에 직간접적으로 연루되어 있었던 이들을 일가나 가족으로 둔 마을 사람 일부는 긴장하지 않을 수 없다. 된재의 자기 집에 휴가 나와 있던 국군 일병 정대수 그리고 왜갈봉 부처바위 굴속에 은신해 있었던 어린 인민군 패잔병을 종구와 함께 고변하여 죽게 했던 '나' 역시 그렇다.

하지만 그는 복수를 위해 귀향한 것이 아니다. 전쟁 와중에 살해당한 아버지는 물론이거니와 아버지로 인해 죽은 정대수를 비롯한 여러 마을 사람의 유골까지 수습하여 함께 매장하고 장례를 거행하며 굿판을 벌이는, 모두가 피해자일 수밖에 없었던 시대에 관한 해원(解冤)의 제의를 주관하기 위해 온 것이다. 실제로 이 굿판을 가장 기뻐하는 이는 고변의 죄책감을 상쇄하기 위해 일생 동안 투철한 우익 반공주의자로서의 면모를 견지해왔으나 이제는 중풍으로 아이가 되어버린 종구다. 그러나 자신이 처해 있었던 위치와 상황에 따라 서로 적이 되어 죽이고 죽었던 불행한 희생자를 위무하는 이 해원의 굿판은 오로지 이 마을 부귀리에 국한되어 있는 것이다. 이 사태에 당황해하는 면장의 언사가 말해주듯이 '나라', 즉 국가라는 '양지'의 체제는 이런 해원의 자리를 마련하지 않았다. 이러한 미완의 사태가 지속되는 한 최용호의 망령 같은 부재의 자국은 계속해서 회귀할 것이다. 우리는 언제 이러한 해원의 자리에 참석할 수 있을까. 그러나 전상국의 소설이 계속해서 천착해온 주제와 관련하여 이러한 해원의 결말이 의미심장하다는 것은 말할 필요가 없을 것이다. 서스펜스는 이제 비로소 해소되었다. "그럴 때"(p. 338)가 된 것이 아닐까.

작가의 말

모두를 내려놓아야 할 나이에 잔불 살리듯 공을 들인 아홉 편의 중·단편소설을 모아 생애 마지막 소설집을 묶는다.

앞쪽 세 편의 짧은 소설은 영원한 청년 작가 김유정과 내 인생의 큰 바위 얼굴 황순원 선생님에 대한 오마주로, 그들을 기리는 일에 나름의 열정을 다했다는 자부쯤으로 읽히지 않을까 싶다.

「오래된 나무는 나무가 아니다」와 「집을 떠나 집에 가다」 등 두 편의 작품은 기존의 관심거리였던 그 정체나 현상이 괴이쩍은 실종 혹은 죽음에 대한 실존성 더듬기와 맥을 같이한다.

중편 「굿」과 그 앞에 묶인 세 편의 단편은 1963년 등단작 「동행」을 비롯한 분단 관련 작품들이 그러하듯 현재진행형인 한국전쟁의 악령, 오늘까지도 불신과 증오의 천형을 사는 사람들의 절규, 그 울분을 모티프로 한 이야기들이다.

글 쓰는 일이 즐거웠다. 전업 작가의 길을 걷지 못한 그 열없음을 감추기라도 하듯 글 쓰는 일에 미쳤을 터이다. 그것은 남들과 다른 시각에서 나만의 문법으로 세상을 재단해 독자의 몫을 남긴다는 이야기꾼으로서의 능청과 긴장의 소설미학, 그 창의의 마음 떨림 같은 것. 특히 한껏 가려 쓰는 이 낱말들이 서사의 진정성은 물론 작품의 완성도와 무관치 않다는 장인 정신, 곧 우리말 우리글 사랑의 그 신명이 내 글쓰기의 가장 큰 즐거움이었다는 것을 고백한다.

그 신명의 흔적을 뒤적이는 독자들의 얼굴에 떠오를 웃음을 기대한다.

2023년 6월
춘천 금병산 자락에서
전상국

전상국 소설집

수록 작품 발표 지면

춘천 아리랑 『김유정학술발표지』 2017년호
봄봄하다 『대산문화』 2016년 봄호
가을하다 『대산문화』 2015년 여름호
오래된 나무는 나무가 아니다 『월간태백』 2017년 3월호
집을 떠나 집에 가다 『문예중앙』 2015년 여름호
어디에도 없고 어딘가에 있는 『현대문학』 2016년 1월호
저녁노을 『문학사상』 2021년 6월호
조롱골 우리집 여인들 『한국소설』 2022년 9월호
굿 『문학의 오늘』 2018년 여름호